S. A. S.

LE PRINTEMPS DE VARSOVIE

GÉRARD DE VILLIERS

S.A.S.

LE PRINTEMPS DE VARSOVIE

PLON

Conseiller en armes et munitions
Gérard Alloncle, P.D.G. de GERAND S.A.,
22, rue Rottembourg, 75012 Paris

© *Librairie Plon*, 1978
ISBN : 2-259-00365-6

CHAPITRE PREMIER

Il neigeait sur Vienne. De gros flocons qui se déposaient silencieusement sur la couche blanche déjà épaisse qui recouvrait les trottoirs de Kohlmarktstrasse. Les immeubles gris et massifs en semblaient encore plus tristes. La Rolls Royce bordeaux s'arrêta dans un glissement soyeux en face du numéro 24, presque au coin de Grabenstrasse. Une boutique décrépite à la vitrine couverte de buée. Au-dessus, on pouvait lire « Antiken Händler » en lettres gothiques. Sans attendre qu'Elko Krisantem descende ouvrir la portière, le prince Malko Linge sauta à terre et franchit en courant les quelques mètres qui le séparaient de la boutique. Il poussa le bec-de-cane. Fermé. Il frappa alors plusieurs coups contre la glace. Moins d'une minute plus tard, le visage de furet effrayé de Julius Zydowski apparut derrière la main qui venait d'essuyer la buée. Aussitôt, le vieil antiquaire entrouvrit le battant. Chauve, avec un visage de fouine, à la peau jaunâtre, un nez pointu, de petits yeux marron sans cesse en mouvement, enveloppé dans une longue blouse blanche, il arrivait tout juste à l'épaule de Malko.

— Entrez, *Ihre Hoheit* [1], entrez, il fait froid.

(1) Votre Altesse.

Les mots se pressaient pour sortir de sa bouche. Malko pénétra dans la boutique et l'autre referma aussitôt.

— Vous êtes en retard, *Ihre Hoheit*, remarqua-t-il timidement, le front plissé.

— Je sais, reconnut Malko.

Il avait mis près de deux heures pour venir de Liezen, le double du temps normal, à cause de la neige. Son déplacement à Vienne avait été déclenché justement par un coup de téléphone de Julius Zydowski. Annonçant qu'il venait de recevoir une pièce rare qui pouvait intéresser Son Altesse.

Malko n'avait plus qu'à faire chauffer la Rolls... Julius Zydowski était un des informateurs de la C.I.A. qu'il « traitait » pour le compte de la station locale de la C.I.A. Un Juif polonais, réfugié politique, qui se révélait parfois une précieuse source de renseignements. Afin d'agrémenter cet austère voyage d'affaires, Malko en avait profité pour inviter à dîner la Gräfin Thala von Wisberg dont pourtant la peau satinée n'avait plus de secret pour lui. Thala avait cependant une qualité rare : elle était disponible, affligée d'un mari qui passait tant de temps à la chasse que ses enfants l'appelaient Monsieur.

Il espérait que le vieil antiquaire n'allait pas le garder trop longtemps. Qu'il puisse s'installer et prendre un bain au Sacher avant d'aller retrouver la Gräfin que son sang hongrois avait tendance à transformer en volcan.

Julius Zydowski trottina à travers le bric-à-brac amassé dans la boutique.

— C'est gentil d'être venu, *Ihre Hoheit*, c'est gentil, vous êtes un homme tellement occupé...

*
*

L'antiquaire contourna délicatement un massif cheval en bois du XVIIe siècle, adressant à Malko un regard bien humble. Le dos voûté, le cou en avant, il avait les gestes vifs et peureux d'un animal traqué.

L'atavisme. Ses mains déformées par l'arthrite

avaient la texture et la couleur jaunâtre d'un vieux parchemin. Comme s'il était d'époque, lui aussi. Une odeur étrange flottait dans la boutique. Mélange de poussière, de charbon, de crasse. Il sembla à Malko que Julius Zydowski était tendu, encore plus craintif que d'habitude.

— Alors, quelles nouvelles, Herr Zydowski ? demanda-t-il, derrière son épaule.

Le vieil antiquaire se retourna, avec une expression comiquement gourmande.

— *Ach !* J'ai reçu des merveilles, de Pologne.

Bien que Malko ne lui ait jamais rien acheté, Julius affectait toujours de le traiter comme un client potentiel. Cela faisait partie du cérémonial.

Le même bahut décoré de peintures naïves, originaire des Carpates, trônait dans la vitrine depuis deux ans. Sous une couche de poussière de plus en plus épaisse.

Le budget « femme de ménage » ne devait pas grever les frais généraux de Julius Zydowski...

Malko longea une collection de personnages en bois grandeur nature qui ressemblaient à des fantômes malfaisants avec leurs trognes torturées de gargouilles. Julius Zydowski s'effaça pour le faire pénétrer dans son arrière-boutique. Les murs disparaissaient sous les photos jaunies de Julius Zydowski à tous les âges, brandissant triomphalement des poissons de tailles diverses.

Ils semblaient constituer la seule famille du vieil antiquaire. Une radio datant de la guerre de 14 diffusait des crachotements avec un peu de musique, les meubles disparaissaient sous des piles de magazines, de livres et d'objets divers. Quant au poêle à charbon, c'était sûrement la pièce la plus ancienne de la boutique. L'asphyxie garantie...

Un vieux chat roux dormait pelotonné sur une couverture qui aurait fait honte à un cheval.

L'antiquaire se baissa et prit sous la table un paquet enveloppé de vieux journaux de la taille d'un coffret à cigares. Il défit le papier avec des gestes amoureux, découvrant une surface métallique luisante. Une boîte rectangulaire, en argent, avec quelques caractères hébreux gravés dans la masse du couvercle. Julius Zydowski le souleva, révélant l'intérieur de palissandre. Plusieurs rouleaux de parchemins jaunis occupaient tout l'intérieur.

— Qu'est-ce que c'est ? demanda Malko, intrigué par les gloussements de joie et l'air extasié du vieux Julius.

L'antiquaire leva sur lui des yeux humides d'émotion, caressant le métal de ses doigts déformés.

— *Ein wunder* [1] ! Une boîte à Thora du XIᵉ siècle. Avec les Thoras de l'époque. De Meimonide. Il n'y en a pas deux comme cela au monde.

Malko examina la boîte qui luisait faiblement à la lumière de l'ampoule nue, écoutant d'une oreille distraite le flot de paroles de Julius Zydowski. L'histoire des boîtes à Thora, depuis le début de l'espèce humaine...

Julius Zydowski était à la tête d'un important trafic d'objets d'art en provenance des pays de l'Est et principalement de Pologne. Des centaines d'objets uniques avaient transité par sa minable boutique pour échouer dans des musées.

Un réseau de rabatteurs signalaient les objets intéressants. Les correspondants de Julius achetaient en devises fortes et ensuite des diplomates grassement rétribués faisaient sortir les objets du pays, avec la complicité de douaniers.

La C.I.A. n'aurait jamais eu vent de ce trafic sans l'imprudence d'un rabatteur de Julius, qui avait proposé à un jeune diplomate-barbouze américain, tout frais émoulu de Langley, en poste à Varsovie, de bourrer sa valise d'icônes du XVIIᵉ...

Discrètement contacté, Julius Zydowski s'était montré compréhensif... En échange de son silence, la C.I.A., modeste, se contentait de petits renseignements. Le nom et l'adresse des fonctionnaires corrompus par exemple. Ce qui avait permis de monter quelques réseaux de pénétration tout à fait convenables. De

(1) Une merveille !

temps en temps, un agent de la C.I.A. allait même jusqu'à passer quelques kilos d'or pour faire plaisir à Julius.

Cependant le gros des passeurs était fourni par des diplomates sud-américains aux monnaies encore plus fondantes que le zloty... Malko tenta d'arrêter le flot de paroles. Julius n'en était encore qu'au XVe siècle...

— D'où vient cette boîte ?

La peau jaunie du vieil antiquaire semblait éclairée par une lumière intérieure.

— Elle était perdue depuis trente-cinq ans. Enterrée très profondément dans le ghetto de Cracovie par des rabbins déportés à Auschwitz où tous périrent. Elle a été retrouvée par hasard. Grâce à Dieu... Béni soit le Tout-Puissant, ajouta-t-il d'une voix larmoyante. L'année prochaine, j'irai la porter moi-même au Grand Rabbin de Jérusalem. Sa place est là-bas.

Il referma la boîte et, de la tête, désigna le mur à Malko.

— C'est aussi une pièce unique.

Une énorme statue, de la taille d'un homme, était posée contre le mur. Une Vierge enluminée en bois, ronde comme une baba russe. L'antiquaire s'approcha d'elle, l'œil brillant.

— C'est une Vierge de Nuremberg, dit-il. Fin XVe. Je me demande comment elle avait échoué en Pologne. Regardez.

Ses doigts effleurèrent la statue et, à la surprise de Malko, le devant s'ouvrit en deux morceaux, découvrant l'intérieur. La statue était creuse. Les deux parties, montées sur des gonds invisibles qui se rabattaient comme des volets, étaient hérissées sur leur face intérieure de longues pointes acérées.

Julius Zydowski sourit.

— Il paraît qu'on enfermait les femmes adultères dans ces statues, dit-il, et qu'on refermait lentement les parois sur elles. Une mort affreuse, *nicht war* [1] ? En ce temps-là, l'Eglise ne plaisantait pas. Il n'en

_____
[1] N'est-ce pas ?

reste plus que quelques-unes au monde. Celle-ci vaut plus de 500 000 dollars.

Il avait fallu une valise diplomatique d'une sacrée taille pour passer la Vierge de Nuremberg. Ou des douaniers particulièrement aveugles...

Malko jeta un coup d'œil à sa montre. Décidé à ne pas écouter l'historique de l'art religieux depuis la Crucifixion. Image impie, la silhouette provocante de la Gräfin von Wisberg se superposa à la Vierge de Nuremberg. Malko chassa son phantasme.

Il était temps de revenir au business :

— Herr Zydowski, je crois que vous vouliez me parler de quelque chose de particulièrement important...

L'antiquaire leva la tête.

— Ah oui ! Vous me connaissez, n'est-ce pas, *Ihre Hoheit* ? Je ne vous ai jamais dit que des choses intéressantes.

Il semblait si anxieux d'être encouragé que Malko corrigea, pour rabattre d'avance ses prétentions :

— Tout n'est pas d'égale importance...

Julius Zydowski sourit finement.

— *Kleine Fische, gute Fische* [1]..., *Ihre Hoheit*. Mais aujourd'hui *Das ist ein sehr grosses Fich* [2]... (Son front se plissa comiquement.) Seulement, *Ihre Hoheit*, pourriez-vous revenir. Ce soir ?

— Dites-moi quand même de quoi il s'agit, insista Malko.

Ne pas gâcher sa soirée pour rien.

Julius Zydowski fit mine d'hésiter, puis se dirigea vers la table.

— Bon. Mais je n'ai vraiment pas le temps maintenant. Il faudra revenir.

Il ouvrit le tiroir, en sortit un journal et le déplia sur la table. Malko s'approcha.

C'était un exemplaire du *Zycié Warszawy*, le plus grand quotidien de Varsovie, daté de la semaine précédente.

---

(1) Petit poisson, bon poisson. Proverbe yiddish.
(2) C'est un très gros poisson.

Julius Zydowski se pencha dessus, parcourant la première page, ponctuant sa lecture de petits grognements sardoniques, les épaules secouées d'un rire silencieux.

Malko l'observait, intrigué. La lecture des journaux polonais poussait généralement plus au sommeil qu'à l'hilarité.

— Qu'est-ce qui vous amuse ?

Le vieux Julius leva la tête. Sa joie tombée d'un coup. Les lèvres réduites à deux traits, avec encore, dans les petits yeux marron, une lueur de gaieté morbide...

— Quelque chose qui *vous* amusera aussi, *Ihre Hoheit*, dit-il d'une voix douce. J'ai fait venir ce journal spécialement pour vous. Vous parlez le polonais ?

Le polonais ne se parle pas : il s'éternue. C'est une des rares langues du monde qui ne comporte pratiquement que des consonnes, les voyelles ayant été depuis longtemps exportées.

— Je le comprends, dit Malko.

Il se pencha sur le journal. La photo d'un homme âgé s'étalait sur trois colonnes. Malko lut la légende. Roman Ziolek, architecte et écrivain, héros de l'Insurrection de Varsovie. Présentement, animateur du Mouvement pour la Défense des Droits du Citoyen. « La honte de l'association des écrivains », titrait le *Zycié Warszawy*. Malko parcourut l'article. Roman Ziolek avait pris la tête d'une association réclamant la révision de la Constitution polonaise.

Depuis l'élimination de Gomulka, tous les six mois, des groupes d'opposants se formaient et disparaissaient aussitôt, écrasés par le S.B. [1]. Celui-ci semblait plus sérieux. Malko connaissait de réputation Roman Ziolek. Même la police secrète polonaise pouvait difficilement s'attaquer à lui. Il incarnait la Résistance aux Allemands. Un homme de sa trempe avait une chance de faire bouger les choses.

Julius Zydowski émit un rire aigrelet.

---

[1] S.B. : Sluzba Bezpieczewstwa. Police d'Etat politique.

— Il doit bien avoir soixante ans. Quand je l'ai connu, il en avait presque trente.

— Vous l'avez connu ?

Le vieux Juif prit l'air comiquement offusqué.

— Bien sûr. Nous étions tous les deux dans la Résistance.

— Je vois, dit Malko.

Un ange passa, considérablement alourdi par la cape noire des traîtres. Le passé de Julius Zydowski n'était pas absolument blanc-bleu. Certes, comme Juif, il avait porté l'étoile jaune et avait été persécuté par les nazis. Mais, à Varsovie, il demeurait rue Panska, dans le « petit » ghetto, celui des riches, où les conditions de vie étaient loin d'être aussi effroyables que dans le grand. Et, le 20 mai 1943, une fois le ghetto rasé par les Allemands, Julius était resté à Varsovie, dans des conditions mal définies.

Quand même sur ses gardes, Malko leva les yeux du journal polonais.

— Qu'y a-t-il de drôle dans cette information ?

Julius Zydowski semblait guetter sa question. D'une voix volubile, il lâcha :

— Un jour de février 1942, Roman Ziolek a proposé à quelqu'un que je connaissais une liste de noms. Tous les responsables de la Résistance polonaise, de l'Armia Krajowa.

— Pour quoi faire ? demanda Malko, écœuré d'avance.

Les yeux du vieil antiquaire ressemblaient maintenant à deux boutons de bottine.

— Pour les donner à la Gestapo, dit-il doucement. Il ne demandait pas cher. 2 000 zlotys par tête. Le prix de dix kilos de beurre.

Malko écoutait, sceptique.

— Mais pourquoi ? Roman Ziolek était le chef de la Résistance polonaise, n'est-ce pas ?

Julius approuva avec un air entendu.

— Exact. D'ailleurs, dans sa liste, il ne dénonçait pas *tous* les résistants. Seulement ceux de l'A.K. Les non-communistes.

Il s'arrêta, comme s'il en avait trop dit, guignant Malko du coin de l'œil. Celui-ci l'observait, perplexe, lissant le journal d'une main distraite. Que cherchait Julius Zydowski ?

Celui-ci sourit de nouveau. Sans joie.

— Vous ne devinez pas, *Ihre Hoheit* ? Vous ne devinez pas ? Ziolek était un communiste. Une « taupe ». Une créature du Kominform.

Malko posa le doigt sur la manchette du journal :

— D'après cet article, il est maintenant contre les Soviétiques...

Julius Zydowski fixa Malko avec une expression pleine de commisération.

— Ce genre d'homme ne change pas, *Ihre Hoheit*. Il a été formé à l'école du Kominterm, à l'école spéciale du Parti, à Pouchkino, près de Moscou.

L'antiquaire se rapprocha de Malko, et demanda d'une voix confidentielle :

— *Ihre Hoheit*, vous vous souvenez de la légende de Hans et de sa flûte enchantée ? Les rats de Hamelin raffolaient de sa musique. Ils ont suivi Hans et Hans les a emmenés dans le Rhin où ils se sont noyés. Ils aimaient tant sa musique qu'ils n'écoutaient plus leur instinct de conservation...

Devant l'air sceptique de Malko, le vieil antiquaire se rapprocha encore, la tête levée vers lui.

— Je connais un témoin encore vivant qui pourra vous certifier que tout ce que je vous dis est vrai. A Varsovie. Qui en a les preuves...

Il s'interrompit brusquement. Sa voix changea, passant au registre suppliant.

— Il faut que vous partiez maintenant, *Ihre Hoheit*, j'attends quelqu'un. Une jeune fille, dit-il, l'air gourmand...

Bien ignoble.

— Quand me racontez-vous la fin de votre histoire ? demanda Malko.

Le vieux Julius le poussait respectueusement vers la porte de derrière, donnant sur un petit passage rejoignant Grabenstrasse.

— Ce soir, ce soir, si vous voulez, *Ihre Hoheit*, dit

l'antiquaire. Téléphonez-moi. Quand vous voudrez, à partir de huit heures.

Il ouvrit la porte, faisant entrer une coulée d'air glacé, retrouva son air humble pour dire :

— *Auf Wiedersehen, Ihre Hoheit. Auf Wiedersehen.*

Malko se retrouva dans le passage longeant le vieil immeuble. Il neigeait de plus belle. Il dut parcourir plus de cent mètres, tourner dans Grabenstrasse avant de retrouver la Rolls transformée en cube blanc.

Heureusement, Elko Krisantem avait eu la bonne idée de laisser le chauffage. Malko se réinstalla à l'arrière et déplia le journal polonais qu'il avait emporté.

Curieuse histoire. Mais avec Julius Zydowski, on ne savait jamais où était la vérité.

— Où allons-nous, Votre Altesse ? demanda Krisantem.

Malko consulta sa montre.

— Chez la Gräfin von Wisberg, Elko. Pendant que je serai là-bas, vous irez déposer mes affaires au *Sacher.*

*
* *

Julius Zydowski ôta sa blouse blanche, passa machinalement la main sur son crâne chauve, alla tisonner le poêle et regarda sa montre. Encore quelques minutes.

Il tira de sous une pile de magazines un vieux *Penthouse* et l'ouvrit à une photo particulièrement suggestive. La page était cornée et froissée car c'était sa petite joie habituelle. Il était très stable dans ses fantasmes, freiné par le prix, prohibitif à ses yeux, des magazines pornos. Celui-là durait depuis près de deux ans...

Assis près du poêle, il se plongea dans la contemplation de la fille à genoux sur une couverture en fourrure, vêtue de bas noirs trop courts et d'escarpins dorés. Elle se retournait, offrant un visage sensuel et vulgaire, avec un sourire bassement racoleur.

Julius resta en extase, sentant monter en lui les prémices délicieuses du plaisir. Chaque fois qu'il faisait une belle affaire, il s'offrait une petite joie. Les filles qui travaillaient autour de la cathédrale le connaissaient et acceptaient de livrer à domicile. Julius était trop timide pour aller se faire racoler dans la rue.

Il leva les yeux. On avait frappé à la porte de la boutique. Hâtivement, il cacha le magazine, le remettant sous la pile, passa encore une fois la main sur son crâne chauve et trottina dans le bric-à-brac de la boutique, sans allumer.

Libérant la sûreté, il ouvrit la porte, se baissant pour faire sauter la gâche inférieure. Il se redressa, avec le sourire qu'il réservait normalement aux gros clients. Qui s'effaça instantanément.

Ce n'était pas Elga la Rousse qui se tenait dans l'embrasure, mais deux hommes inconnus de lui. Presque semblables.

Des chapeaux, des visages aux traits épais, sans grande expression. Des manteaux grisâtres, mal coupés. Le plus grand avait les oreilles décollées et le front bas sous un feutre verdâtre à grands bords. Julius Zydowski sentit son cœur lui monter dans la gorge. Des années de vie clandestine avaient aiguisé son sixième sens. Mais il n'eut le temps de rien faire. Le plus grand le repoussa à l'intérieur d'une bourrade. Aussitôt l'autre entra à son tour et referma la porte à clef. Appuyé à son bahut des Carpates, Julius Zydowski bredouilla :

— *Meine Herren, meine Herren,* que...

L'homme aux oreilles décollées s'approcha et dit d'une voix faussement joviale en polonais :

— Des nouvelles de Varsovie, *przekupiony* [1].

L'antiquaire eut l'impression de recevoir un coup de poing dans l'estomac. Il secoua la tête, essaya de sourire, liquéfié de terreur, paralysé, murmura :

— De Varsovie... Je ne comprends pas, *Meine Herren.* La boutique est fermée maintenant. Il faudrait revenir demain.

(1) Vendu.

Les deux hommes le fixèrent un instant en silence.

Le grand aux oreilles décollées s'avança et le saisit par le col de sa chemise, puis l'entraîna à travers la boutique vers la pièce du fond. Julius Zydowski se débattait avec désespoir, s'accrochant aux meubles, poussant de petits cris effrayés.

— *Meine Herren, meine Herren !*

La poigne de son agresseur jeta Julius Zydowski contre un mur, près de la grande statue. Les deux hommes le contemplaient, inexpressifs, les mains dans les poches de leurs manteaux. Massifs, barrant la porte. Julius Zydowski avait du mal à respirer. Cela lui rappelait un mauvais et lointain souvenir, dans le ghetto de Varsovie. Ceux-là avaient des manteaux de cuir et des bottes, mais les regards étaient les mêmes. Froids, sûrs d'eux et vaguement goguenards... Il essaya de ne pas regarder le téléphone. Comme s'il avait deviné sa pensée, le grand allongea le bras et décrocha le récepteur qu'il posa sur la table.

— *Abgebrochen* [1] !

Le cœur de Julius Zydowski battait à 150 pulsations-minute. Il essaya de prendre un air totalement idiot.

— Je ne comprends pas, *meine Herren*, répéta-t-il, essayant de rester bien poli.

L'homme aux oreilles décollées s'approcha de la table, prit la lourde boîte à Thora et s'approcha du vieil antiquaire. Brusquement, il la laissa tomber, l'arête en avant.

Julius Zydowski la reçut sur le pied, poussa un hurlement de douleur et se mit à sautiller sur place, traits tordus de douleur. L'homme aux oreilles décollées crocha de nouveau dans sa chemise et l'appuya contre le mur.

— Arrête de jouer au con, dit-il en polonais. Tu nous dis ce qu'on veut et on s'en va.

— Mais que voulez-vous ?

Julius le savait, mais l'avait enfoui tout au fond

_____

(1) Coupé.

de son subconscient. De peur qu'on le lise dans ses yeux.

— Un nom, dit l'homme sans le lâcher. Juste un petit nom et une adresse à Varsovie. Après, tu seras tranquille. Et tu sais de qui on veut parler.

Julius Zydowski demeura silencieux. Ne sentant presque plus la douleur de son pied. Il fallait tenir. Attendre le miracle. Il pensa soudain à celui qui devait l'appeler. A la fille qui l'attendait. Il avait déjà été sauvé de justesse au cours de son existence mouvementée. Ce n'était pas une situation d'avenir d'être juif à Varsovie, en 1943. Et pourtant...

— Je ne sais pas ce que vous voulez dire, répondit-il en polonais.

Sans un mot, son agresseur le prit à la gorge et le repoussa contre le mur. Jusqu'à ce que le dos de l'antiquaire heurte la Vierge de Nuremberg. Julius Zydowski chercha à s'écarter instinctivement.

— Attention ! fit-il. C'est très précieux.

La Vierge était ouverte et on apercevait les pointes de ses parois mobiles. « Oreilles Décollées » reprit Julius Zydowski au collet.

— Alors, tu parles, *przekupiony ?*

Julius Zydowski avala difficilement sa salive. Le cerveau vidé par la peur. Le silence n'était troublé que par le « bip-bip-bip » lancinant du téléphone décroché. Il fut rompu par « Oreilles Décollées » qui ordonna d'une voix calme :

— Entre là-dedans.

L'antiquaire ne bougea pas. Alors, sans brutalité, « Oreilles Décollées » le poussa à l'intérieur de la statue, ne s'arrêtant que lorsque Julius Zydowski eut le dos contre le bois rugueux. Le sommet de son crâne arrivait juste contre le haut.

— On dirait qu'elle a été faite pour toi, ricana le deuxième homme. Alors, tu nous dis ce qu'on veut ?

Julius regardait les longues pointes rouillées et acérées. Ils bluffaient. Les bras le long du corps, il ne pouvait plus faire un geste.

— Je ne sais rien, murmura-t-il.

Paisiblement, « Oreilles Décollées » commença à

rabattre le panneau de droite. Quand les pointes appuyèrent sur la chair de Julius Zydowski, des chevilles jusqu'au visage, il poussa un couinement terrifié. Une des pointes entrait déjà dans sa chair, sous l'œil.

— Alors !

— *Meine Her...*

La supplication de Julius s'acheva dans un cri atroce. « Oreilles Décollées » pesait sur le panneau. Cinquante pointes venaient de transpercer Julius. Les mâchoires serrées, son bourreau pesa encore. Pour faire du zèle, son compagnon rabattit à son tour le second panneau, enfermant complètement l'antiquaire dans la statue infernale. Les hurlements de Julius Zydowski s'amplifièrent, étouffés en partie par les parois de bois.

— Hé, arrête ! cria « Oreilles Décollées ».

Il ne fallait pas tuer Zydowski. Pas tout de suite.

Soudain, il y eut un claquement sec dans la statue. Sans que les deux hommes y touchent, les deux panneaux se refermaient lentement et inexorablement, mus par un mécanisme à ressort caché dans le socle ! Les hurlements de Julius se firent plus aigus, atroces, mêlés de couinements, de gargouillements. Les deux hommes tentaient en jurant de retarder le mouvement. Ils durent lâcher prise, les doigts coincés.

— Aaaahh !

Ce fut le dernier bruit qui sortit de la Vierge de Nuremberg. Le cœur et le cerveau transpercés, Julius Zydowski venait de mourir.

Les deux hommes se regardèrent. Atterrés. Du sang commençait à suinter des interstices de la Vierge de Nuremberg, coulant sur le sol.

— *Cholera* [1] *!*

« Oreilles Décollées » était en train de mesurer la portée de l'événement. Soudain, il y eut un grincement et les deux panneaux de la Vierge commencèrent à se rouvrir. Le mécanisme était automatique... Abasourdis, les deux hommes virent une forme rouge

(1) Equivalent de « Merde ! » en polonais.

apparaître. Des dizaines de blessures saignaient, transformant le mort en une momie rouge. Un œil était crevé, l'autre fixe, la bouche ouverte.

Clac.

Le mécanisme avait stoppé, les panneaux étaient écartés. La Vierge était prête à resservir. L'homme aux oreilles décollées retrouva le premier son sang-froid. Sans se troubler, il avança la main et humecta son doigt de sang. Puis, il commença à écrire quelque chose sur le mur, à côté de la Vierge.

Son compagnon l'observait en silence. Lorsqu'il eut fini, il demanda :

— On fouille ?

L'autre secoua la tête.

— Non, ce n'est pas la peine. Il n'y a rien ici.

Aucun des deux hommes n'avait retiré ses gants. « Oreilles Décollées » prit le téléphone et le remit en place. Le chat avait disparu dans la boutique, effrayé. Les deux hommes se dirigèrent vers la petite porte donnant sur l'arrière de la boutique et l'ouvrirent, déclenchant un courant d'air glacé. Le plus petit des deux sortit le premier. Il neigeait toujours.

CHAPITRE II

— *Komm hier* [1], cria la voix un peu rauque de
la Gräfin Thala von Wisberg.

Malko passa devant le valet de chambre en tenue
blanche et pénétra dans la pièce tendue de velours
bleu y compris le plafond. Aucun meuble, à part
deux grandes tables de nuit de laque assorties au
mur, sur lesquelles trônaient d'énormes chandeliers
d'argent. Au seuil de la quarantaine, la Gräfin ne
supportait plus la lumière électrique avant de s'endormir.

Elle était au téléphone, allongée sur le côté droit,
des papiers étalés devant elle. Son corps mince était
moulé dans ce qui sembla d'abord à Malko une robe
de cocktail noire. En se penchant pour lui baiser la
main, il réalisa que Thala von Wisberg avait les
jambes nues. Jamais une femme aussi raffinée
n'aurait mis une robe ainsi. Ce n'était qu'une chemise de nuit en dentelle noire moulant la petite poitrine courageuse de la Gräfin et s'ouvrant sur sa
cuisse bien galbée.

(1) Viens ici.

— *Küss die Hand, Gräfin* [1].

Malko se pencha sur les doigts parfumés et les effleura de ses lèvres. La Gräfin posa l'écouteur sur la couverture de fourrure et lui adressa un sourire chaleureux :

— Tu es en retard ! Assieds-toi là. Je suis en train de parler à mon banquier à New York... Je suis tout de suite à toi.

Malko fit le tour pour s'asseoir de l'autre côté du lit. Admirant les épaules et les bras magnifiques de la jeune femme. Sans le réseau de rides infinitésimales autour de ses yeux et sur sa gorge, on lui aurait donné vingt-cinq ans. Même en train de discuter business, elle conservait son magnétisme.

— *Sell. Buy. Keep* [2].

Litanie monotone égrenée d'une voix sensuelle. Thala von Wisberg notait des chiffres en face de chaque nom avec un petit stylo-bille en or. Trois minutes, cinq minutes, dix minutes passèrent. Il y avait de longues pauses de silence. Quand le banquier commentait, entre chaque ordre. Malko commençait à s'impatienter. Il jeta un coup d'œil par-dessus l'épaule de la Gräfin. Il y en avait encore plusieurs pages. Décourageant. L'image de Julius Zydowski passa devant ses yeux.

Les mauvaises langues disaient qu'il avait très bien survécu en devenant le fournisseur n° 1 de la Wehrmacht pour les bidons de lait...

Certains prétendaient même que Julius Zydowski, du temps où il menait grand train rue Panska, possédait un *Ausweis* délivré par la Gestapo, lui permettant d'entrer et de sortir du ghetto à sa guise... Lorsqu'on connaissait l'affectueuse sollicitude des SS pour les Juifs, une telle faveur rendait éminemment suspect son bénéficiaire. Mais les témoins étaient partis en fumée dans les fours crématoires de Auschwitz et de Treblinka. Julius Zydowski avait fait sur-

---

(1) Je vous baise la main, comtesse
(2) Vendez. Achetez. Gardez.

face à Vienne après la guerre, avec assez de diamants cousus dans la doublure de sa houppelande pour survivre.

Pour chasser ces visions d'horreur, il huma les effluves émanant de la Gräfin. A croire qu'elle s'était trempée dans une baignoire de parfum...

La litanie continuait. Elle lui tournait carrément le dos, les reins creusés, appuyée sur un coude.

Par pure espièglerie, Malko posa la main sur sa hanche, effleurant la courbe ferme à travers le nylon noir. Ce qui ne sembla pas troubler la Gräfin. Aussi, laissa-t-il glisser ses doigts de la naissance de la cuisse au genou, puis remonta, entraînant la dentelle noire. S'arrêtant à mi-cuisse. La jambe était superbement galbée, le genou rond, la peau épilée avec soin.

Toujours aucune réaction. Sauf que Thala, d'un seul coup, vendit 300 actions de la Gulf Oil...

Piqué par cette indifférence, Malko écarta délicatement le pan central de la chemise de nuit, découvrant le ventre plat ombré d'un triangle sombre nettement délimité. La Gräfin était une maniaque de l'épilation.

Elle n'interrompit pas sa conversation, se contentant de se tourner un peu, privant Malko de ce qu'il venait de découvrir. Celui-ci était si près qu'il entendait la voix du banquier sortir du téléphone. Il revint au dos nu, le caressa, puis aventura quelques doigts par-dessus l'épaule, jusqu'à effleurer la pointe d'un sein par l'entrebâillement du nylon.

Cette fois, la Gräfin daigna interrompre sa litanie, se retourna, sourit, et Malko sentit la pointe du sein durcir sous ses doigts.

Encouragé, il s'allongea contre la jeune femme dont les reins se creusèrent aussitôt davantage. Une croupe ronde et encore ferme vint s'emboîter contre son ventre. Ils restèrent ainsi plus d'une minute sans bouger, Malko sentant grandir un trouble que la Gräfin ne pouvait ignorer.

Pourtant, elle ne semblait pas désireuse d'interrompre sa litanie boursière. Mais, par moments, une

sorte de houle agitait ses hanches, les collant plus
étroitement à Malko, maintenant carrément couché
sur le côté. N'y tenant plus, il repoussa la chemise
de nuit le long de la cuisse, dénudant les reins de
la Gräfin.

Celle-ci dit « Sell », et poussa ensuite un grogne-
ment charmé. Puis elle nota quelques chiffres sur son
calepin.

Ce qui l'empêcha probablement d'entendre le glissement d'un zip dans son dos. Cependant, elle sursauta en réalisant ce qui s'appuyait dans le sillon de
ses reins découverts. Si fort qu'elle manqua lâcher
le combiné. Elle se retourna, repoussant gentiment
l'assaut d'une moue de désapprobation muette. Pour
plus de sûreté, sa main s'empara de Malko, l'empêchant de pénétrer plus en avant.

La gauche, parce que la droite continuait de noter.
Peu à peu, la force de l'habitude aidant, elle imprima
un léger mouvement de va-et-vient à son poignet sans
interrompre sa conversation. Malko sentit qu'il ne
résisterait pas longtemps. Il se pencha en avant et
posa sa bouche sur le cou découvert. Un contact dont
Thala raffolait. Pour y échapper, elle se cambra
encore plus, amenant involontairement Malko là où
il voulait aller. Passant aussitôt son bras gauche
autour de la taille de la jeune femme, il la maintint
solidement contre lui.

Thala von Wisberg voulut se dégager, mais c'était
trop tard. Malko s'était planté en elle d'une seule
poussée, facilitée par un état qu'elle ne pouvait plus
dissimuler. Si profondément, qu'il eut l'impression
de la transpercer.

La litanie bancaire en fut coupée net.

La bouche ouverte comme si elle avait reçu un
coup de poing, la Gräfin absorbait le choc.

Sa main chercha mollement et vainement à repous-
ser Malko. Celui-ci avait glissé sa main droite sous
sa hanche droite, ramené l'autre sur sa hanche gauche et, bien abuté en elle, commençait un lent va-et-
vient. Il fit mine de s'échapper et revint d'un coup
de reins sec et brutal.

— Allô, allô...

La voix sortait de l'écouteur. La Gräfin reprit son souffle et c'est d'une voix presque normale qu'elle annonça :

— Excusez-moi, Helmut, il y avait un domestique dans la pièce. J'ai horreur de parler devant le personnel.

— Je comprends, approuva la voix à l'autre bout du fil.

La Gräfin se retourna, fixant Malko avec une expression à la fois courroucée et troublée. Il se demanda si son correspondant pouvait s'imaginer qu'il était maintenant enfoui jusqu'à la garde dans la croupe de Thala von Wisberg.

Celle-ci prenait ses notes d'une écriture de plus en plus chaotique. Peu à peu, elle s'anima à son tour, arquant les reins, se mordant les lèvres pour ne pas gémir.

Tout à coup, le porte-mine d'or lui échappa et elle poussa un petit cri.

Aussitôt, la voix dans le téléphone s'inquiéta :

— Thala ! Thala ! Que se passe-t-il ?

Malko était simplement en train de se vider à longs traits dans le ventre de sa partenaire.

Le visage dans les draps, les reins cambrés, la Gräfin Thala von Wisberg laissa s'apaiser un somptueux orgasme, puis reprit le combiné.

Sa voix était encore un peu haletante.

— Oh, excusez-moi, Helmut, j'avais un malaise, des douleurs qui me prennent quelquefois dans le ventre. C'est horrible, mais cela va mieux maintenant.

Malko se remit à bouger lentement. Mais la Gräfin se dégagea doucement et rabattit la dentelle noire sur ses cuisses. Puis elle prit une cigarette. Malko la lui alluma. Elle avait recommencé à noter ses chiffres d'une écriture plus calme.

Cette fois-ci, elle arrivait au bout.

Dès qu'elle eut raccroché, elle éclata de rire.

— Chaque fois que je téléphonerai à mon banquier, je te dirai de venir. A propos, comment va Alexandra ?

— Salope, dit Malko. Très bien. Et ton mari ?

Thala von Wisberg eut un geste désinvolte.

— Quelque part dans le Wyoming. En train de chasser l'ours. Tu restes à Vienne ce soir ?

— Ça dépend un peu de toi, dit hypocritement Malko.

Thala sourit et s'allongea sur le dos, un genou replié.

— C'est la première fois que je fais l'amour de cette façon. Je me demande s'il s'est douté de quelque chose.

— Quelle importance, dit Malko, ce n'est que ton banquier.

Thala von Wisberg eut un sourire merveilleusement candide.

— C'est aussi mon amant, mon chéri, je ne confie pas mon argent à n'importe qui...

Elle se leva, enfila ses mules et toisa Malko. La chemise de nuit n'arrivait qu'à mi-cuisse. Les mules allongeaient les jambes, elle était superbe.

— Veux-tu que je reste comme ça ? demanda-t-elle ironiquement. Sinon, je peux m'habiller en veuve ou en institutrice. J'ai reçu de Paris de très beaux bas à couture. Pour toi, mon chéri.

— Seulement pour moi ?

Elle rit. Un rire de carnassier, sain et cruel.

— Disons que tu seras le premier à en profiter. Alors ?

— J'ai toujours eu un faible pour les veuves, avoua Malko.

» Où veux-tu aller ? Au *Pataky*, il y a un bon orchestre tzigane, mais je crois qu'on mangera mieux au *Drei Husaren*...

— J'ai faim, dit la Gräfin. Allons au *Drei Husaren*.

— Bien, dit Malko. Je vais passer réserver. Ils me connaissent. Pendant que tu te prépares.

Impossible de laisser tomber le vieux Julius Zydowski.

— Réserver ?

Les yeux déjà très sombres de la comtesse hongroise devinrent noirs comme du jais. Elle s'approcha

de Malko, la poitrine en avant, et se planta à dix centimètres de lui, les traits durcis.

— Salaud ! Tu as deux dîners ! Je te connais.
Quand tu arrives à échapper à ta panthère, tu ne
veux pas prendre de risques. Alors, maintenant, tu
vas la prévenir et lui offrir une petite gâterie. La
sauter contre le mur de son entrée, peut-être, comme
tu as fait il y a deux mois, avec moi. En me racontant
que tu partais à l'autre bout du monde.

— Je partais à l'autre bout du monde, affirma
Malko.

Thala von Wisberg le toisa, d'un air glacial.

— Qui est-ce ? Cette traînée de Hildegarde ? Ou
Romy ? Autant coucher avec ta bonne. Vas-y, mais
ne reviens pas. J'ai déjà été trop gentille avec toi...

Malko soupira.

— Ecoute, Thala, je n'ai pas rendez-vous avec une
femme, mais avec un homme. Pour du travail.

La Hongroise lui jeta un sourire ironique.

— Alors, téléphone-lui ! Dis-lui que tu iras le voir
plus tard. Après le dîner.

Malko hésita. Il n'aimait pas mêler son métier et
ses plaisirs. Surtout à Vienne, nid d'espions. Mais
la volcanique Thala était trop méfiante pour se
contenter d'une explication oiseuse, et il n'avait pas
envie de dormir seul dans une chambre au *Sacher*.
Au fond, il ne risquait rien en téléphonant au vieux
Julius. Il ne prononcerait pas son nom. Il s'approcha
du téléphone et composa le numéro de Julius
Zydowski, tandis que Thala fourrageait dans ses
tiroirs.

Occupé. Il attendit une minute, recommença. Une
fois, trois fois, dix fois. Même résultat. Excédé,
il appela les réclamations. La réponse arriva en
quelques instants. Le numéro était en dérangement.

Il raccrocha, préoccupé. Bizarre. Thala l'observait,
en train de tendre un long bas noir sur sa jambe
fuselée. Elle l'accrocha à un porte-jarretelles de
satin gris.

— Alors ?

— Je ne comprends pas, fit Malko, le numéro est toujours occupé.

Il crut que Thala von Wisberg avait avalé une guêpe.

— Immonde salaud ! explosa-t-elle. Tu te fous de moi ! Tu as fait mon numéro.

— Non, fit Malko, je ne dis pas de bêtises. Je suis obligé d'y aller.

Règle sacrée du monde parallèle. On ne laissait rien passer d'insolite. Cela pouvait être un simple dérangement. Ou autre chose.

Thala von Wisberg acheva de fixer son deuxième bas, fit passer sa chemise de nuit par-dessus sa tête et enfila, après s'être aspergée de parfum, une robe de jersey noir qui semblait retenue uniquement par ses seins. Elle la lissa sur son ventre plat et, les deux mains à plat sur son pubis, fixa Malko.

— Je te plais ?

Croyant que la paix était faite, il s'approcha d'elle. Thala posa alors un pied sur le bord du lit, faisant remonter sa robe à mi-cuisse. Malko déplaça ses doigts sur le nylon noir, à la lisière de la peau.

— Beaucoup, dit-il.

D'un geste sec, Thala von Wisberg chassa soudain la main de sa cuisse et reprit une position normale.

— Eh bien, tu y penseras ce soir pendant que je serai avec mon amant.

Ça recommençait ! Malko maudit la C.I.A. Julius ne représentait qu'un travail de routine mal payé par la station locale, mais qu'il ne pouvait refuser, alors que Thala von Wisberg était la plus somptueuse salope à l'ouest du Danube.

Il la prit par les hanches et la colla contre lui, malgré sa résistance.

— Si tu continues, je te viole ici et je vais dîner seul. Mais comme j'ai envie de passer une soirée tranquille, nous allons manger. Je m'arrêterai simplement en route, prévenir la personne que je devais voir.

La lueur noire dans les yeux ne s'effaça qu'à moitié.

— Je veux la voir.

— Tu la verras ! dit Malko, hors de lui.

— Bien, accepta Thala, de nouveau toute douceur.

Dignement, elle alla vers son manteau de loup que Malko l'aida à enfiler. Dehors, la neige tombait toujours autant. La Rolls en était couverte.

Krisantem sortit dans le froid pour ouvrir les portières, détournant les yeux devant les longues jambes gainées de noir. Son cœur saignait : il aimait bien Alexandra.

— Nous allons où nous étions tout à l'heure, dit Malko avant de fermer la glace de séparation.

— Que de mystères, remarqua Thala d'un ton caustique. J'espère que ton histoire est vraie parce que je peux encore changer d'avis...

Malko posa une main sur son genou et voulut remonter. Thala l'arrêta.

— Jamais avant de manger. On dirait que tu ne connais pas encore les Viennoises. Après, pourquoi pas ? Cette voiture est confortable...

La Rolls rappelait à Malko d'autres souvenirs. A Londres [1]. Krisantem conduisait doucement dans les chemins enneigés de la colline de Breitensee. Malko avait mis une cassette de musique douce, les flocons de neige semblaient se dissoudre sur les glaces. En débouchant dans Mariahilferstrasse, Krisantem accéléra. Malko se demanda pourquoi le téléphone de Julius Zydowski était en dérangement.

La porte résistait. Il n'y avait aucune lumière à l'intérieur. Malko frappa encore à la porte vitrée, essayant en vain de voir l'intérieur de la boutique, puis revint en courant vers la Rolls.

Les yeux de Thala von Wisberg étincelaient de rage lorsqu'il se réinstalla à côté d'elle.

— Tu te fous de moi ! Une boutique fermée. Ramène-moi.

(1) Voir *Protection pour Teddy Bear*.

Malko chassa la neige de ses cheveux. Il l'aurait
volontiers fessée, là, dans la neige.

— Ah, je me fous de toi ! fit-il. Eh bien, viens !

Il redescendit, la tira par le poignet et l'arracha de
la Rolls. Thala von Wisberg s'enfonça littéralement
jusqu'aux chevilles dans la neige.

— Mes chaussures ! hurla-t-elle.

— Enlève-les, dit Malko, si elles te gênent.

Même la galanterie avait des limites. Marchant à
grands pas, il tourna dans Grabenstrasse, afin de
parvenir à l'autre entrée de la boutique. Il avait déjà
essayé l'appartement du premier sans succès. Thala
jurait et protestait, accrochée à son bras. Ce n'est
que le nez dessus que Malko réalisa que la porte de
Julius Zydowski était ouverte. Il s'arrêta net.

Connaissant la méfiance du vieil antiquaire, c'était
on ne peut plus bizarre.

En une fraction de seconde, Thala von Wisberg
retrouva toute son agressivité.

— Qu'est-ce qu'il y a ?

— Je ne sais pas, dit Malko, attends-moi ici.

— Ah non !

D'un bond, elle s'arracha de son bras, marcha vers
la porte entrouverte et s'y engouffra. Au moment où
Malko franchissait le battant à son tour, le cri d'horreur de la jeune femme le fit sursauter.

Il se rua à l'intérieur. Thala von Wisberg était
plantée au milieu de la pièce, les yeux exorbités, la
bouche ouverte, les traits figés dans une expression
d'indicible horreur.

— *Mein Gott ! Mein Gott !*

Elle ne pouvait que répéter cela.

Malko s'avança à son tour et s'immobilisa, horrifié.
La Vierge de Nuremberg leur faisait face, ouverte.
A l'intérieur, Julius Zydowski paraissait les attendre,
un peu tassé sur lui-même, transformé en une momie
sanglante par les centaines de perforations. Son
visage n'était plus qu'un masque rouge, presque sur-
réaliste, à force d'être horrible. Une longue traînée
de sang partait de l'œil gauche, crevé, jusque dans
son cou. Une mare de sang s'agrandissait, par terre,

LE PRINTEMPS DE VARSOVIE

autour de la Vierge. Malko s'approcha et toucha le front tiède du vieil antiquaire. La peau était encore tiède. Tandis qu'il essayait de lui téléphoner, Julius était peut-être vivant...

— La police, murmura Thala. Il faut prévenir la police.

Malko la tira par le bras.

— Viens.

La Gräfin se laissa faire sans résister. Au passage, Malko nota les six lettres rouges sur le mur. NEKAMA. Dessous, il y avait une étoile de David maladroitement tracée.

Il repoussa la porte et ils filèrent vers la Rolls. La tempête de neige redoublait. A peine dans la voiture, Thala von Wisberg fut prise d'un tremblement nerveux. Malko ouvrit la glace de séparation et dit à Elko Krisantem :

— Julius Zydowski a eu de la visite. Il est mort. Nous allons aux *Drei Husaren*. Ensuite, nous porterons mes affaires au *Sacher*.

La Rolls s'ébranla doucement dans la tempête de neige. Malko attira Thala sur son épaule.

— Je crois que je vais rester à Vienne quelques jours.

La soirée commençait bien. Qui avait assassiné Julius Zydowski avec cette sauvagerie et cette mise en scène ?

Et pourquoi ?

Thala von Wisberg cessa de trembler et alluma une cigarette. Elle ne parlait plus de la police. Elle avait compris. Son regard se posa sur Malko. Changé.

— Tu me fais peur, dit-elle.

CHAPITRE III

La manchette « Teuflischer Mord im Wien [1] » occupait les six colonnes de la première page du *Kurier*. Le quotidien viennois était étalé sur le bureau en plexiglas de Hank Bower, le chef de station de la C.I.A. à Vienne. Hank, mâchonnant son cigare noirâtre, lisait attentivement. C'était un homme de haute taille, très brun, avec des traits énergiques, plutôt taciturne. Il avait épousé une femme très riche, ce qui lui donnait une assurance complémentaire. Malko contemplait le Danube. Cette annexe de l'ambassade U.S. était nichée au huitième étage d'un grand immeuble moderne, au début de Radetzky-strasse.

Hank Bower leva enfin la tête et dit, sans ôter son cigare de sa bouche :

— Travail de professionnels.

Toute la première page du *Kurier* était consacrée à l'assassinat de l'antiquaire. Photos de Julius Zydowski, de la boutique et de la Vierge de Nuremberg.

D'après la presse autrichienne, Julius Zydowski

[1] Crime diabolique à Vienne.

avait été liquidé par un commando israélien traquant les criminels de guerre. A cause de sa conduite dans le ghetto de Varsovie. Le mot NEKAMA, signifiant vengeance en hébreu, et l'étoile de David signaient le crime.

Malko leva les yeux vers le ciel de plomb pesant comme un couvercle. Il allait encore neiger. Il ressentait une étrange impression de malaise.

— Vous pensez vraiment que Julius Zydowski a été liquidé par des Israéliens ? demanda-t-il.

Hank Bower lâcha une bouffée de fumée, replia le journal, faisant apparaître trois dossiers. En provenance de Langley, Varsovie et Moscou.

— Peut-être. Peut-être pas.

— Et l'histoire qu'il m'a racontée hier ? Vous l'avez vérifiée ? Qu'y a-t-il dans son dossier ?

Malko regarda le dossier gris de Julius Zydowski posé sur le bureau du chef d'antenne de la C.I.A., à côté des trois autres.

Tous les indicateurs de la C.I.A. avaient leur dossier, recoupé auprès des divers services de renseignement amis... Bower l'ouvrit et le feuilleta distraitement. Il l'avait regardé avant l'arrivée de Malko.

— Les Allemands ont confirmé que de fin 1941 à janvier 1943, Julius Zydowski a bénéficié d'un *Ausweis* lui permettant de quitter librement le ghetto. D'autre part, on retrouve son nom dans la liste des gens protégés par le bureau IV D de la Gestapo de la rue Piviak.

— Les Israéliens ont mis le temps à le retrouver, remarqua Malko. Trente-trois ans. Il ne se cachait pourtant pas...

Hank Bower le fixa, les sourcils froncés.

— Je sais, reconnut-il, ce n'est pas clair. Moi aussi je me demande s'il n'y a pas autre chose.

— Lié à Roman Ziolek ?

L'Américain secoua lentement la tête.

— Non. J'ai interrogé Langley, Varsovie et Moscou. Résultat négatif. Nous avons la trace de Ziolek à partir de mai 1941. Ex-étudiant en architecture. Bien entendu, il a abandonné ses études et a rejoint l'Armia Krajowa, l'armée secrète polonaise non communiste, aux ordres du gouvernement polonais en exil à Londres.

» Il grimpe très vite les échelons et devient un des coordinateurs des forces antiallemandes. Pas de contacts spéciaux avec les gens de la « Gwardia Ludowa [1] », les communistes qui dépendaient du Comité de Libération de Lublin. Échappe par miracle aux Allemands. Sa tête est mise à prix 100 000 zlotys par la Gestapo.

— Et du côté soviétique ?

— Rien du tout. Aucune trace, ni au Kominform, ni dans aucun des documents concernant la Résistance polonaise. Au contraire, à plusieurs reprises, Roman Ziolek essaie de convaincre les communistes de collaborer avec l'A.K. La plupart du temps en vain...

— Edifiant, murmura Malko.

— Lorsque l'insurrection de Varsovie éclate, le 1er août 1944, continua l'Américain, Roman Ziolek en est un des chefs. Il y a encore plusieurs témoins vivants pour l'affirmer. Il se bat jusqu'au 14 septembre, dans des conditions effroyables. Ses troupes menaçant d'être écrasées par les Allemands, il franchit la Vistule et va demander du secours aux Russes. Ceux-ci refusent et l'empêchent de repartir à Varsovie. Il n'y reviendra qu'avec l'Armée Rouge, le 17 novembre 1945.

— Ensuite ?

— Pas grand-chose jusqu'en 1970, avoua le chef de la C.I.A. Puis, à partir de là, Roman Ziolek se signale plusieurs fois par des prises de position en faveur d'une Pologne indépendante. Il signe des manifestes antisoviétiques, proteste contre les purges staliniennes. Il est un des animateurs de la « lettre des 120 » réclamant la révision de la Constitution.

» Plusieurs fois, Gierek [2] le met pratiquement en résidence surveillée. Mais on ne peut pas trop y

(1) Garde populaire.
(2) Secrétaire général du P.O.P.U.

toucher. C'est un héros de la Résistance, un des derniers survivants, un morceau d'histoire.

Malko enregistrait. Quelques flocons vinrent s'écraser contre la fenêtre et fondirent immédiatement. La chaleur était étouffante dans le bureau.

— Qu'est-ce qui l'a fait sortir de son mutisme ? demanda-t-il.

— On ne sait pas exactement, avoua Hank Bower. Mais, d'après notre station de Varsovie, l'audience de Roman Ziolek est énorme. Il est respecté même par les plus staliniens. Jusqu'ici, une centaine de personnes ont accepté de signer son manifeste. Mais il paraît qu'il reçoit des centaines de lettres de soutien, de tous ceux qui n'osent pas encore relever la tête.

» Inutile de vous dire que nous surveillons tout cela de très près. Dès que nous pourrons agir...

— Comme en Hongrie en 1956, murmura Malko.

La C.I.A. avait la spécialité de pousser ses alliés au crime, pour se défiler ensuite sur la pointe des pieds, les laissant se débrouiller.

Hank Bower referma le dossier de Roman Ziolek d'un geste net.

— Les choses ont changé depuis 1956, dit-il. Nos analystes sont persuadés que des gens comme Roman Ziolek peuvent faire bouger les choses. La situation économique est mauvaise en Pologne. Les autorités ne peuvent pas matraquer trop fort. De plus, un homme comme lui est intouchable.

— Espérons qu'il ne lui arrivera pas d'accident.

Hank Bower posa sur Malko un regard totalement dénué d'humour :

— Il est exact que la malchance semble s'acharner contre les contestataires polonais. Deux d'entre eux ont été tués récemment dans des incidents suspects. Mais le président Carter, lors de sa visite en Pologne, a fait comprendre aux dirigeants polonais qu'il ne *fallait* pas qu'un accident arrive à Roman Ziolek. Que ce serait très mal vu par l'Occident.

— Si ce ne sont pas les Israéliens ni les Polonais, qui a tué Julius Zydowski ? interrogea Malko.

Hank Bower écrasa le mégot de son cigare dans le cendrier.

— Peut-être ses complices dans le trafic d'objets d'art. Pour un différend financier. Je fais interroger à ce sujet par la station de Varsovie un de ses rabatteurs. Un prêtre défroqué.

Malko regarda la neige qui formait maintenant un mur compact et blanc de l'autre côté de la vitre.

— Julius est mort juste après m'avoir parlé de Roman Ziolek.

Hank Bower eut un mince sourire.

— Il ne faut pas surestimer nos amis de l'Est. Ils n'ont pas le don de double vue. Mais j'aimerais que vous fassiez une enquête approfondie. De mon côté, je vais avoir le dossier de la police autrichienne.

— J'ai un rendez-vous à l'*Intercontinental* dans une heure, dit Malko.

Dans l'ascenseur, son cerveau n'arrêta pas de fonctionner. Etrange histoire. Elko Krisantem attendait dans la Rolls. Un blizzard glacé soufflait du Danube.

— Nous allons à Johannesstrasse, dit Malko. L'*Intercontinental*.

*
* *

L'homme faisait tourner lentement son verre entre ses doigts. Le visage épais, un peu déplumé, mais des yeux vifs et intelligents. La cinquantaine sportive. Un des correspondants du Mossad [1] à Vienne. Malko attendait anxieusement la réponse à la question qu'il venait de poser.

— Nous ne contrôlons pas tout, reconnut-il, mais je pense que j'aurais entendu parler d'une opération de ce genre...

Un couple passa dans le hall glacial du grand hôtel et il se tut. Malko buvait ses paroles. L'homme qu'il avait en face de lui était au courant de beaucoup de choses. Surtout en ce qui concernait les criminels de guerre.

_____

(1) Services spéciaux israéliens.

— Vous avez vérifié chez Wisenthal ? demanda-t-il. L'autre hocha la tête.

— Il n'y a rien. S'il y avait eu quelque chose, il aurait changé de nom.

Malko vida sa Stolichnaya d'un trait et reposa son verre. Son vis-à-vis avait préféré un cognac Gaston de Lagrange, produit de luxe à Vienne.

— Rien d'autre ?

— Oh, reconnut l'homme du Mossad, Julius Zydowski n'était pas un saint. Il a peut-être collaboré avec les Allemands, mais ce n'était pas facile de survivre à Varsovie. Qui sait quels services il a rendus ? Tous ceux qui pourraient nous l'apprendre sont morts.

— Je vous remercie, dit Malko.

Il était à la fois très heureux et déçu. Julius Zydowski pouvait avoir été tué par des associés mécontents. Son interlocuteur se leva. Ils se serrèrent la main et l'homme disparut dans la porte tournante. Mais Malko n'était guère plus avancé. Machinalement, il regagna la Rolls. La tempête de neige redoublait.

— Allons chez Julius, dit-il à Krisantem.

La Rolls avançait à une allure d'escargot. Cela prit plusieurs minutes pour traverser la Kärtnerstrasse pour rejoindre Grabenstrasse. On n'y voyait pas à dix mètres. Les voitures roulaient avec leurs phares. Vienne hivernait. Située dans une cuvette, le brouillard s'y accumulait facilement, retenant toutes les odeurs. Kohlmarktstrasse était toujours aussi calme. Malko descendit et manqua s'étaler sur le verglas.

La police avait accroché un écriteau derrière la vitrine de l'antiquaire.

Geschlossen [1]. A titre définitif. Julius Zydowski n'avait pas d'héritiers.

.*.

Hank Bower mâchonnait son éternel cigare noirâtre, impénétrable comme d'habitude. En manches de

_____

(1) Fermé.

chemise à cause de la chaleur d'enfer régnant dans
le bureau. Il écouta d'un air distrait Malko lui rap-
porter sa conversation avec l'agent du Mossad. Puis
il eut un sourire en coin.

— Pendant ce temps-là, j'ai avancé, dit-il. Deux
ou trois choses intéressantes.

— Ah, dit Malko. Quoi ?

— Vous m'avez bien dit que Julius Zydowski avait
l'intention de porter sa boîte à Thora à Jérusalem ?

— C'est ce qu'il m'avait dit, confirma Malko.

Le chef de station de la C.I.A. hocha la tête.

— Bien. Seulement un certain Georges Mayer s'est
présenté à la police pour la réclamer. C'est un représentant du Musée Guggenheim de New York. Julius
Zydowski la lui avait vendue et avait touché déjà
dessus 5 000 dollars...

Un ange passa et s'envola à tire-d'aile vers Jérusalem...

— Julius était une vieille fripouille, remarqua
Malko. Cela ne m'étonne pas, mais ne justifie pas
son meurtre.

— Bien sûr, fit Hank Bower, seulement il y a
autre chose. La fameuse Vierge de Nuremberg avec
laquelle on l'a tué. Elle n'avait pas cinq siècles,
mais cinq mois. Les experts de la police sont for-
mels... Fabriquée en Pologne par d'habiles faussaires.
Dirigés par le prêtre défroqué dont je vous ai parlé.
Julius était, semble-t-il, coutumier du fait. 80 % des
antiquités qu'il arrivait à faire venir de l'Est étaient
des faux... Comme il ne les vendait pas toujours à
de doux collectionneurs, cela peut expliquer son
meurtre...

Malko écoutait, perplexe.

— Evidemment, reconnut-il, c'est troublant...

— J'ai gardé le meilleur pour la fin, dit suavement Hank Bower. Julius vous a parlé d'une liste
remise à la Gestapo. Des chefs de l'A.K. Soi-disant
par Roman Ziolek, voulant décapiter pour le compte
des communistes la Résistance polonaise non communiste ?

— En effet, dit Malko.

Il sentait que l'Américain allait porter l'estocade finale à son hypothèse.

Hank Bower se rejeta en arrière dans son fauteuil, lissa ses cheveux plats et annonça :

— Eh bien, je viens d'avoir une longue conversation avec les gens de Gehlen, à Pullach [1]. Ils ont récupéré quelques archives du gouvernement général de Pologne. Entre autres, de la Gestapo. La fameuse liste s'y trouve. 27 noms. Savez-vous par qui elle a été transmise à la Gestapo de Varsovie ?

Malko connaissait déjà la réponse.

— Julius ?

— *Right !* Julius Zydowski lui-même. Informateur de la Gestapo et fournisseur de la Wehrmacht... Pas mal, non ? Le S.D. de Varsovie a demandé des instructions à Berlin. Parce que le bon Julius demandait cher. 20 000 zlotys par tête et pas 2 000 comme il vous l'avait dit. Berlin a dit oui. L'argent a été versé contre la liste. Mais la Résistance polonaise a eu vent de la trahison et cinq résistants seulement sur 27 ont été arrêtés et fusillés.

— Roman Ziolek n'était pas sur la liste ?

— Les Allemands connaissaient déjà son nom. Il se cachait dans Varsovie. Je crois que votre histoire s'arrête là...

Toute la théorie de Malko s'effondrait.

— Quelle est votre hypothèse ? demanda-t-il. Julius ne m'a pas mentionné cette histoire pour s'amuser.

Hank Bower secoua la tête.

— Sûrement pas. Mon idée est la suivante. Julius a toujours travaillé sur deux tableaux. Pour se livrer à son petit trafic, il avait besoin de la protection du S.B. [2]. L'action de Roman Ziolek gêne le S.B. Ils ont eu l'idée de nous intoxiquer via Julius. Belle opération de « désinformation »... Nous convaincre par l'entremise d'un de nos propres informateurs que Ziolek est un traître...

— Oui, évidemment, fit Malko.

(1) Les services de renseignement allemands.
(2) Services polonais.

Il n'avait rien à redire à la construction logique de Hank Bower. Rien à opposer que son intime conviction.

— Je peux quand même avoir le rapport de police ? demanda-t-il.

L'Américain alluma un nouveau cigare, encore plus horrible que le précédent.

— Ma secrétaire vous en a préparé une photocopie. Ne le laissez pas traîner, bien entendu. Nous ne sommes pas censés l'avoir.

Par moments, il était blessant... Comme tous les fonctionnaires de carrière envers les « free-lance », style Malko. Hank Bower souffrait de n'avoir jamais été invité aux soirées « in » de Vienne, bien qu'étant en poste depuis deux ans déjà...

— Passez demain, dit-il à Malko. Il va falloir songer à remplacer Julius.

***

— Hé, Malko !

Sortant du bureau de Hank Bower, Malko se retourna. Une grosse bête au visage couperosé et à l'estomac distendu de buveur de bière fonçait sur lui. Chef-d'œuvre d'élégance discrète avec une gourmette de trois livres au poignet, un costume à carreaux et des chaussures à triple semelle de crêpe...

Il manqua envoyer Malko dans le mur avec une tape dans le dos à tuer un rhinocéros.

— Alors, Ned, dit Malko lorsqu'il eut retrouvé son souffle, comment vont les furets ?

— Mal, fit le dénommé Ned. Ce fumier d'Amiral [1] nous fout à la retraite. Après dix-huit ans de « Company ». Il paraît qu'on coûte trop cher et qu'on ne sert à rien. Je suis viré à la fin de l'année. J'ai plus qu'à aller offrir mes services à la Mafia.

— Ils vous prendront sûrement, dit Malko. Comment va Tom ?

Ned et Tom étaient les meilleurs « furets » de la Technical Division. Passant leur existence à sonder

(1) L'amiral Turner, nouveau patron de la C.I.A.

les murs de toutes les stations de la C.I.A. à travers
le monde pour s'assurer qu'ils n'étaient pas truffés
de micros adverses. Travail fastidieux. Ils se dépla-
çaient avec deux énormes valises bourrées d'équipement électronique et de petites pioches destinées à
défoncer les murailles suspectes. Malko les avait déjà
rencontrés à plusieurs reprises, à Langley et au cours
de différentes missions.

— Tom va mal aussi, fit le « furet ». Il est viré
comme moi.

— Vous arrivez ou vous partez ?

— On part, dit Ned, mais on a encore une journée
à passer dans cette belle ville. Seulement, avec le
blizzard, il n'y a rien à foutre. A moins que vous ne
connaissiez un claque super et pas trop cher.

Une idée traversa soudain le cerveau de Malko.

— En attendant le claque, proposa-t-il, je peux
vous offrir un cognac à la cafétéria...

CHAPITRE IV

Malko fixait l'énorme gourmette virevoltant au gré des gesticulations de Ned, essayant de paraître détendu.

Maintenant, il connaissait par le détail tous les malheurs des 212 agents du « Directorat des Opérations » licenciés par l'amiral Turner, le nouveau patron de la C.I.A. Il était temps de changer de sujet.

— Vous avez fait la Pologne ? demanda-t-il.

Ned réfléchit quelques secondes, le nez plongé dans son cognac. Malko avait demandé en allemand au garçon de laisser la bouteille de Gaston de Lagrange sur la table.

— Oui, l'année dernière.

— Rien d'amusant ?

L'Américain fit la moue.

— Oh, les trucs habituels. Les Polonais sont des excités du micro, comme les Soviétiques. Le comble, c'est qu'ils utilisent de temps en temps du matériel de chez nous ! Il y avait un micro dans la chambre de l'ambassadeur. On n'a jamais su comment ils avaient pu le poser. De toute façon, maintenant, la station a le nouvel équipement. Une *security room*

où on s'enferme pour les discussions sérieuses. Avec
une barrière électronique qui arrête tout. Des ultra-
sons. Mais cela a coûté plus de 100 000 dollars, on
ne peut pas faire cela partout... (Il sourit en regardant Malko.) Vous vous intéressez à l'électronique,
maintenant ?

— Ça dépend, dit Malko, je voudrais vérifier quelque chose. Dites-moi, il vous faut combien de temps
pour sonder une pièce ? Pas trop grande, six mètres
sur cinq, à peu près...

Ned acheva de vider son cognac. C'était le troisième et il commençait à se sentir euphorique. Il
éclata d'un rire épais et heureux, guigna la bouteille
de Gaston de Lagrange et s'en resservit. Pensant que,
vraiment, Malko savait vivre.

— Vous avez l'impression qu'on a « buggé » votre
château ? Si je commence là-bas, j'en ai pour un an...
Je fais venir ma femme.

Malko sourit en secouant la tête.

— Non, ce n'est pas mon château. C'est ici à
Vienne. Vous pourriez checker une pièce en quelques
heures ?

— En deux, trois heures, précisa Ned, mais il me
faut un ordre de mission du chef de station... C'est
la règle.

— Je vois, dit Malko. Qu'est-ce que vous risquez
si vous agissez sans ordre ?

Ned eut un geste éloquent.

— Viré...

— Je croyais que vous étiez viré à la fin de l'année ?
remarqua Malko d'une voix douce. C'est dans trois
semaines, non ?

Ned posa son verre de cognac et le regarda fixe-
ment.

— Dites-moi, qu'est-ce que vous êtes en train de
me proposer ? Vous déconnez ou quoi ?

C'était le moment de l'estocade.

— Ned, dit Malko, je ne plaisante pas. J'ai envie
de vérifier une hypothèse sur un coup bizarre. Jamais
Hank Bower ne prendra sur lui d'autoriser une visite
dans un local privé. Vous le connaissez. Je pourrai

probablement avoir le feu vert de notre *Directorate*, mais vous serez reparti et ils ne vous feront pas revenir pour ça...

Ned le regardait d'un drôle d'air.

— C'est un truc « clean » au moins ?

Les yeux dorés de Malko le foudroyèrent.

— Ned !

— Oh, vous savez, se défendit l'Américain, on voit des drôles de trucs aujourd'hui. Quand on pense que notre ancien ministre de la Justice est en cabane...

— C'est « super-clean » affirma Malko. Et ça peut déboucher sur une énorme opération.

— Ouais, c'est quand même emmerdant...

— Ecoutez, Ned, dit Malko pour emporter son adhésion, si vous me rendez ce petit service, je vous en rends un autre. Une soirée avec une fille superbe qui parle assez bien anglais pour comprendre ce que vous attendez d'elle...

L'œil du furet s'alluma.

— Vrai ?

— Juré.

La Gräfin von Wisberg possédait une femme de chambre à la limite de la nymphomanie. Au moins que cela serve...

— Et puis, merde, fit Ned. Ça apprendra à l'Amiral à nous virer. Mais il faut que ce soit vous... Où c'est, votre truc ?

*
* *

La Rolls Royce bordeaux couverte de neige stoppa devant la pension *Arenberg*, sur le Stubenring, non loin du Danube. La C.I.A. ne gâtait pas son petit personnel. Ned attendait derrière la porte vitrée et se précipita, traînant une lourde valise métallique que Krisantem aida à placer dans le coffre.

La tempête de neige redoublait. Avec la nuit, on n'y voyait pas à trois mètres. Excellent pour ce que Malko voulait faire.

L'Américain se laissa tomber sur la banquette arrière et s'ébroua :

— C'est la première fois que je monte dans une Rolls, fit-il.

— Espérons que ce n'est pas la dernière, fit Malko. Vous avez tout ce qu'il vous faut ?

— Matériel léger, corrigea Ned, mais ça suffira... C'est loin ?

Une heure plus tôt, Elko Krisantem était passé discrètement faire sauter les scellés. Inutile de traumatiser bêtement Ned. La police autrichienne ne reviendrait pas avant quelques jours dans la boutique de Julius Zydowski. Emma, la bonne de Thala von Wisberg, attendait, arrosée de parfum, son fiancé américain, tandis que sa maîtresse s'apprêtait à faire passer une excellente soirée à Malko.

— Nous sommes à cinq minutes, assura Malko pendant que la Rolls faisait demi-tour sur le Ring.

» Vous savez ouvrir une porte ? Pas de verrou de sûreté, juste une serrure ?

Ned agita sa gourmette.

— Pas de problèmes.

Ils roulèrent en silence jusqu'à Grabenstrasse. Encore sous l'effet du Gaston de Lagrange, Ned n'arrêtait pas de siffloter.

La Rolls stoppa devant le passage sur lequel donnait la porte de derrière de la boutique de Julius Zydowski. Ned et Malko descendirent. À cette heure-là, toutes les boutiques étaient fermées.

L'Américain récupéra sa valise et s'enfonça dans le blizzard, précédé de Malko. Ils s'arrêtèrent, essoufflés et gelés, devant la porte noire.

— C'est là, dit Malko.

En face, il y avait un mur aveugle.

Ned se pencha sur la porte, sortit un outil de sa poche, l'essaya, jura, en essaya un autre, puis un troisième. Enfin, il y eut un « clic » léger et la porte s'entrebâilla. L'Américain se redressa avec une expression satisfaite.

— Et voilà !

Il prit sa valise et pénétra à l'intérieur.

A part les marques à la craie, là où on avait déposé le cadavre de Julius Zydowski, rien n'avait changé depuis la dernière visite de Malko. Il faisait presque aussi froid que dehors. Il régnait une odeur de poussière et de moisi. Ned aperçut l'inscription sur le mur, tracée avec le sang de l'antiquaire.

— Qu'est-ce que c'est ?

— Je ne sais pas, mentit Malko.

Il alla fermer la porte donnant sur la boutique.

— Vérifiez cette pièce, demanda-t-il. Les w.-c. aussi. Si vous pouvez sonder la boutique dans le noir, allez-y, mais n'allumez pas. Trop dangereux. Combien de temps vous faut-il ?

Ned balaya la pièce d'un regard rapide.

— Deux heures.

Malko consulta sa montre. Huit heures.

— Très bien, je vous attendrai avec la Rolls, là où nous nous sommes arrêtés. Bonne chance.

L'Américain était déjà en train d'ouvrir sa grande valise métallique.

Malko referma la porte sur lui et s'éloigna rapidement. La Gräfin devait commencer à s'impatienter... Elle n'avait pas prêté sa soubrette sans compensation.

*
* *

Cassé en accent circonflexe, le portier du *Drei Husaren* empocha le billet de 50 schillings et referma doucement la porte de la Rolls sur Thala von Wisberg. La Gräfin étouffa un léger hoquet. Le tokay, dont elle avait vidé une bouteille à elle toute seule, Malko se contentant de Dom Pérignon. Elle croisa les jambes, découvrant un peu plus de ses bas gris fumée. Son corps mince était mis en valeur par une des dernières créations de Saint-Laurent, une robe hérissée de fentes dans tous les coins. Le cauchemar de la femme pudique. Mais la Gräfin von Wisberg n'était pas un monstre de pudeur...

— On gèle, dit-elle.

Malko l'attira contre lui, tandis que Krisantem démarrait. Il jeta un coup d'œil à sa Seiko-Quartz. Discrètement. Dix heures moins dix. Le service était d'une exaspérante lenteur au *Drei Husaren* et les musiciens s'étaient agglutinés autour de leur table, comme des mouches sur un pot de miel, le ralentissant encore.

— Je t'ai préparé une surprise, dit Thala.

— C'est gentil, dit Malko.

Machinalement, sa main épousa le genou gainé de nylon gris. Thala von Wisberg, renversée en arrière sur la banquette, les yeux mi-clos, avait perdu son air hautain. La Rolls montait lentement Mariahilferstrasse. Soudain, la Gräfin repoussa l'accoudoir central qui la séparait de Malko et se tourna vers lui. Son regard était flou, trouble.

— Caresse-moi.

Elle avait parlé si doucement qu'il crut avoir mal entendu. Mais lorsque sa main quitta le genou, Thala glissa un peu en avant sur la banquette, les yeux clos, en une invite muette. Heureusement que la conduite sur verglas requérait toute l'attention de Krisantem. La Gräfin von Wisberg était d'une rare impudeur. Tout à coup, elle saisit le poignet de Malko.

— Attends. Je ne veux pas ici...

Il y eut un léger ressaut. La Rolls venait de franchir la grille de la propriété. Malko regarda sa montre. Dix heures moins une.

A dix heures pile, la Rolls stoppa devant le perron. Thala sembla avoir du mal à s'arracher de la chaleur de la grosse limousine. Malko l'escorta jusqu'à la porte. Elle l'ouvrit et l'entraîna dans le hall sombre. Puis, sans même enlever son manteau, elle se jeta contre Malko. Il reçut le choc de sa bouche parfumée et de son corps nerveux. Ils titubaient entre les chaises comme des ivrognes. Thala von Wisberg avait noué ses deux bras autour de Malko et sa bouche parcourait son visage et son cou. Frénétiquement. Il finit par l'accoter à la console sur laquelle on posait le courrier. Son désir était commu-

nicatif. Oubliant où il se trouvait, il prit les deux
bords de la fente centrale de la robe et d'un geste
sec l'agrandit considérablement.

Thala gémit, se mit à murmurer des mots crus
sans perdre son accent aristocratique. Puis elle
attira Malko d'un geste sans équivoque. Tandis qu'il
la pénétrait brutalement, elle exprima avec des mots
étouffés la soumission la plus absolue. Il se mit à
la besogner sauvagement, à grands coups de reins
faisant trembler la console. Il y eut un bruit de
tissu déchiré. La robe s'ouvrait encore un peu plus.
Emporté par sa fougue, Malko hissa Thala von Wisberg sur le meuble. Nouveau bruit clair : le verre
venait de se briser sous le poids de la jeune femme.
Les deux mains nouées derrière les reins de sa
partenaire, Malko explosa. Thala gémit, eut une
secousse de tout son corps qui envoya par terre la
moitié du verre de la commode et elle retomba contre
Malko comme un pantin désarticulé.

Celui-ci laissa les battements de son cœur se calmer puis recula doucement. Thala von Wisberg le
retint par la main qu'elle porta à ses lèvres. Puis
brusquement, elle le mordit. Jusqu'au sang. Il recula.
Elle rit. Trop haut.

— Tu me traites comme une bonne !

Il y avait plus d'extase que de colère dans sa
voix.

Elle alluma. Malko se rajustait. Elle lui reprit la
main et l'entraîna.

— Viens, dit-elle, j'ai fait descendre une glace du
grenier, cet après-midi. C'est ma surprise.

Malko se dégagea et vérifia l'heure. Dix heures cinq.
La passion semble toujours allonger le temps.

— Thala, dit-il, il faut que je me sauve.

Il était déjà en train de descendre les marches du
perron lorsqu'elle retrouva sa voix. Comme une
furie, elle surgit derrière lui. Malko se retourna au
moment de monter dans sa Rolls. Thala, du perron,
égrenait un chapelet d'injures à faire rougir un
hussard de la Mort. La robe ouverte jusqu'au nom-
bril, décoiffée, un bas en loques. Superbe et défaite.

— Infecte saligaud ! hurla-t-elle au moment où la
Rolls démarrait.

Ivre de rage, elle arracha son escarpin gauche et
le jeta sur la voiture qui s'éloignait.

— Krisantem, n'écoutez pas ce que dit cette dame,
conseilla Malko.

Le Turc ne répondit pas. Il n'avait même pas arrêté
le moteur de la Rolls. Malko essaya de se détendre
tandis que la grosse voiture descendait les lacets de
la colline de Breitensee. Une idée l'obsédait. Ned
avait-il trouvé quelque chose ? Sinon, il s'était brouillé
avec la Gräfin pour rien.

*
**

— Bon sang, j'ai cru que vous m'aviez oublié !
explosa Ned.

L'Américain tapait la semelle au coin de Grabenstrasse et du passage menant à l'arrière-boutique.
Rouge de froid. Malko aperçut la grosse valise derrière lui, posée dans l'ombre. Son cœur se serra.
Ned n'avait rien trouvé. Il était dix heures dix-sept.

— Pourquoi n'êtes-vous pas resté à l'intérieur ?
demanda-t-il.

Ned exhala une buée glacée et ricana ·

— J'ai fait un peu de bruit... J'ai préféré ne
pas être là si les voisins appelaient la police. Mais
on peut y retourner.

— Vous avez trouvé quelque chose ?

Ned avait déjà tourné le dos et filait à grands pas
dans le passage. Ils arrivèrent ensemble à la porte
de l'arrière-boutique de Julius Zydowski. Ned s'effaça
pour laisser entrer Malko qui alluma après avoir
refermé.

Il resta interdit. L'arrière-boutique semblait avoir
été traversée par une tornade. Ned avait arraché le
papier par endroits, décroché les photos du mur,
strié le plafond de profondes saignées dans le plâtre
qui ressemblaient à des blessures. Des baguettes élec-
triques pendaient arrachées, deux lames du parquet

avaient été soulevées. Les meubles étaient rassemblés au milieu de la pièce en tas.

— Alors ?

Ned plongea la main dans la poche de son pardessus et en sortit deux petits objets noirs.

— J'ai trouvé ça noyé dans les murs. Deux radio-microphones, reliés au circuit électrique. Il doit y avoir un poste d'écoute fixe ou mobile dans le coin, dans un rayon de 500 mètres, d'où on ne perdait pas une syllabe de ce qui se disait ici. Matériel tchèque. Vous les gardez ?

Malko avait envie d'embrasser la trogne rougie de Ned.

— Je les garde, dit-il.

Maintenant au moins, il avait une explication possible à la mort de Julius Zydowski.

— Vous allez les montrer à Hank ?

Malko inclina la tête.

— Oui, Ned. Et vous pouvez dire que vous avez rendu un sacré service à la « Company ».

L'Américain secoua la tête.

— Je vais quand même me faire engueuler... Enfin. Et la petite ?

— Elle vous attend au restaurant *Pataky*, dit Malko. Krisantem va vous y déposer. Tout ce que vous pourrez y boire ou y manger est réglé d'avance. Il y a également un magnum de J and B dans votre chambre pour vous rappeler le pays. J'espère que vous passerez une bonne soirée.

— Sûr, dit Ned. Ça vaut mieux parce que demain matin, ça va gueuler...

Ils sortirent de l'arrière-boutique après avoir éteint et fermèrent la porte. Le froid était de plus en plus vif. Malko serrait dans sa poche les deux micros. La Gräfin von Wisberg allait recevoir la plus belle gerbe de fleurs de sa vie.

*
**

— Bravo, Mr. Linge, laissa tomber Hank Bower

avec une certaine froideur. Vos deux micros étaient réglés sur une fréquence utilisée par le S.B.

Malko réussit à garder l'air modeste. Cela faisait oublier les éclats de voix qui avaient filtré du bureau lors de l'entrevue entre Ned et Hank Bower... Le malheureux « furet » allait être précédé à Langley par une note de service sanglante.

— Cela signifie, dit Malko, que le S.B. a pu surprendre la conversation que j'ai eue avec lui et agir en conséquence. Les Polonais ont sûrement eu vent du trafic de Julius. En le surveillant, ils risquaient de découvrir des choses intéressantes. Ils ont dû apprendre l'histoire Ziolek par hasard et ils ont réagi aussitôt.

Le chef de station mâchonna son cigare. La chaleur était de plus en plus inhumaine dans le bureau.

— Possible, mais jusqu'ici nous n'avons toujours rien sur Ziolek.

Il prit sur son bureau une feuille dactylographiée et la parcourut des yeux.

— Pas une faille dans la biographie ! Mobilisé en 1939. Fait prisonnier par les Allemands, s'évade, se cache dans la région de Cracovie jusqu'en 1941. Prend contact avec la Résistance de Londres et ensuite ne quitte plus Varsovie. La liste de ses exploits vous fatiguerait. Un authentique héros de la Résistance. Depuis les premiers jours de 1942, il avait comme adjointe et, vraisemblablement, comme maîtresse une certaine Dabrowska, fille de pharmaciens fusillés par les Allemands.

— Qu'est-elle devenue ?

Hank Bower eut un geste lapidaire.

— Morte. Elle faisait partie du dernier groupe resté dans Varsovie après la fin de l'insurrection. Ils furent anéantis.

— On ne peut rien savoir de plus sur cette histoire ?

L'Américain eut un geste d'impuissance.

— Tout ça s'est passé il y a trente-trois ans. Varsovie a été détruite, la plupart des témoins de cette époque sont morts et les archives sont parties en fumée. Encore une chance que Gehlen ait conservé quelque chose... Vous voyez, on n'archive jamais trop.

Il se tut. Malko sentait que même les micros ne l'avaient pas convaincu. Il fallait quelque chose de plus. Il pensa soudain au rapport de police. A un paragraphe qui prenait maintenant toute sa valeur.

— Vous avez les photos de tous les gens des services polonais en résidence à Vienne ? Enfin, les « officiels », demanda Malko.

Hank Bower leva la tête, surpris.

— Oui, je pense. Pourquoi ?

— Je peux les voir ?

— Allez aux Archives, dit l'Américain, je les préviens. Que voulez-vous en faire ?

— Je ne sais pas encore, dit Malko.

Chaque station de la C.I.A. conservait précieusement les photos de toutes les barbouzes de la partie adverse identifiées, travaillant dans la même ville sous couverture officielle : diplomates, journalistes, attachés commerciaux... On recoupait avec le fichier central de la C.I.A. ensuite, pour repérer les plus dangereux.

Malko prit l'ascenseur jusqu'au quatrième.

Le libraire pointa avec hésitation son doigt sur une des six photos tenues par Malko.

— Je crois bien que c'est celui-là. Je l'ai remarqué parce qu'il entrait chez Herr Zydowski après l'heure de fermeture. Ses oreilles dépassaient de son chapeau comme des anses, *Herr Inspektor*. L'autre, je ne suis pas sûr. Peut-être celui-là. Au fond, j'en suis presque sûr, mais je ne voudrais pas...

Le timbre de la porte retentit. Un client. Malko rentra ses photos.

— *Danke vielmal, mein Herr.* Je vais continuer mes vérifications.

Il sortit de la librairie et partit à pied, serrant les photos dans sa poche. Les assassins de Julius Zydow-

ski avaient été imprudents. Imprudents parce que
pressés...

*
* *

— Mr. Bower va vous recevoir tout de suite,
annonça la secrétaire. Il est en communication téléphonique avec Washington.

Malko eut envie de lui conseiller de ne pas rac-
crocher. Quelques instants plus tard, le voyant vert
s'alluma et Malko pénétra dans le bureau. Le chef
de station de la C.I.A., cigare vissé à la bouche, lui
jeta un regard interrogateur et froid.

— Alors... Du nouveau ?

— Oui, dit Malko, j'ai découvert le nom des assassins de Julius.

L'Américain ôta son cigare de ses dents.

— *You're pulling my leg* [1].

Sans répondre, Malko sortit deux photos de sa
poche, des contretypes de celles des archives de la
C.I.A., et les posa sur le bureau.

— Un témoin a vu ces deux hommes pénétrer dans
la boutique de Julius quelques minutes avant le
meurtre. Vous voulez savoir leur nom ?

— Oui.

Malko retourna les photos et lut les légendes qu'il
y avait mises.

— Capitaine Stanislas Pracek, du S.B. Directorat
n° 1. En poste à Vienne à l'ambassade de Pologne
sous la couverture de troisième secrétaire. Lieutenant Kotlasz, membre du service « Action » du Z 2 [2].
Attaché commercial adjoint à Vienne.

» Les deux sont repartis pour Varsovie hier matin,
sur un avion de la LOT, laissant leurs familles derrière eux. A l'ambassade polonaise, on déclare ne
pas connaître la date de leur retour...

(1) Vous vous foutez de moi.
(2) Service de renseignements militaires polonais.

CHAPITRE V

Si le blizzard n'avait pas tué depuis longtemps toutes les mouches viennoises, on aurait pu en entendre voler dans le bureau du chef de station de la C.I.A. Hank Bower posa son cigare et, fixant en silence les deux photos étalées sur son bureau, sa pomme d'Adam effectua un rapide aller-retour. L'Américain n'était ni borné, ni de mauvaise foi. Simplement, il manquait d'imagination. A partir du moment où il avait des éléments tangibles, son esprit se mettait en marche. Il leva la tête et dit avec un léger sourire :

— On dirait qu'on a mis le doigt sur une sacrée histoire...

Malko ne releva pas le « on ». Tout à la satisfaction d'avoir eu raison, il remarqua :

— Je crois que cela va donner du travail à la station de Varsovie.

Bower reprit son cigare.

— Je les préviens tout de suite. Ils en savent peut-être plus que nous sur ces deux types. Ce n'est pas dans la manière d'un grand « service » de tuer aussi brutalement. Il a fallu que l'histoire Ziolek soit fichtrement importante à leurs yeux.

Malko avait réfléchi à la question.

— Cette opération doit être un truc astucieux pour faire sortir les opposants de leur réserve, dit-il.

Hank Bower s'était mis à écrire. Des notes succinctes. Il leva la tête.

— Pourquoi avoir éliminé Julius Zydowski de cette façon ? Ils préfèrent les accidents...

— Ils n'avaient pas le temps, remarqua Malko. Grâce aux micros, ils savaient que je revenais deux heures plus tard. Ils ont essayé de déguiser leur meurtre en vengeance israélienne. Sachant que notre bonne police viennoise n'irait pas chercher trop loin. Qui se soucie de la mort d'un vieil antiquaire juif, un peu canaille ?

— *Right, right*, murmura comme pour lui-même Bower. (Regardant ses notes, il consulta sa montre.) Il est midi à Langley. J'envoie un télex tout de suite au Directorat « Eastern Europe ».

» On déjeune ensemble ?

— Merci, dit Malko, j'ai un déjeuner. Je vous retrouve ici ensuite.

*
* *

Lorsque la Rolls tourna dans Philharmonikerstrasse, le cœur de Malko se mit quand même à battre plus vite.

Allait-elle être au rendez-vous ? Deux heures plus tôt, il avait envoyé à Thala von Wisberg une gerbe de roses de la taille d'un baobab. Accompagnée d'une invitation à déjeuner au *Sacher*. Il traversa le hall vieillot et pénétra dans la salle à manger où, à l'heure du thé, les Viennoises venaient se bourrer de « sachertorte », les délicieux gâteaux au chocolat et à l'abricot.

Elle était là. A une table du fond, près de la paroi vitrée donnant sur la rue, en face d'un Martini bianco. Elle le regarda s'approcher d'un air glacial et ne se dérida pas lorsqu'il lui baisa la main.

— *Küss die Hand, Gräfin.*

Comme s'ils s'étaient quittés la veille en excellents termes...

Malko, qui n'aimait pas les bottes, dut admettre que celles de la Gräfin, longues, en cuir de veau noir, très collantes, montant jusqu'au genou, ne défiguraient pas les jambes de leur propriétaire.

Un maître d'hôtel approcha une table roulante où trônait une boîte de caviar et servit la vodka. Ils mangèrent en silence, pendant un moment. Malko ne savait pas très bien par quel bout la prendre. C'est quand même Thala qui rompit le silence, au quatrième toast au caviar.

— Ma femme de chambre est rentrée à dix heures du matin, remarqua-t-elle d'un air pincé. Dans un état... Et, à cause de toi, je n'ai même pas pu lui faire une remarque...

— Tu m'as rendu un immense service, dit Malko chaleureusement. Tu peux la reprendre en main...

Thala von Wisberg eut une moue dégoûtée.

— C'est une véritable chienne en chaleur ! Un jour je l'ai surprise dans le couloir avec ce cochon de Kurt, mon maître d'hôtel, en train de se faire enfiler, à même le sol, comme des animaux. Ils ont été privés de gages pendant une semaine...

— Bravo, dit Malko, tu es toujours aussi sociale. Mais un jour, elle te quittera.

— Mais non, fit Thala en se levant. Elle n'a pas de permis de travail...

La glace était rompue, mais Malko sentait que la Gräfin guettait la façon dont il allait se racheter. Et pour elle, il n'y en avait qu'une. Comme il se levait, après avoir payé l'addition, elle dit :

— Nous ne pouvons pas aller chez moi. Il y a ma mère.

— Tant pis, dit Malko. Ce sera pour une autre fois.

Elle le fusilla du regard.

— Je croyais que tu avais une suite dans cet hôtel ?

— Exact, dit Malko. Mais j'ai un rendez-vous dans une demi-heure. Il va falloir nous dépêcher.

— Pas question.

Thala von Wisberg se leva, glaciale de nouveau.

— Je suppose que tu ne me raccompagnes pas.

— Krisantem va s'en charger, dit Malko. Je suis désolé.

Elle le précéda hors de la salle à manger. Tandis qu'il l'aidait à enfiler son manteau au vestiaire, elle laissa tomber d'une voix déformée par la rage :

— Tu me traites vraiment comme une pute !

Malko ne put s'empêcher de sourire.

— Est-ce que ça t'excite, au moins ?

Sans répondre, elle tendit la main, paume en l'air :

— Alors, donne-moi de l'argent pour hier soir, puisque je suis une pute.

Malko plongea la main dans sa poche et en sortit une liasse de schillings. Il prit cinq billets de 100 schillings qu'il fourra dans la paume de la Gräfin. Sous l'œil stupéfait des employés du desk. Malko s'inclina légèrement.

— Au revoir, madame. Mon chauffeur est dehors.

Si le regard avait pu tuer, il serait mort sur-le-champ. Blanche de rage, Thala von Wisberg jeta les billets à terre et s'éloigna à grandes enjambées vers la porte tournante.

*
* *

Cette fois, ils étaient trois à attendre Malko. Le chef de station et ses deux adjoints. Plus « Beau Ténébreux » que jamais, Hank Bower invita Malko à s'asseoir, après l'avoir présenté aux deux autres. Une lueur excitée brillait dans ses yeux noirs.

— Nous en savons un peu plus, annonça-t-il. Le capitaine Stanislas Pracek appartient au Directorat nᵒ 1 du S.B. Le bureau technique opérationnel. Autrement dit le service « Action ». Jusqu'à l'année dernière, il dépendait du Directorat nᵒ 4, le service des organismes religieux et du clergé. Il s'y est distingué en fabriquant une fausse lettre du cardinal Wyszynsky que le S.B. a envoyée ensuite à des centaines de prêtres polonais. Pour leur recommander

une collaboration franche et loyale avec le parti
ouvrier unifié polonais. Il paraît d'ailleurs qu'il
s'était fait taper sur les doigts, parce que leur truc
avait été éventé... C'est peut-être pour cela qu'on
les avait envoyés ici.

— Intéressant, dit Malko.

— Quant au lieutenant Adam Kotlasz, continua
l'Américain, c'est son second poste pour le Z 2. Spécialité : recherche à l'étranger.

Malko exultait.

— La boucle est bouclée. Le chef de station de Varsovie doit être ravi.

A voir l'expression de Hank Bower, il réalisa que
quelque chose ne tournait pas rond.

— Il y a un problème, Mr. Linge, dit l'Américain.
La station de Varsovie refuse absolument de s'occuper de cette histoire.

Malko crut avoir mal entendu.

— Comment ! fit-il. C'est directement de leur ressort.

Hank Bower remua de gauche à droite sa belle
tête de play-boy.

— Je sais. Mais le chef de station est à Langley
en ce moment. Il a plaidé pour sa baraque. D'après
lui, il a monté un réseau de pénétration très sensible
en Pologne et veut rester en dehors de toute action
de C.E. [1]. Ça pourrait faire des vagues.

— On ne peut rien faire ici, remarqua Malko.

— *Right. You are absolutely correct*, dit Hank
Bower.

Silence. Lourd et interminable. Un ange passa et
s'enfuit, épouvanté par ce qu'il avait vu dans la tête
de l'Américain.

Malko se lança à l'eau.

— Vous n'avez pas l'intention de m'envoyer en
Pologne quand même ?

— Ce serait, évidemment, la meilleure solution, dit
Hank Bower, plein de diplomatie. D'ailleurs je ne
suis pas le seul de cet avis...

---

(1) Contre-espionnage.

Il tendit à Malko un télex déchiffré. Signé David Wise. Le patron de la division des opérations. Cape et épée. C'était succinct et charmant : « Compte sur vous. Contact avec objectif indispensable. »

Malko releva la tête.

— On a décidé d'avoir ma peau à Washington ? dit-il. C'est le grand nettoyage. La retraite ou le cercueil.

Hank Bower alluma une cigarette et tendit le paquet à Malko qui refusa.

— Ça a été ma première réaction, avoua le chef de station. Mais j'en ai parlé avec Ted, ici présent. A partir du moment où l'antenne de Varsovie refuse de traiter le cas, il faut envoyer quelqu'un. Vous parlez polonais et allemand, vous êtes européen...

— Et ma photo se trouve dans tous les bureaux du K.G.B., compléta Malko. Vous ignorez peut-être qu'il existe un pool de tous les services de renseignement de l'Est. Que les Polonais sauront quelle marque de dentifrice j'emploie dix minutes après que j'aurai mis le pied à Varsovie.

Bower balaya l'objection.

— Je ne l'ignore pas, mais soyons logiques. Ils ne vont pas vous flinguer à vue. Ils ne sont pas fous. Nous avons aussi des moyens de rétorsion. S'ils vous laissent entrer, le pire qu'ils puissent faire, c'est de tenter une manipulation. Cette affaire leur tient à cœur, non ?

Julius Zydowski n'aurait pas dit le contraire, pensa Malko. Devant son silence, l'Américain continua :

— L'idéal, pour eux, ce serait que vous alliez en Pologne, que vous fassiez une enquête et que vous repartiez convaincu que Roman Ziolek est bien un contestataire. A ce moment, ils ont intérêt à vous laisser revenir ici faire votre rapport, puisque vous tuez l'histoire. Donc, je crois que vous ne risquez rien, physiquement.

Malko écoutait, ébahi par un cynisme aussi tranquille.

— Séduisante construction de l'esprit, dit-il. Et si je trouve la preuve que l'opération est de l'intox ?

— Là, vous serez en danger, admit Hank Bower. Mais vous êtes un professionnel. Il suffit de garder une longueur d'avance. Si la station ne veut pas se mêler de l'enquête, ils vous aideront quand même. De plus, si vous partez, nous avons la promesse formelle du *State Department* que vous pourrez vous réfugier à l'ambassade en cas de coup dur.

— Quelle générosité ! soupira Malko.

On le poussait tout doucement dans le piège. Les fonctionnaires de la « Company » étaient vraiment des monstres froids. Tout pour la Raison d'Etat. En même temps, cela l'excitait. Il attaqua :

— Et sous quelle couverture vais-je débarquer à Varsovie? Envoyé spécial de la C.I.A. ?

Bower prit un air absolument innocent.

— Mais vous n'avez pas besoin de couverture ! Vous y allez sous votre véritable identité, comme touriste. D'ailleurs, je crois que certains de vos ancêtres ont habité la Pologne, non ? C'est le voyage du souvenir et de la nostalgie réunis.

— En plein hiver, souligna Malko. C'est vraisemblable.

L'Américain fit comme s'il n'avait pas entendu.

— La station de Varsovie vous arrangera quelques contacts pour commencer votre enquête. Ils ont des rapports avec les dissidents. N'oubliez pas que pour l'instant, en dépit de certains indices concordants, nous ne sommes sûrs de rien.

— Si, coupa Malko. Que les Polonais vont m'accueillir à bras ouverts...

Hank Bower daigna sourire.

— Pour que nous puissions agir, continua-t-il, il nous faut une preuve formelle de la trahison de Ziolek. Sinon, le dossier sera classé.

Malko rageait intérieurement. L'autre savait qu'il adorait aller au fond des choses.

— Ça peut prendre longtemps, très longtemps, objecta-t-il.

Bower secoua la tête.

— Pas forcément. L'avantage de votre présence là-bas, c'est que ça va remuer la merde... Ils risquent de prendre peur, si vous vous approchez trop près du pot aux roses, et de faire des gaffes. Il faudra en profiter...

Malko leva les yeux au ciel. S'il n'y avait pas eu de soudains problèmes de charpentes et de toiture dans son château de Liezen, il aurait probablement dit « non ». Mais il ne pouvait pas laisser pleuvoir dans ses pièces restaurées. Il soupira :

— Ah, que le *Kriegspiel* est joli... Je crains que votre belle construction ne s'effondre. Parce que je n'aurai jamais mon visa.

Hank Bower leva son cigare.

— Je vous parie un kilo de caviar. Parce que les Polonais savent que nous allons envoyer quelqu'un. Ils préfèrent que ce soit vous qu'ils connaissent.

— Que mon sang retombe sur votre tête, dit Malko. Mi-figue, mi-raisin.

CHAPITRE VI

— Passeport !

L'uniforme verdâtre de la milicienne-douanière semblait taillé dans du duvet de crocodile. Elle feuilleta le passeport de Malko avec l'expression aimable d'un caissier de banque découvrant un faux billet et jeta un coup d'œil dégoûté à sa valise Vuitton.

— *Nothing special ?* demanda-t-elle dans son anglais succinct.

À l'entrée de Pologne, il fallait tout déclarer : même ses boutons de manchettes. Et bien entendu, les précieux dollars au cours énormément extensible. Averti par la station C.I.A. de Vienne, Malko s'était bien gardé de changer de l'argent à l'aéroport. Au cours normal : 25 zlotys pour un dollar. C'était un attrape-nigaud. Dans tous les hôtels, on avait 60 zlotys pour le même dollar. Cours officiel « touristique ». Dans la rue, au marché noir, le pauvre zloty fondait comme un ice-cream. Jusqu'à 150 pour un dollar. Ce qui faisait dire aux mauvaises langues que la seule vraie monnaie ayant cours en Pologne était le dollar.

La milicienne-douanière farfouilla pour la forme

dans sa valise qu'elle referma, écœurée de tant de
luxe. Puis, elle appuya sur le déclenchement de la
barrière donnant sur le hall d'entrée. Malko la franchit et elle claqua derrière lui avec un bruit qui lui
parut sinistre.

L'enfermant dans un autre monde.

Il se retourna. La Caravelle d'Air France qui
l'avait amené de Paris était encore là. Malko regrettait déjà son vol. Il y avait peu de chances, à
Varsovie, qu'il retrouve la cuisine servie sur Air
France entre Paris et Varsovie.

C'est Alexandra, sa fiancée de toujours, qui l'avait
entraîné à Paris. Lorsqu'il lui avait appris son nouveau départ, folle furieuse, elle avait décidé d'aller se
changer les idées chez des amis parisiens. Comme
elle prétendait n'avoir plus rien à se mettre, Malko
avait laissé chez Saint-Laurent une partie de sa future
prime de risques... Alexandra, après l'avoir remercié
comme il convenait, ce qui avait considérablement
réduit leur temps de sommeil, l'avait accompagné à
Roissy.

S'émerveillant devant le superbe aéroport tout neuf
et fonctionnel. Plein de boutiques, aussi. Ce qui lui
avait permis de découvrir la montre dont elle rêvait
depuis longtemps. Pour une fois, Malko, qui conduisait la voiture qu'il laissait ensuite à Alexandra,
n'avait pas piqué de crise de nerfs. Vingt minutes
d'autoroute, un parking dans l'aéroport même,
desservi par des ascenseurs pratiques. Et des vols
pour toute l'Europe. En sortant de Roissy, on avait
envie d'aller mettre le feu à Heathrow ou à Franc-
fort, les deux aéroports-cauchemar.

Avant de quitter Malko, devant un des tunnels
transparents futuristes qui menaient aux salles de
départ, Alexandra lui avait dit gentiment, montrant
l'ensemble tout neuf qu'elle étrennait :

— Tu vois, si tu ne reviens pas, je n'aurai pas
tout perdu...

Heureusement, elle avait racheté cette monstruo-
sité par une étreinte qui avait failli faire rater à un
groupe de prêtres le vol d'Air France pour Rome...

Ensuite, cela avait été le monde douillet et calme de l'Airbus. Il avait presque regretté le charme désuet des Caravelle encore en service sur certaines lignes européennes. Mais tout allait si vite. Bientôt, elles allaient disparaître, remplacées par des Boeing « 737 ».

Un homme mal habillé s'approcha de Malko et murmura « Dollars ? » l'arrachant à sa rêverie.

C'était la première fois, depuis longtemps, qu'il se rendait dans un pays de l'Est. Il était dans la gueule du loup. L'aéroport de Varsovie, Okecie, était grand comme un placard à balais. Sinistre, entouré de bois enneigés. Sans répondre à celui qui l'avait interpellé, Malko se mêla aux passagers qui se dirigeaient vers le bus allant en ville, sa valise à bout de bras. Pas de porteurs, pas de taxis. En sus de la sienne, il prit la valise qui semblait remplie de plomb, d'une Française blonde et boulotte. Ils s'assirent ensemble, juste derrière le chauffeur. Le bus était chauffé, heureusement, car il faisait un froid à ne pas mettre un ours blanc dehors.

Tout semblait lugubre à Malko. Les bâtiments gris, les gens pauvrement vêtus, emmitouflés dans d'invraisemblables accoutrements, avec de curieuses casquettes poilues. Le bus démarra et s'engagea dans une autoroute bordée de H.L.M. enneigées. De rares voitures. Le ciel était bas, gris, écrasant.

Malko était certain d'être surveillé depuis sa descente d'avion. Son visa avait été accordé avec une célérité étrange par le consulat polonais de Vienne. Trois jours au lieu de quinze. Comme si les Polonais avaient été ravis de le voir arriver. Il essaya de ne pas penser aux difficultés qui l'attendaient. Sa voisine, qui cherchait visiblement à engager la conversation, fascinée par ses yeux d'or, demanda :

— C'est la première fois que vous venez à Varsovie ?

— Oui, dit Malko. Je voyage peu en Europe de l'Est.

— Ah, mais vous voyagez beaucoup, j'ai vu les étiquettes sur votre valise... Vous avez déjà pris le Concorde ?

— Oui. C'est assez fantastique.

— Vous n'avez pas eu peur ? Il paraît qu'il y a des pannes...

Malko sourit.

— Vous savez, tous les avions ont des maladies de jeunesse. Les premiers « 707 » et « 747 » en avaient eu d'autres, c'était plus ennuyeux qu'un voyant qui s'allume... Je crois que cela a été beaucoup grossi. Tout le monde n'aime pas le Concorde. En tout cas, je le reprendrai avec plaisir. Et sans crainte.

— Ah bon, vous me rassurez, dit la Française boulotte. Je dirai ça à mon mari. Parce que je voudrais bien aller à New York avec. Trois heures et demie, vous pensez...

En attendant, ils étaient loin de l'Amérique. Le bus entrait dans Varsovie. L'énorme gâteau de pierres grises du Palais de la Culture, construit par les Soviétiques en 1956, apparut dans le brouillard, dominant Varsovie de ses 235 mètres, comme un sinistre château fort de cauchemar. Les Varsoviens disaient que l'homme le plus heureux de Varsovie était son concierge, le seul habitant de la ville à ne pas l'apercevoir de sa fenêtre en se réveillant.

Le bus tourna dans Marszalkowska, la grande artère nord-sud, bordée d'immeubles modernes, alternant avec des terrains vagues. Une foule compacte, silencieuse, engoncée dans de lourds manteaux, se pressait sur les trottoirs. C'était le quartier des grands magasins. Où on ne trouvait d'ailleurs rien. Puis le bus tourna à droite, dans Królewska. L'hôtel *Victoria*, construit par les Suédois, se trouvait en face de l'esplanade où jadis se trouvait le Palais Royal. De l'autre côté, dans le brouillard, on apercevait la masse blanche de l'Opéra. Le *Victoria*, avec ses cinq étages de ciment et de glaces, tranchait sur la grisaille de la ville comme un diamant sur des cailloux. Bien que ce fût un sentiment illusoire, Malko se sentit mieux en pénétrant dans le hall qui

ressemblait à celui de n'importe quel hôtel américain. Il y avait même une exposition de peintures
dans le lobby. Sa chambre était fonctionnelle et
confortable. Il vida sa valise, se passa un peu d'eau
de toilette Jacques Bogart sur le visage et, avant de
sortir de la chambre, il prit le soin d'enrouler un
cheveu autour d'une des serrures de sa valise. Juste
pour voir...

Il se sentait oppressé. En roulant dans Varsovie,
il avait réalisé tout le paradoxe de sa mission : ou
il échouait, ou il confirmait ses soupçons sur Roman
Ziolek et les services polonais feraient tout pour le
liquider. Dans un pays où ils étaient tout-puissants..
Plusieurs taxis attendaient devant l'hôtel. Le premier
refusa de le prendre, le second aussi... Ecœuré, il
partit à pied, le visage haché par une brise glaciale,
pénétrante. Au bout de cent mètres, il avait envie
de hurler et ne sentait plus son visage. Autour de
lui, les piétons semblaient tout aussi frigorifiés que
lui. Il longea le hideux Palais de la Culture, suivant
Marszalkowska sur plus d'un kilomètre vers le sud.
Lorsqu'il arriva en vue du bureau de la Lot, sur
Waryński Ludwika, il avait l'impression d'avoir tra-
versé la Russie à pied. Il demeura plusieurs minutes
à se réchauffer, sans pouvoir prononcer un mot. Les
lèvres gelées. Enfin, il s'approcha d'un des guichets.

— Mr. Lowicka ?

L'employée blonde aux cheveux filasse se leva et
alla chercher un garçon rondouillard avec de grosses
lunettes de myope.

— Je suis Mr. Linge, dit Malko, je viens chercher
mes billets pour Cracovie.

Le Polonais sembla se réveiller, examina Malko
d'un coup d'œil rapide et sourit.

— Ah oui, ils sont prêts.

Il alla fouiller dans un classeur, en tira une enveloppe cachetée qu'il tendit à Malko.

— Voilà, bon voyage, monsieur.

Malko empocha l'enveloppe et fila vers la sortie.
Cette fois, il attendit qu'un taxi s'arrête pour déchar-
ger des gens et se précipita, un billet d'un dollar à

la main. Trente secondes plus tard, il roulait vers
le *Victoria*... Alors, seulement, il ouvrit l'enveloppe.
En plus du billet aller-retour pour Cracovie, il y avait
un carré de papier blanc et quelques mots en anglais.

*Ce soir. Opéra. Salle Emilia. Devant le buste de
Mylakarskego. Entracte.*

Il roula le papier en boule dans sa poche. Lowicka
était un « contact » de la station C.I.A. de Varsovie.
Malko avait son premier rendez-vous avec un oppo-
sant au régime. Quelqu'un qui était proche de
Roman Ziolek. Une certaine Wanda Michnik. Chanteuse « pop » passée à l'action politique. Il ne restait plus qu'à trouver une place pour l'Opéra.

Lorsqu'il posa la question à l'employé du desk au
Victoria, le Polonais secoua la tête d'un air découragé.

— Pas avant quinze jours, sir. C'est complet.

— Ah, c'est ennuyeux, fit Malko en jouant avec un
billet de cinq dollars.

Il disparut dans les doigts du concierge comme
une mouche dans la gueule d'un lézard.

— Je crois que je trouverai une place, fit le Polonais. Je ferai monter le billet dans votre chambre.
L'Opéra commence à huit heures...

En Pologne, toutes les choses sérieuses, y compris
les putes, se payaient en dollars.

Malko se dirigea vers l'ascenseur, rassuré. Cinq
dollars, au cours du marché noir, cela représentait
une semaine de salaire...

Il commençait bien sa partie de « qui perd gagne ».

Le capitaine Stanislas Pracek tira pensivement sur
son fume-cigarette. Rapidement il relut le rapport
qu'on venait de lui apporter du Bureau des Passeports, une annexe du Directorat n° 1.

Ainsi, les Américains poursuivaient leur enquête.
La partie allait être serrée, mais finalement cela
l'arrangeait plutôt car la mort stupide de Julius
Zydowski avait créé une situation délicate. C'était à

lui de la rétablir. De son petit bureau situé près du ministère de l'Intérieur, rue Rakowiecka, il pouvait tirer toutes les ficelles. Les différents Directorats du S.B. étaient prêts à lui apporter toute l'aide nécessaire. Il appuya sur une sonnette, appelant un planton.

Il était temps de pousser le premier pion.

*
* *

D'après la tête de ses voisins, Malko conclut que les premiers rangs de l'Opéra devaient être attribués en priorité aux stakhanovistes extrayant dix tonnes de charbon à l'heure ou aux bons citoyens ayant dénoncé au moins dix contre-révolutionnaires... Ce qui se passait sur scène n'était guère plus gai. Une cantatrice, monstrueuse de laideur, émettait dans une langue incompréhensible des glapissements évoquant les plaintes d'un chat dont la queue serait prise dans une porte. Heureusement, de temps à autre, des coups de cymbales couvraient sa voix.

Les heureux privilégiés écoutaient, béats, cette cacophonie. A leur décharge, il faut dire que les distractions sont rares dans les pays de l'Est. Malko se souvint du cas d'un de ses amis diplomates en poste à Moscou qui avait vu 71 fois *le Lac des cygnes*...

La salle était pleine, sauf quelques fauteuils dont celui à droite de Malko, au troisième rang.

Le rideau tomba pour un changement de décor. Enfin, le silence. Au même moment, une apparition quasi divine dans cet environnement déprimant ramena Malko à la vie. Une grande jeune femme blonde qui se hâtait dans l'allée centrale. Il l'observa avec une incrédulité ravie. De grandes tresses blondes nouées sur la tête, un visage presque mongol avec de hautes pommettes saillantes et des yeux très bleus. Et surtout une ahurissante poitrine, moulée dans un haut très ajusté, qui la faisait ressembler à un personnage de bande dessinée pour adultes. Deux obus qui pointaient à l'horizontale, soutenus par une armature invisible, à la courbe nette comme un dessin d'architecte, à la limite de la disproportion.

Malko vit des hommes, qui ne savaient sûrement pas épeler le mot sexe, se dévisser le cou sur le passage de l'inconnue. Celle-ci s'arrêta devant la rangée de Malko. Visiblement la place vide à côté de lui était la sienne. Le bas valait le haut. Une longue jupe noire moulait des hanches épanouies, coupée de brandebourgs qui empêchaient une grande fente, devant, de devenir trop indiscrète. Lorsque l'inconnue croisa les jambes, Malko aperçut des mollets musclés et des escarpins à talons très hauts. Entre les nattes et les talons, l'inconnue dépassait 1 m 80. Superbe bête.

Le rideau se releva. Sa voisine n'avait même pas effleuré Malko de son regard. Il voyait d'elle un profil net, un menton volontaire. Le parfum qui l'entourait n'avait sûrement pas été fabriqué sur les bords de la Vistule.

Les hurlements reprirent sur scène et Malko se plongea dans la réflexion. La présence de l'inconnue à sa gauche n'était sûrement pas due au hasard. Le S.B. avait dû réexpédier dare-dare dans sa mine de charbon un travailleur méritant pour le remplacer par cette créature de rêve. Les Polonais réagissaient vite et étaient bien informés.

Malko se mit à penser à son rendez-vous. Il se *savait* étroitement surveillé. Comment faire ?

Sur scène, l'héroïne plongea un poignard de carton dans la poitrine du baryton, ce qui fit baisser l'intensité des glapissements. Malko put se concentrer un peu mieux. Sa voisine décroisa les jambes, provoquant un petit crissement soyeux et agréable, et applaudit.

**

Malko rêvait à un bombardement qui aurait transformé l'Opéra en un petit tas de cendres, lorsque le rideau tomba sur la première partie.

Avant qu'il ait eu le temps de se lever, sa voisine avait abandonné son siège. Oubliant que son sac était sur ses genoux. Celui-ci bascula, vomissant son contenu. N'écoutant que sa galanterie, Malko se précipita à quatre pattes sous les sièges, réunissant les objets épars. Il fut récompensé par un sourire radieux.

— *Oh, thank you.*

— Pourquoi parlez-vous anglais ? demanda Malko. La blonde accentua son sourire.

— A cause de vos vêtements. Vous n'êtes pas polonais...

— Non, c'est vrai, je suis autrichien.

— Ah ! dit-elle. Je parle un peu allemand... Je suis d'origine allemande.

Tout le monde se leva. Malko aussi. Il se retrouva, marchant dans l'allée à côté de l'inconnue, sous les regards envieux des stakhanovistes.

— Il fait chaud ici, dit-elle soudain. J'ai soif.

— Il y a sûrement un bar, dit Malko.

— Oui, à droite.

Piégé. Le contact était établi. Mais il préférait savoir à qui il avait affaire. A droite du foyer se trouvaient plusieurs petits stands où des matrones rébarbatives débitaient des pâtisseries douteuses et des boissons aux couleurs étranges, style limonade de foire.

On buvait beaucoup. Malko se fit servir contre quelques zlotys deux verres d'un liquide violet et revint vers sa voisine. Celle-ci l'observait comme un entomologiste prêt à disséquer un insecte. Avec un regard absolument impénétrable. De près, sa poitrine était encore plus étonnante... On avait envie d'y mettre les mains. Grâce à la haute taille de la jeune femme, ce n'était pas monstrueux. Le haut noir avait un col officier et semblait ajusté au millimètre grâce à une multitude de boutons le fermant de haut en bas.

— Je m'appelle Anne-Liese, fit l'inconnue. Et vous ?

— Malko Linge, dit Malko. Vous parlez remarquablement bien allemand.

Anne-Liese eut un sourire modeste :

— Oh ! je vois beaucoup d'Allemands. Je travaille pour ORBIS, l'organisation de tourisme. J'ai quelques jours de repos et j'en profite pour faire ce que je veux. Si je peux vous aider, je connais tous les coins amusants de Varsovie, je sais où on trouve du caviar. Du russe, évidemment.

— Le caviar m'intéresse toujours, dit Malko.

Le temps passait et l'entracte n'allait pas durer éternellement. Il trempa ses lèvres dans la boisson violette, posa le verre encore plein et dit :

— Je vous prie de m'excuser, je voudrais me laver les mains.

— C'est là-bas, à gauche, dit Anne-Liese.

Il était déjà parti, rentrant dans le foyer, en tournant à droite. Les toilettes se trouvaient de l'autre côté du grand escalier menant aux salles du bas. Au lieu de continuer tout droit, Malko plongea dans les marches, hors du champ de vision de son encombrante conquête.

*
* *

Excepté deux ouvreuses en gris fer, aux mollets de coureur cycliste, la salle Emilia était déserte. Malko regarda le nom inscrit sur le socle de la première statue. « Hemingway. » Il continua et s'aperçut que la salle était en L. La seconde partie était aussi vide que la première, à l'exception d'une seule personne. De dos devant une statue. Malko ne voyait d'elle que des cheveux blonds courts, une robe bleue mal coupée et des bottes noires. Avant même d'avancer, il fut certain qu'il s'agissait du buste de Mylakarskego. Normalement, ces salles servaient de promenade aux spectateurs, mais ceux-ci préféraient demeurer agglutinés autour des buffets sans alcool.

Il fit quelques pas en direction de l'inconnue, et celle-ci, entendant du bruit, se retourna. Il aperçut un nez retroussé, une bouche molle et sensuelle, des yeux très bleus, une expression ouverte et inquiète. De grands cernes bistres soulignaient les yeux. Une lueur chaleureuse passa dans son regard, aussitôt éteinte. La fille — ce ne pouvait être que Wanda

Michnik — pivota et se replongea dans la contemplation de la statue. Malko se retourna. Un homme à lunettes examinait le buste de Beethoven, son programme à la main.

Wanda Michnik revint sur ses pas, passa devant Malko. Cette fois, il lut dans son regard un mélange de peur et de désespoir. Elle disparut dans le grand escalier et il la suivit à distance.

Elle s'assit à l'avant-dernier rang sur la droite. Contenant sa rage, il retourna vers le bar. Le S.B. venait de marquer un point. La pulpeuse Anne-Liese n'était qu'un des éléments de la souricière. Ou Wanda Michnik s'était affolée pour rien. Ce qui n'était pas impossible. Dans ce cas, il faudrait la rattraper plus tard.

Anne-Liese, altière comme une walkyrie, l'accueillit d'un sourire un peu pincé.

— *Ach*, je vous croyais perdu. Cet Opéra est si grand !

Elle se tenait tellement droite que ses seins semblaient encore augmenter de volume. Malko ne put s'empêcher de se demander quelle consistance ils avaient. Une sonnerie retentit : la fin de l'entracte. Anne-Liese passa son bras sous le sien, avec l'énergie d'un catcheur. Il effleura au passage la masse tiède d'un sein.

Cette fois, les stakhanovistes eurent des regards carrément furieux.

Tout le temps du second acte, la Polonaise se tint toujours aussi droite, mais, cette fois, il émanait d'elle une sorte de magnétisme animal qui se décuplait chaque fois qu'elle croisait ou décroisait les jambes. Le brandebourg le plus bas, sur la jupe, ne parvenait pas à fermer le tissu plus bas qu'à mi-cuisse. Il semblait maintenant à Malko que chacun de ses gestes lui était adressé. Profitant d'un moment de silence, elle se pencha sur lui.

— Vous connaissez le *Krokodyl ?* C'est un restaurant amusant, où on peut souper. Je les connais, nous pourrions avoir des places sans réserver... Mais peut-être voulez-vous aller vous coucher.

— Non, non, assura Malko.

Avant le *Krokodyl*, il fallait parler à Wanda Michnik. La belle Anne-Liese devait dépendre directement du Directorat n° 1. Le bureau technique opérationnel. C'était du travail soigné, même s'il manquait de finesse.

***

Enfin, c'était fini, ils étaient tous morts ! Malko se leva le premier. Anne-Liese lui jeta un regard surpris.

— Je ne suis pas au même vestiaire que vous, dit-il, retrouvons-nous à la sortie. En bas.

Il fonça à travers les travées et repéra Wanda Michnik. Il descendit le grand escalier derrière elle qui tourna à gauche vers un vestiaire encore vide. Pas question de garder un manteau : à l'entrée, les ouvreuses vous forçaient à vous dépouiller avec l'énergique sollicitude des gardiennes de goulag. Du coin de l'œil, Malko aperçut Wanda Michnik attrapant une peau de mouton retournée.

Pas question de sortir sans manteau par — 10 °C. Son vestiaire à lui était déjà assiégé par une meute compacte. Il prit son ticket et l'enroula dans un billet de un dollar, se fila au premier rang et le brandit devant le nez de la préposée.

L'effet fut instantané : laissant tomber le vison qu'elle tenait, elle prit le ticket de Malko, ignorant superbement les vingt mains qui se tendaient vers elle.

Entre un dollar [1] et cinq zlotys, l'hésitation n'était pas permise. Malko, sa pelisse sur le bras, fonça vers la sortie. Anne-Liese était en train de descendre le grand escalier, superbe et distante, suivie par les regards humides des stakhanovistes. Malko écarta le rideau de cuir coupe-froid et chercha des yeux Wanda Michnik.

Des dizaines de bus stationnaient en face de l'Opéra

_____
(1) 150 zlotys au marché noir.

ainsi que quelques taxis. Déjà assiégés par la foule.
Wanda se précipita vers le premier. Aussitôt, le chauffeur, qui venait de refuser de charger deux couples,
baissa sa glace et l'appela. Malko était trop loin pour
comprendre leur conversation, mais il vit le chauffeur hocher la tête affirmativement et Wanda s'engouffra dans le véhicule, une Fiat Polski noire.

Bousculant les spectateurs qui couraient vers les
bus, Malko se précipita, dérapant sur le verglas. Le
taxi démarrait. Il cria :

— Wanda !

Qu'elle l'ait entendu ou non, la jeune femme se
retourna et l'aperçut. A son geste, il devina qu'elle
disait au chauffeur de stopper. Mais le taxi ne s'arrêta
pas. Malko la vit tenter d'ouvrir la portière et se reje-
ter sur la banquette avec une expression terrifiée.

Le taxi accéléra, filant vers Senatorska. Malko
s'arrêta, ivre de rage. Wanda Michnik venait de se
faire enlever sous ses yeux par une voiture du S.B.
dont les portières n'avaient pas de poignées à l'intérieur. Voilà pourquoi il avait refusé d'autres clients.

Un coup de klaxon le fit sursauter. Un taxi vide
arrivait sur l'esplanade. Un taxi radio, portant le
numéro d'appel sur la portière : 919. Quarante personnes couraient déjà vers lui. Malko plongea la
main dans sa poche, ramena un billet de vingt dollars
et le brandit devant le pare-brise.

Le taxi fit un brusque écart, manquant écraser un
vieux couple, et s'arrêta à la hauteur de Malko.

Celui-ci s'y jeta. Pas un murmure dans la foule.
Un homme capable de payer 20 dollars pour un taxi
— un mois de salaire — méritait le respect. Le chauffeur se retourna, hilare.

— *You American ? I spent two years in America.*

Son anglais était douteux, mais Malko eut envie de
l'embrasser. On apercevait encore les feux rouges du
Polski noir s'éloignant dans Senatorska. Il les montra
au chauffeur.

— Ma *girl-friend* est dans cette voiture, dit-il. Nous
nous sommes disputés, je veux la rattraper.

Le chauffeur eut un hochement de tête compréhensif et démarra en trombe. Malko se retourna pour apercevoir la haute silhouette d'Anne-Liese émerger de l'Opéra, dominant la foule. La fin d'une belle histoire d'amour. Le taxi zigzaguait sur le sol verglacé.

Dieu merci, la circulation était assez fluide pour qu'il n'y ait pas de problème. Malko se demanda soudain ce qu'il allait faire. Les Polonais étaient chez eux et ne lui feraient pas de cadeau. Mais, s'il ratait Wanda Michnik, il pouvait reprendre le premier avion.

Il se pencha en avant. Les feux rouges du faux taxi se rapprochaient. Dans quelques instants, il l'aurait rattrapé. Le chauffeur se retourna :

— Qu'est-ce qu'on fait ?

CHAPITRE VII

Le taxi venait de stopper au feu rouge, au coin de la rue Kozia. Ils s'arrêtèrent derrière. Malko réfléchissait à la vitesse d'un ordinateur. D'abord attirer l'attention de Wanda. Mais elle était enfoncée dans son siège. Son taxi redémarra. Le prochain feu, à une centaine de mètres, était au croisement de Krakowskie Przedmiescie, la grande artère commerçante, tout près de Stare Miasto [1]. Malko eut une inspiration. Choisissant un billet de cent dollars dans sa liasse, il l'agita sous le nez du chauffeur.

— Au prochain feu, dit-il, vous le heurtez tout doucement à l'arrière... Comme ça, il sera obligé de s'arrêter. Peut-être qu'elle lui a raconté des histoires. Ensuite, je l'emmène.

Le chauffeur n'hésita qu'une fraction de seconde. Il empocha le billet et se cala dans son siège.

— Attention, accrochez-vous.

Les deux véhicules roulaient à trente à l'heure. Le premier stoppa. Le chauffeur de Malko freina, débraya et vint mourir doucement sur le pare-chocs arrière de l'autre dès qu'il s'arrêta au feu.

Il y eut une légère secousse et un choc métallique.

(1) La vieille ville.

Instantanément, le chauffeur du faux taxi jaillit de son véhicule et vint vers l'autre en l'invectivant. Malko attendit qu'il ait engagé le dialogue avec le sien pour descendre de l'autre côté. Accroupi en train d'examiner les dégâts, le chauffeur ne le vit même pas.

Il ouvrit la portière de droite du « faux » taxi. Wanda Michnik, recroquevillée sur la banquette, sursauta. Malko tendit la main.

— Venez, vite.

Il suffoquait presque sous la bise glaciale. La jeune femme se laissa tirer à l'extérieur. Les deux chauffeurs discutaient toujours avec animation. Wanda Michnik sembla retrouver d'un coup ses esprits.

— Par ici, fit-elle.

Ils partirent en courant le long de la place Zam-kowy, vers la vieille ville, dont les rues étaient interdites aux voitures. Le faux chauffeur s'aperçut de leur fuite au moment où ils tournaient. Ils longèrent des palissades protégeant des travaux et s'engouffrèrent dans une rue étroite et déserte, sans trottoir, bordée de ravissants immeubles reconstitués après la guerre.

— Où allons-nous ? demanda Malko.

— Je connais un endroit, dit Wanda en anglais, d'une voix essoufflée. Mais il faut y arriver vite, ils vont nous poursuivre. Oh, j'ai eu si peur.

Malko réalisa qu'elle lui parlait comme s'ils s'étaient toujours connus.

Leurs pas claquaient sur les pavés, la brume et l'absence de voitures avec le silence qui en découlait créaient une ambiance irréelle. On se serait cru dans un décor de film. Ils débouchèrent sur une grande place rectangulaire bordée des mêmes maisons aux teintes pastel tendre, des XVIIe et XVIIIe siècles, reconstituées amoureusement, le Rynek, la place du marché. Wanda s'engouffra à gauche dans un couloir, sans allumer, le traversa, franchit une cour et ressortit dans une rue étroite. Elle tourna à gauche et enfin pénétra dans une petite maison à trois étages. Ils montèrent l'escalier sans un mot. Au second, Wanda ouvrit une porte et poussa Malko à l'intérieur. Il y faisait glacial. La jeune femme s'affaira dans le noir, alluma un radiateur électrique et une ampoule nue pendant au bout d'un fil.

— Le charbon est rationné, expliqua-t-elle. On n'arrive pas à se chauffer.

Ils se trouvaient dans un studio meublé d'un lit, d'une table ronde et d'un matelas posé à même le sol avec des coussins. Dans un coin, il y avait une petite ronéo avec des tracts. Des dizaines de cassettes s'alignaient par terre contre un mur, à côté d'un lecteur. Wanda se laissa tomber sur le canapé bas après avoir ôté son manteau et sa toque.

— C'est chez vous ? demanda Malko en anglais.

La jeune femme secoua la tête et répondit dans la même langue :

— Oh non, ce serait trop dangereux ! Ça appartient à un ami. Ils ne savent pas qu'il me le prête. Enfin, j'espère...

Malko regarda les murs avec un sentiment désagréable. Les Polonais étaient les rois des micros...

Le retour à l'hôtel *Victoria* allait être délicat. Le S.B. risquait de ne pas apprécier la façon dont il avait récupéré Wanda Michnik.

— Qui êtes-vous ? Que voulez-vous ?

Wanda Michnik fixait Malko avec une intensité presque douloureuse. Avant de répondre, Malko mit une cassette dans le lecteur et le déclencha. Une musique pop s'en échappa aussitôt.

— Au cas où il y aurait des micros, dit-il. Je suis venu aider le Mouvement pour la défense des droits des citoyens.

— Oh, c'est vrai !

Sa voix était éblouie, incrédule. Malko inclina la tête affirmativement. Soudain, Wanda Michnik se pencha vers lui et l'étreignit, des larmes plein les yeux.

Elle sentait le parfum bon marché mais une poitrine ferme s'écrasait contre Malko. Celui-ci réalisa tout à coup que Wanda était une fille ravissante. Même avec les vieilles bottes et la robe mal coupée.

— Si vous saviez, dit-elle, c'est si dur ! Si dur ! Il y a des moments où j'ai envie de me suicider. Ou alors de rentrer dans le rang, de ne plus rien dire, de faire semblant de croire que tout va bien, que nous sommes libres... C'est la première fois que quelqu'un vient de l'extérieur, de la liberté, pour nous tendre la main. Nous avons tellement besoin de soutien ! Je sais par celui qui nous a fait rencontrer que vous représentez une organisation puissante, riche. C'est merveilleux. Il faut fêter cela !

Elle se leva, disparut dans la cuisine et revint avec une bouteille de vodka et deux verres.

— Et vous ? dit-il. Que faites-vous ?

Wanda esquissa un sourire.

— Je suis... plutôt, j'étais chanteuse pop. Je chantais toutes les chansons américaines. Les Polonais en raffolent, vous savez. Comme des blue-jeans et du coca-cola... Pour nous, c'est la liberté... Et puis, des amis m'ont parlé de Roman Ziolek. J'ai suivi les débuts de son action, sans trop y croire, parce que les autres sont très forts. Je pensais qu'ils allaient l'arrêter. (Ses yeux jetèrent une lueur de triomphe.) Ils n'ont pas osé ! Parce que l'Eglise le protège. Le cardinal a dit que, si on l'arrêtait, il demanderait lui aussi à aller en prison.

Elle déboucha la bouteille, remplit les deux verres à ras bord et leva le sien.

— *Naz drowie* [1] *!*

— *Naz drowie*, répéta Malko.

Ils burent. L'alcool le réchauffa. Déjà, Wanda avait rempli les verres à nouveau et continuait son récit.

— Depuis que Ziolek a signé le manifeste, plus de 120 personnes, dont moi, ont signé aussi. Plus toutes les lettres qu'il reçoit et qu'il classe. Des gens qui lui expriment leur sympathie, lui souhaitent de réussir.

— Il garde ces lettres ? demanda Malko innocemment.

Wanda secoua la tête énergiquement.

[1] A votre santé.

— Non, non. Il les brûle, mais il m'a dit qu'il conservait la liste des gens dans un endroit secret... Pour le jour de la victoire...

La jeune femme s'enflammait, ses yeux brillaient. Malko qui avait lui-même un peu de sang polonais se dit que les Slaves étaient incorrigibles. Toujours croire aux contes de fées. Wanda était sincère à 150 %. Mais il imaginait ce qui se passerait si Julius Zydowski avait dit la vérité... De nouveau, Wanda vida son verre de vodka, imitée aussitôt par Malko. Il avait besoin de se dénouer les nerfs.

— Vous travaillez toujours ? demanda-t-il.

La jeune femme secoua la tête.

— Non. Le S.B. a donné des ordres pour que je ne passe plus à la radio. Un de mes disques allait sortir. Ils l'ont bloqué. Ils sont passés dans les magasins pour « conseiller » aux disquaires de retirer mes enregistrements de la vente. Ou de dire aux acheteurs qu'ils étaient épuisés.

— Mais comment survivez-vous ?

Wanda eut un sourire ironique.

— *Kombinacja* [1]... Comme tous mes compatriotes. Vous savez, on dit que le Polonais moyen gagne 3 000 zlotys, en dépense 4 000 et en économise 1 000... Je chante dans des boîtes ou des restaurants. Je vends des chansons sans les signer. Et puis, je n'ai pas de gros besoins... Simplement, je ne m'achète plus de vêtements neufs. Mais c'est l'hiver, ce n'est pas important...

— C'est tout ? demanda Malko.

Le regard de Wanda Michnik se ternit. Elle se versa un nouveau verre de vodka avant de répondre.

— Souvent, je suis abordée dans la rue par des agents du S.B., dit-elle. Ils m'injurient, ils me menacent... Soi-disant parce qu'ils ont lu les journaux. Le mois dernier, j'ai été condamnée à 5 000 zlotys d'amende par le Tribunal Populaire de Varsovie Centre pour avoir transgressé les normes du comportement social...

_____

(1) Le système D.

— Qu'aviez-vous fait ?

Wanda Michnik acheva sa vodka.

— Une collecte pour les ouvriers emprisonnés de Ursus et de Radom. C'est mon dernier avatar... Mais il y en aura d'autres. Pourtant, je suis si fatiguée par moments...

Elle se tut, alla changer la cassette et revint s'installer contre Malko. Celui-ci remarqua que ses yeux étaient noyés. La bouteille de Wyrobowa était à moitié vide. Wanda était ivre morte...

Ils restèrent silencieux, écoutant les mélodies de Simon et Garfunkel. Elle avait décroché d'un coup ses problèmes, comme sous l'effet d'une drogue. Elle suivait la musique, dodelinant de la tête.

— Malko ! dit-elle soudain. C'est un drôle de nom. Est-ce que les Américains vont enfin nous aider ? Ils nous promettent toujours, mais on ne voit rien venir. Nous avons besoin de support international. Il faut faire peur à Gierek, qu'il nous laisse en paix... C'est ce que vous êtes venu faire ? Les gens de l'ambassade américaine, ici, sont trop prudents. Ils ont peur de leur ombre. S'il n'y avait pas l'Eglise, nous serions laminés, jetés dans des camps.

Elle s'animait, les mots se bousculaient pour sortir. L'alcool nuisait fâcheusement à son anglais. D'un geste machinal, elle se reversa de la vodka et servit Malko.

— Il fait chaud...

La température ne dépassait pas 15 °C dans la pièce...

Malko se sentait pris d'un étrange engourdissement. Cet appartement nu au cœur de la vieille Varsovie semblait en dehors du temps. Comme les chansons qui sortaient de la radio...

Wanda ne disait plus rien, le dos au mur, les yeux dans le vague, les jambes allongées devant elle. Elle but de nouveau en silence.

Malko se demandait comment aborder le vrai problème. Tout à coup, la jeune femme s'appuya un peu plus contre son épaule. Ses yeux bleus étaient devenus graves.

— J'ai peur, murmura-t-elle, j'ai tout le temps peur. C'est pour cela que je bois. Un jour, ils vont m'arrêter, me battre.

Malko l'attira contre lui et, aussitôt, elle s'accrocha comme une noyée. Le visage enfoui dans son épaule, elle frotta sa joue contre le cachemire de la veste.

— C'est doux, murmura-t-elle. C'est si doux... Ce doit être fantastique d'avoir des vêtements comme cela... Nous sommes si pauvres. Tout est rationné. Le charbon, le sucre, l'énergie. On ne trouve pas de viande... Chez nous, on dit que nous marchons si vite vers le socialisme que les vaches n'arrivent pas à suivre.

Elle rit nerveusement, leva le visage vers lui et, brusquement, l'embrassa sans hésitation.

Elle sentait la vodka, mais sa langue était douce, agile, insistante. Ils s'embrassèrent longtemps, sans dire un mot. Wanda glissa sur le côté, entraînant Malko, jusqu'à ce qu'ils soient étendus tous les deux. Il la caressa doucement, par-dessus ses vêtements, effleurant deux seins pointus. Soudain, Wanda Michnik s'écarta, se leva et fit passer sa robe par-dessus sa tête, dans une gymnastique furieuse. Elle semblait en transe. Avec des grognements impatients, elle arracha ses bottes, ses collants, apparut nue.

Un corps robuste, aux cuisses épaisses, très blanc, des reins cambrés et une énorme cicatrice d'appendicite.

Elle replongea sur Malko sans un mot, s'énerva sur sa ceinture, puis sur les boutons de sa chemise, qu'elle défit avec une maladresse hâtive.

Sa bouche courut sur la poitrine de Malko, s'arrêta au téton, suça, mordit avec une sorte de rage, tandis qu'elle le caressait maladroitement. Peu à peu, sa caresse se chargea d'érotisme. Elle avait trouvé une sorte de rythme de croisière, allant d'un sein à l'autre, mordillant, aspirant, léchant comme un animal. Lorsque sa bouche descendit vers son ventre, Malko le regretta presque.

Elle l'engloutit presque entièrement, dans une fel-

lation acrobatique et violente, tandis que ses mains
virevoltaient autour de son sexe, l'effleuraient, l'aga-
çaient. Ou Wanda était une grande amoureuse, ou
la vodka avait une excellente influence sur son tem-
pérament. Excité à la limite de la douleur, Malko fut
presque soulagé lorsqu'elle remonta et s'empala sur
lui d'un brusque coup de reins. Puis ils basculèrent
et les bras de Wanda se refermèrent sur le torse de
Malko avec une force inouïe. De nouveau, sa bouche
agressa la sienne. Elle donnait de furieux et mala-
droits coups de reins qui déclenchèrent chez Malko
un plaisir prématuré, sans qu'elle paraisse s'en apercevoir. Elle le serrait toujours contre elle, avec la
même violence. Réalisant enfin qu'il avait joui, elle
cessa de bouger sans le lâcher.

— Ne t'en va pas, murmura-t-elle à son oreille.
J'ai tellement besoin d'affection.

C'était sûrement plus pour se rassurer que par
désir physique qu'elle avait voulu faire l'amour.
D'ailleurs, elle n'avait pas joui et s'en moquait visiblement. Malko demeura allongé sur elle, la caressant doucement. Elle dégagea une main pour boire
un peu de vodka au goulot.

— Cela faisait longtemps que je n'avais pas fait
l'amour, soupira-t-elle. C'est bon.

Le radiateur électrique rôtissait le dos de Malko.
La cassette s'était arrêtée. Il bascula sur le dos,
laissa courir son doigt sur l'énorme cicatrice.

— Qu'est-ce que c'est ?

— L'appendicite, dit Wanda. Le chirurgien s'en
fichait. Il est payé au mois... Je n'avais pas d'argent
pour lui donner le supplément qui l'aurait fait bien
travailler. Tant pis...

— Tu n'as pas de *boy-friend* ? demanda Malko.

Elle eut un sourire triste.

— Si, j'en avais un. Mais ils lui ont fait peur. Ils
lui ont dit que, s'il continuait à me voir, il perdrait
son travail. Ils savent tout, tu sais. C'est moi qui lui
ai dit de rompre. Il n'est pas engagé politiquement...

L'étranglement. Malko regarda les yeux bleus pleins
de désarroi et de tristesse. Il était un peu plus de

deux heures du matin. Wanda Michnik semblait plus lucide, comme si l'amour avait effacé l'ivresse. C'était le moment de passer aux choses sérieuses.

— Wanda, demanda Malko, sais-tu avec exactitude pourquoi je suis à Varsovie ?

Le visage de la jeune femme s'éclaira :

— Pour nous aider. Tu me l'as dit. Mais il faut faire très attention. Ils peuvent t'arrêter ou même te tuer.

L'ombre de Julius Zydowski passa devant les yeux de Malko. Il fallait plonger.

— Je suis venu enquêter sur Roman Ziolek, dit-il.

Wanda se redressa, comme si on l'avait cravachée. Les traits crispés. La couverture glissa, révélant sa poitrine, petite et pleine.

— Roman ! s'exclama-t-elle, mais c'est un homme merveilleux, un martyr. Sans lui nous n'aurions même pas l'espoir...

Malko la laissa se calmer avant de continuer :

— Je sais qu'il se présente comme tel, mais nous pensons que c'est peut-être un agent du S.B. Je crois qu'il n'a pas eu un rôle très net dans la Résistance... Il aurait dénoncé des patriotes aux Allemands. Je...

La gifle claqua si violemment qu'il en fut étourdi. Wanda Michnik, d'un bond, s'arracha de la couverture et se leva, uniquement vêtue d'une fine chaîne d'or autour du cou.

— Dran [1] ! explosa-t-elle. Ils t'ont envoyé, hein ! Je me disais aussi que ce chauffeur avait été bien complaisant... Salaud ! Ordure... Tu leur diras à tes maîtres que rien ne nous empêchera de continuer...

Elle s'habillait en bégayant de rage, de guingois, tremblant d'énervement. Malko se leva à son tour, la joue cuisante.

— Wanda, essaya-t-il de plaider. Tu es folle, je ne suis pas un agent du S.B. Au contraire. Je veux éviter une catastrophe. Il faut que tu me croies. Si Roman Ziolek est bien celui qu'il dit, nous l'aiderons. Mais...

_____

(1) Salaud.

Elle ne l'écoutait pas. Il s'habilla à son tour. Wanda fut plus rapide que lui ; attrapant son manteau, elle se rua hors de l'appartement alors qu'il n'avait même pas remis sa cravate. Il se précipita à ses trousses et ils dévalèrent l'escalier sombre tous les deux. Dans le couloir, il essaya de lui prendre le bras, mais elle se dégagea violemment. Hystérique. Comme il insistait, elle se retourna, tenta de le frapper.

— Wanda ! cria Malko.

Elle était déjà repartie. Courant à perdre haleine, elle tourna dans Pietarska, suivie de Malko. Les rues de la vieille ville étaient absolument désertes. Le froid était si cinglant qu'il eut le souffle coupé au bout de vingt mètres. Wanda courait toujours, vers le pont enjambant les remparts. Il aperçut une voiture garée à l'entrée du pont sur Podwale. Le plafonnier était allumé et il y avait un homme à l'intérieur. Wanda déboula dans la lueur des phares, agitant le bras pour attirer l'attention du conducteur de la voiture. Un taxi.

Celui-ci démarra brutalement. Malko cria, mais trop tard. Comme un serpent fasciné, comme un cobra, Wanda regardait le véhicule foncer sur elle. L'aile gauche la frappa à la hauteur du bassin, l'envoya promener à plusieurs mètres. Un choc d'une violence inouïe. Le taxi ne freina pas, au contraire, accéléra et ses feux rouges disparurent au coin de l'église, au bout de Podwale. Un meurtre délibéré !

Malko atteignit l'endroit où Wanda était tombée et s'agenouilla près d'elle. La jeune femme était allongée sur le dos, les yeux ouverts, mais fixes. Un peu de sang suintait de sa bouche, mais il était impossible de voir s'il s'agissait d'une blessure superficielle ou grave. Malko souleva une paupière, n'obtenant aucune réaction du globe oculaire. Il passa la main sous le manteau, sentit la poitrine qui se soulevait. Ce qui ne voulait rien dire. Wanda Michnik pouvait avoir une fracture du crâne... Il l'appela doucement et elle ne répondit pas. Il se redressa, cherchant de l'aide. Pas un chat en vue. Le brouillard glaçant. Toutes les fenêtres étaient sombres. Il

appela. Personne ne répondit. Il n'osait pas bouger
Wanda.

La seule chance était de trouver du secours à
l'hôtel. Plus d'un kilomètre dans le froid. Il se pencha sur Wanda. Ses yeux avaient repris un peu
d'expression, mais elle était d'une blancheur de craie.

— Je vais chercher du secours, dit-il. Je reviens.

Il devina plus qu'il n'entendit : *Go away !* Indomp-
table Wanda. Il partit en courant dans Podwale,
tourna dans Senatorska pour déboucher, hors
d'haleine, derrière l'Opéra. Toujours pas un chat.
Plusieurs fois, il glissa, manqua s'étaler. Pas un pié-
ton, pas une voiture. Pour gagner du temps, il coupa
à travers l'esplanade en direction du *Victoria*, enfon-
çant dans la neige jusqu'aux chevilles. Les seuls êtres
vivants étaient les deux sentinelles gardant le Mémo-
rial du Soldat Inconnu, quelques colonnades, restées
du Palais de Saxe, à la droite de l'esplanade. Lorsqu'il
arriva au *Victoria*, il pouvait à peine respirer.

Miracle, il y avait un taxi devant, avec un chauffeur
endormi. Malko frappa à la glace, le réveillant. Il
agitait déjà le sésame, le billet de cinq dollars...

— Un accident, une femme blessée... Dans Podwale... expliqua-t-il en mauvais polonais.

Le chauffeur s'en foutait, il ne voyait que les dollars. Il démarra avec une sage lenteur, écoutant les
explications de Malko avec une indifférence totale,
consentant à indiquer l'hôpital le plus proche. En
trois minutes, ils furent dans Podwale... devant le
pont.

Malko sauta hors du taxi.

— Venez m'aider, demanda-t-il.

Le chauffeur sortit de son véhicule à regret. Malko
courut jusqu'au coin où il avait laissé Wanda et
s'arrêta net, l'estomac serré : il n'y avait plus personne.

— Alors, où elle est, cette blessée ? demanda le
chauffeur d'un ton goguenard, derrière son dos...

Malko s'accroupit, cherchant des traces, et aperçut
un gant. Celui de Wanda. Même pas de traces de
sang. Beau travail. Maintenant, Wanda devait être

dans un repaire du S.B... Dès que Malko avait eu le
dos tourné, on l'avait enlevée, vivante ou morte.
Glacé, il revint vers le taxi.

— Elle a dû aller mieux et partir, fit-il, je croyais
que c'était grave.

Le chauffeur secoua la tête, plein de compréhen-
sion, murmurant un commentaire ironique sur l'abus
de la vodka par grand froid. Malko se laissa tomber
dans le taxi, découragé. Son unique espoir s'effondrait.

CHAPITRE VIII

Le cheveu coincé dans la serrure de la valise avait disparu. C'était la seule preuve tangible du passage du S.B. Bien que Malko n'eût rien à cacher, cette fouille lui créa une sensation de malaise. Autre élément de la toile d'araignée dans laquelle il s'était jeté. Tout à son enthousiasme, il avait sous-estimé l'efficacité des services polonais.

Soudain, il éprouva une angoisse atroce en se demandant s'il allait pouvoir sortir de Pologne. En un éclair, il réalisa que le S.B. allait se servir de lui pour identifier des opposants et ensuite le liquiderait tranquillement. Il était tombé dans le piège. Il rêva soudain à son château, à Alexandra, à la vie de Vienne, aux soirées, à la liberté. Il était fou de s'être embarqué dans cette galère.

L'hôtel était parfaitement silencieux, pourtant, il ne pouvait pas s'endormir. Les trois coups de trois heures sonnèrent quelque part.

Enfin, à force de réfléchir, il eut une idée. Il l'examina sous toutes ses coutures, sombrant peu à peu dans le sommeil, et conclut que c'était peut-être la seule chance de mettre le S.B. en échec. Il entendit encore les quatre coups de quatre heures, puis bascula dans le sommeil.

*

La neige tombait avec une sorte de puissance méthodique, noyant Varsovie sous un rideau blanc. Malko traversa le hall du *Victoria*, grouillant d'hommes d'affaires de tous poils, et s'arrêta sous l'auvent.

Au réveil, son idée lui avait paru moins bonne. Il n'avait plus qu'à appliquer la procédure de secours. Une visite au chef de station de la C.I.A. de Varsovie. Son enquête était terminée avant de commencer. Ce n'était même pas la peine de tenter de voir Roman Ziolek, pour se faire raconter des contes de fées.

Dans les cas comme les siens, il existait des filières d'évasion qui fonctionnaient bien quand elles n'étaient pas « pénétrées ». Hélas, on s'en apercevait toujours trop tard quand c'était le cas...

Pas de taxi. Il n'allait quand même pas aller à pied à l'ambassade. Il piétinait depuis cinq minutes dans la neige du trottoir lorsqu'une superbe Mercedes grise déboucha de la gauche et vint s'arrêter devant le *Victoria*. Malko se précipita, les éternels dollars à la main.

Le chauffeur, assez âgé, avec des cheveux blancs ondulés et un nez busqué, avait une bonne tête. Moitié en polonais, moitié en allemand, ils négocièrent à deux dollars l'heure. L'ambassade U.S. se trouvait dans Ujazdowski, beaucoup plus au sud, au cœur de l'ancien quartier résidentiel où pullulaient encore les vieux hôtels particuliers. Malko retrouva avec plaisir les sièges confortables d'une bonne voiture, tandis qu'ils descendaient Nowy Swiat, l'artère principale de Varsovie, bordée de tristes immeubles noirs...

— C'est à vous la voiture ? demanda Malko au chauffeur.

L'autre secoua la tête en riant :

— Non, c'est celle de mon patron. Mais il est en

réunion toute la journée au comité central du Parti...
Là, tenez !

Il montrait à Malko un monumental gâteau de
granit gris, au coin sud-est des Aleje Jerozolimskie [1]
et de Nowy Swiat, gardé par des miliciens en kaki :
le siège du parti ouvrier unifié polonais. Le cerveau
du pays... Le chauffeur se retourna, hilare.

— Vivement le prochain congrès, qu'on ait des
bananes. C'est le seul moment où ils se débrouillent
pour en importer.

Tout à sa joie, il faillit emboutir un des innombrables trolley-bus rouges qui sillonnaient les rues
de Varsovie. Charmant pays.

— Vous n'êtes quand même pas trop malheureux ?
demanda Malko.

Le chauffeur eut un geste fataliste.

— Bof... Du moment qu'on ne fait pas de politique.
Moi, je suis trop vieux pour m'intéresser à ces
trucs-là. Avec cette voiture, je gagne assez de dollars
pour me payer des vacances à l'étranger tous les
deux ans, et de la viande au marché noir. Alors...

La circulation était plus fluide, et l'environnement
avait changé. Au lieu des immeubles gris et tristes,
il y avait à gauche l'immensité enneigée du parc
Lazienkowski et à droite de vieux petits palais trans-
formés en ambassades, mais charmants. Cette par-
tie-là n'avait pas été détruite totalement en 1944. Le
taxi stoppa en face d'un building moderne de quatre étages en pierres grises, le seul des Aleje Ujazdowskie.

— C'est l'ambassade, annonça le chauffeur. Vous
êtes diplomate ?

— Presque, dit Malko.

Au moment où il ouvrait la portière, l'autre lui
proposa :

— Si vous me donnez 20 dollars, vous pouvez me
garder jusqu'à six heures. Ça vous facilitera la vie.
Il n'y a pas beaucoup de taxis, à Varsovie...

(1) Allées de Jérusalem.

Malko n'hésita pas : le vieux Polonais lui était sympathique.

— Parfait, dit-il, à tout à l'heure.

La cage de verre était suspendue au milieu du sous-sol comme la nacelle d'un dirigeable prêt à s'envoler. Des câbles d'acier fixés aux huit coins du cube, arrimés au plafond et au plancher, la maintenaient à un mètre du sol environ. L'installation ne devait pas être vieille, car il y avait encore des gravats partout. L'armature de la cage était en acier anodisé, ceinturé de boîtes noires qui devaient contenir la protection électronique. La porte donnant sur la pièce du sous-sol où se trouvait l'ensemble portait un écriteau : *Keep away. Hi-tension.*

C'était la salle de réunion de l'ambassade, là où se discutaient tous les problèmes confidentiels.

— Après vous, dit aimablement Cyrus Miller, chef de station de la C.I.A. à Varsovie.

Un géant rougeaud, avec quelques cheveux sur le crâne et un costume clair chiffonné.

Malko le précéda sur l'escalier de bois permettant d'accéder à la cage. L'intérieur était succinct : une table basse et quatre sièges. Un plateau avec une cafetière et des tasses étaient posés sur la table. Cyrus Miller referma la porte derrière lui et appuya sur un bouton.

Aussitôt, un sifflement aigu vrilla les oreilles de Malko, diminuant rapidement pour se transformer en bourdonnement. Les défenses électroniques étaient en place. S'il y avait des micros dans les murs, ils ne recueilleraient que des sifflements à faire sauter les magnétophones. Cyrus Miller posa ses dossiers devant lui et se versa une tasse de café. Puis, il alluma une Rothmans et fixa Malko :

— Je suppose qu'il s'est passé quelque chose de grave pour que vous soyez ici. Ce n'était pas dans nos conventions...

Durant le récit de Malko, il ne dit presque rien,

prenant seulement des notes d'une écriture fine. Posant une question, approuvant de la tête. Un médecin écoutant un malade. Puis, il posa son stylo, écrivit de nouveau quelques mots sur une feuille de papier et appuya sur une sonnerie. Une minute plus tard, un homme jeune aux cheveux d'un noir de jais surgit dans la pièce et entra dans la cage. Cyrus lui tendit son papier.

— Bon, allez donc voir en haut ce que nous avons là-dessus.

Le jeune homme referma la porte et disparut. Cyrus Miller frotta pensivement ses mains rougeaudes l'une contre l'autre.

— Apparemment, le S.B. vous a bien pris en main. Le type du taxi devait appartenir au Directorat n° 1, le bureau technique opérationnel. Mais ils sous-traitent pour le Directorat n° 2 — le service du contre-renseignement — ou le n° 4 — le service des organismes religieux et du clergé. C'est plutôt ceux-là qui s'occupent des dissidents de l'intérieur.

» De toute façon, vous représentez à leurs yeux un objectif de choix, même si l'histoire Roman Ziolek ne tient pas. Leur hantise, c'est le soulèvement de la population, côté ouvrier. Jusqu'ici, ils ont toujours réussi à séparer les intellectuels des ouvriers. Si Ziolek n'est pas manipulé, une réaction en chaîne risquerait de se produire. Il reçoit, paraît-il, beaucoup de lettres d'ouvriers...

— Vous avez une opinion sur lui ? demanda Malko.

L'Américain tira pensivement sur sa cigarette.

— Honnêtement, non. Bien entendu, nous avons suivi le développement du Mouvement pour la défense des droits des citoyens, nous connaissons certains des membres. Mais, jusqu'ici, absolument rien ne vient corroborer votre hypothèse... Sauf, évidemment, ce qui s'est passé à Vienne.

— C'est important, remarqua Malko.

— Certes, admit l'Américain, mais on n'a rien de concret à se mettre sous la dent. Je crois quand même que le mieux serait de vous faire disparaître d'ici avant qu'il ne vous arrive des problèmes

sérieux ; ils ont été bien imprudents de vous faire
venir... Les Polonais ne sont pas des idiots. Et
n'oubliez pas le pool de coordination de tous les
services des pays de l'Est. Les Russes, les Roumains,
les Tchèques, les Allemands de l'Est, les Hongrois
savent que vous êtes là à Varsovie. Certains aime-
raient peut-être vous poser des questions. Ou régler
de vieilles ardoises... Comme le S.B. n'a rien à refuser aux Soviétiques...

Un ange passa, une étoile rouge sur les ailes. Brusquement, Malko n'avait plus envie de quitter sa
cage de verre ronronnante.

— Je croyais que Gierek était relativement moins
proche des Soviétiques, remarqua-t-il. Qu'il avait
libéralisé le régime après Gomulka.

Cyrus Miller eut un sourire indulgent.

— N'étant pas un spécialiste de la Pologne, vous
pouvez le croire. Mais Edward Gierek est, avant tout,
un agent du K.G.B. Il a été formé à Moscou, du temps
du Kominform, et a monté des réseaux de pénétration en France et en Belgique ainsi qu'au Luxem-
bourg. Nous avons une fiche très complète sur lui.

Edifiant.

— Vous n'avez vraiment aucune piste pour l'affaire
Ziolek ? interrogea Malko.

Cyrus Miller n'hésita pas.

— Non. J'ai checké le close-up de Ziolek contre
tous les ordinateurs. Rien. Pas la moindre faille. Si
c'est un sous-marin, c'est du beau travail.

— Les gens de l'Est ont l'habitude du beau travail,
remarqua Malko.

L'Américain semblait de plus en plus réticent.

— C'est difficile de partir à l'aventure, remarqua-t-il. Pour les opposants, Roman Ziolek est devenu
un héros.

Visiblement, le chef de station n'avait qu'une idée :
le faire sortir de Pologne... Non sans raison. Bercé
par le bourdonnement, Malko réfléchissait, se repas-
sant mentalement les éléments du problème. Une voix
intérieure lui disait que, même si le vieil antiquaire
avait menti sur tous les autres points, il disait la

vérité en parlant de Roman Ziolek. Mais comment
le prouver ?

Déjà, Cyrus Miller avait regardé trois fois sa montre. Malko décida d'essayer l'idée qu'il avait eue la
nuit précédente.

— Avez-vous la liste de tous les Polonais ayant
participé à des mouvements d'opposition au cours
des dernières années ? demanda-t-il.

Le chef de station de la C.I.A. sembla un peu surpris par la question, mais acquiesça :

— Oui, enfin tous ceux que nous connaissons.

— Je suppose qu'on retrouve toujours les mêmes ?

Cyrus Miller bougea son corps massif, mal à l'aise
sur sa chaise trop étroite.

— Un noyau. Oui. Mais il y a ceux qui sont en
prison, morts ou qui ont fui à l'Ouest... Certains en
ont tellement pris sur la gueule, aussi, qu'ils se sont
couchés...

— Très bien, fit Malko. Vous les avez sur ordinateur, ici, à Varsovie ?

— Non, à Langley. Pourquoi ?

Il sembla à Malko que le bourdonnement électronique avait diminué d'intensité. Il finissait par éprou-
ver une sensation de claustrophobie dans cette cage
étroite. Ses yeux dorés dans ceux de l'Américain, il
demanda :

— Je voudrais savoir le ou les noms de ceux qui
ont toujours participé aux manifestations antirégime
et qu'on ne retrouve pas dans le mouvement de
Roman Ziolek. Ceux qui n'ont pas de raison valable
pour ne pas y être. Comme la mort ou la prison.

Cyrus Miller secoua la tête et lissa ses rares cheveux.

— *My goodness !* fit-il d'une voix calme, vous pensez à un type qui saurait ou qui soupçonnerait quelque chose ?

— *Right*, dit Malko.

L'Américain se leva si brusquement que la cage en
trembla.

— *Terrific !* Si ça marche. (Il consulta sa montre.)
Ecoutez, il est quatre heures du matin à Langley.

Il y a juste une permanence. Ça peut prendre une heure d'interroger le « Magic Dragon ».

— Je reviens dans une heure, dit Malko. En attendant, je vais faire un tour.

*✶✶

Un vent glacial entraînait les flocons de neige balayant l'allée Jerozolimskie, large avenue à deux voies perpendiculaires à Nowy Swiat, une des artères les plus commerçantes de Varsovie. Malko ressortit d'un magasin soviétique, le « Natascha », sans rien avoir trouvé à acheter. Même pas des jouets ! C'était l'indigence totale. Un homme, une casquette poilue enfoncée jusqu'aux yeux, engoncé dans un vieux manteau de cuir, s'approcha de lui et murmura :

— *Dollars... Hundred and fifty zlotys...*

Six fois le cours officiel. Malko ne répondit pas. Ce pouvait être un provocateur. Il traversa, manquant de se faire écraser par un tram rouge, et tenta le magasin de Chine populaire, le « Chinewa ».

C'était pire que le soviétique ! On aurait dit l'étalage des lots d'une kermesse de patronage.

Les immeubles étaient tous d'un gris sinistre. Ce n'était pas la peine d'avoir reconstruit Varsovie. Pas une seule vitrine agréable. Des gens faisaient la queue devant une boucherie, avec des visages résignés. On aurait cru une image de guerre. Il entra dans une « winiarnia [1] » où les clients buvaient debout, agglutinés autour de petits guéridons. Pour 10 zlotys, il obtint une tasse d'un liquide marron qui n'avait de café que le nom. Ses vêtements tranchaient sur ceux des autres consommateurs. Une grosse femme, enveloppée dans une vieille fourrure, posa sa tasse, s'approcha de lui et demanda à voix basse s'il avait des dollars.

Sûrement pas une provocatrice. Mais l'attrait du dollar était tel qu'il transformait tous les Polonais en trafiquants.

Il secoua la tête avec un sourire désolé. Comment

[1] Taverne.

savoir dans la foule qui étaient les agents du S.B. ?
L'heure avait passé, il était temps de retourner à
l'ambassade. Son chauffeur de taxi l'attendait en
lisant une bande dessinée. Ils firent le tour par
Marszalkowska, approchant du monstrueux Palais de
la Culture, puis redescendant par l'allée Armii
Ludowej. Les maisons étaient plus espacées, avec de
petits jardins gelés. De l'autre côté, le parc Lazienkowski descendait en pente douce presque jusqu'à
la Vistule... A droite, s'allongeaient des alignements
sans fin de H.L.M. grisâtres. Encore plus sinistres
sous la neige. Il se demanda soudain ce qu'était
devenue Anne-Liese, sa conquête de l'Opéra.

Cette fois, le marine de garde à l'ambassade le fit
entrer rapidement et le mena directement au sous-
sol. Cyrus Miller le rejoignit quelques instants plus
tard dans la « cage », un dossier à la main. La porte
se ferma. Sifflement, bourdonnement. Le chef de
station de la C.I.A. le regardait avec une expression
ambiguë.

— Ils ont mis le paquet, dit-il.

Malko ne comprenait plus.

— Avec qui ?

Le visage rougeaud de Cyrus Miller s'éclaira d'une
lueur ironique.

— Votre conquête de l'Opéra. (Il sortit une fiche
de son dossier.) Voilà : Anne-Liese Malsen. Polonaise
d'origine allemande. Agente du S.B. depuis six ans
au moins. Officier traitant dépendant du Directorat
n° 2. A été « prêtée » au Z2 de 1976 à juillet 1977,
pour une mission en Allemagne. Résidente à Bonn,
sous la couverture de critique d'art, a entamé une
liaison avec un haut fonctionnaire allemand du ministère de la Défense. Celui-ci lui a communiqué des
documents de l'O.T.A.N. codifiés « cosmic » pendant
onze mois. A quitté sa femme et ses trois enfants.
Lors de son arrestation, s'apprêtait à divorcer pour
épouser Anne-Liese. Celle-ci a quitté l'Allemagne,
échappant à la police, sans qu'on sache comment.

— Et lui ? demanda Malko.

— Il s'est suicidé.

Silence, rompu par le bourdonnement des déflecteurs électroniques. Cyrus Miller se gratta la gorge.

— Ils ont pris ce qu'ils avaient de mieux. Cela prouve qu'ils ne veulent pas vous mettre hors circuit tout de suite. Ils vous montent un turbin... Mais attention, cette femme est dangereuse. Le type dont je vous parle n'était pas un enfant de chœur. Elle en a fait une lavette à vaisselle...

— J'essaierai de ne pas me transformer en lavette, dit Malko. Et le reste ?

— Le reste...

Cyrus Miller ménageait ses effets. Il tira une nouvelle feuille de son dossier. Malko vit que trois noms y étaient inscrits.

— Je crois que vous avez eu une idée intéressante, Mr. Linge. Nous avons trouvé trois noms. Je rectifie : deux, parce que le troisième donné par l'ordinateur n'est plus valable. Le sujet est mort la semaine dernière... (Il tira son stylo et barra le premier nom.) C'est une certaine Maryla Nowicka, gynécologue. Pas de photo, malheureusement. Depuis 1970, elle a participé à tous les rassemblements de dissidents. A été arrêtée plusieurs fois et a subi d'innombrables vexations de la part du S.B. Cette fois, aucune trace d'elle dans le mouvement de Roman Ziolek. Ou elle en a marre, ou il y a autre chose.

— Et l'autre ?

— C'est un homme, un avocat de Cracovie, dit l'Américain.

Malko n'hésita pas.

— Je vais commencer par la première, dit-il. Vous avez son adresse ?

Cyrus Miller lui tendit le papier.

— Apprenez-la par cœur, c'est de la dynamite.

Malko lut l'adresse : 6 Ulica Dojna, appartement 64.

— C'est au sud, dans les nouveaux grands ensembles, près de la route de Wilanow, précisa l'Américain. Vous voulez y aller ?

Malko était en train de mémoriser le nom et l'adresse. Il rendit le papier à l'Américain. Ses yeux dorés brillaient d'un éclat presque joyeux.

— Bien sûr, dit-il. Même si c'est la dernière chose que je fais à Varsovie.

Cyrus Miller le fixa avec une drôle d'expression.

— Vous savez ce que vous risquez ? dit-il doucement. Un de nos agents est allé à un rendez-vous similaire à Prague. On a retrouvé son cadavre dans le Danube.

— Ici, la Vistule est gelée, remarqua Malko ironiquement. Je veux savoir. Mais je vais prendre toutes les précautions pour y arriver seul.

— Ce ne sera pas facile, ronchonna l'Américain. Ils doivent être sur vous comme des morpions. Et je ne *peux* pas vous aider. Nos opérations de pénétration tiennent à un fil. La moindre imprudence et tout est par terre.

— Je sais, reconnut Malko. Pouvez-vous avoir des nouvelles de Wanda Michnik ?

— J'essaierai, dit l'Américain. De toute façon, votre filière d'évasion sera prête dans quarante-huit heures, au plus tard. Si vous ne m'avez pas contacté, c'est moi qui le ferai. Vous recevrez une carte d'invitation à un récital de piano. Vous saurez alors qu'il faut venir ici. Le reste sera relativement facile.

Tout était dans le « relativement ».

.*.

Malko traversa en courant Ujazdowskie pour rejoindre son taxi. Un peu plus loin, il repéra une Lada grise. Un suiveur. Il prit place dans le véhicule. Le chauffeur lui sourit.

— Vous voulez qu'on aille acheter du caviar ? Ou des bijoux ? Vous préférez une fille ?

— Cela fait beaucoup de choses, remarqua Malko. Mais je veux quelque chose de beaucoup plus difficile.

— Quoi ?

— Un « Samizdat [1] ».

Le Polonais éclata de rire.

_____

(1) Texte clandestin.

— Ça, c'est facile, il y en a plein !

— Oui, dit Malko, mais j'en veux un particulier, et je ne veux pas qu'on puisse me suivre...

Le chauffeur hocha la tête pensivement :

— Je vois.

Malko s'aventurait en terrain miné. Il pouvait être victime d'un « montage ». Mais ce Polonais lui inspirait relativement confiance. Il fallait prévoir le cas où il était surveillé à la fois par des piétons et plusieurs véhicules, radio bien entendu. Le chauffage était mis et Malko s'engourdissait tout doucement.

— Vous avez un plan de Varsovie ?

L'autre lui en tendit un. Malko chercha la rue Doina et la trouva facilement. Elle donnait dans Polna, une grande artère presque parallèle à la route de Wilanow, filant vers le sud. Malko rendit le plan sans rien dire.

— Il y a bien un truc, si vous ne voulez pas qu'on vous suive, suggéra le chauffeur.

CHAPITRE IX

Malko réussit à ne pas montrer sa joie. Le chauffeur lui proposait ce qu'il s'apprêtait à lui demander sur la pointe des pieds ! Il scruta attentivement son visage. Il avait l'air sincère. Il fallait courir le risque.

— On prend le pont Lazienkowski, expliqua le Polonais. Comme pour aller à Saska Kepa, par la rampe d'accès de Czierniakowska. Quand on arrive sur le pont, on saute le trottoir du milieu, il n'y a pas plus de 20 centimètres — et on revient sur Varsovie. Il y a toujours pas mal de circulation. Si quelqu'un nous suit, il aura du mal... Je l'ai déjà fait une fois. Ensuite, on va où vous voulez.

— Ça peut vous attirer des ennuis, remarqua Malko. Combien voulez-vous ?

— Bof, fit le Polonais. Ce que vous voulez.

Malko tira un billet de cent dollars de sa poche. Au cours du marché noir, trois mois de salaire d'une secrétaire... Il le tendit au chauffeur.

— Allons-y.

Le taxi s'ébranla. Tandis qu'il roulait, Malko se pencha vers le chauffeur.

— Ensuite, vous me déposerez tout au bout de la Pulawska, dit-il ; après, je continuerai à pied...

Le Polonais se rembrunit.

— Vous n'avez pas confiance ?

Malko sourit.

— Si, mais je ne veux pas vous mêler à une histoire qui ne vous regarde pas. Cela pourrait vous attirer des ennuis.

Cinq minutes plus tard, ils s'engagèrent sur la voie suivant la berge de la Vistule, remontant vers le nord. Malko se retourna. Trop de circulation pour voir s'il était suivi. Le taxi prit la rampe d'accès au pont. Suivi de plusieurs autres voitures et d'une camionnette orange... Le taxi s'engagea en biais sur le pont, coupant la route des véhicules venant de Varsovie. L'ouvrage comportait deux bandes de roulement séparées par un mini-trottoir. Le chauffeur de la Mercedes obliqua à gauche tout de suite, coupant la trajectoire des véhicules venant de Varsovie, dans un concert de coups de freins. Dès qu'il eut pris quelques mètres d'avance sur le véhicule qui se trouvait immédiatement derrière lui, le chauffeur donna un brusque coup de volant à gauche, montant sur le trottoir central. Malko fut arraché de son siège par le choc. La Mercedes fut secouée violemment, il y eut un bruit sourd, tandis que la caisse raclait sur le trottoir. Pendant quelques instants, Malko crut que la voiture allait rester échouée sur l'obstacle. Elle tangua, grinça, rugit et retomba lourdement sur la partie de la chaussée en sens unique vers Varsovie. Un gros camion qui arrivait de Saska Kepa pila pour ne pas l'emboutir, bloquant toute une file. Le concert de klaxons reprit de plus belle.

Le chauffeur avait déjà repris de la vitesse et filait vers la ville.

Malko se retourna juste à temps pour voir un bus rouge prendre en écharpe la camionnette orange essayant de les imiter... En dix secondes, la circulation fut totalement paralysée sur le pont. Malko se laissa aller en arrière. Soulagé.

— Bravo !

Le chauffeur riait franchement.

— Ils vont vous retrouver, remarqua Malko. Qu'allez-vous leur dire ?

Le Polonais aux cheveux blancs haussa les épaules avec philosophie.

— Je dirai que vous avez changé d'avis au milieu du pont, ou qu'on ne s'était pas compris. Que j'ai voulu vous faire plaisir... Parce que vous m'aviez donné 20 dollars. Je serai peut-être obligé de les leur donner, ajouta-t-il, avec un sourire finaud. Eux aussi, il faut qu'ils fassent bouillir la marmite. Et puis, j'ai un cousin qui est dans la Milicja...

Malko se retourna. Cette fois, plus personne ne les suivait. Cinq minutes plus tard, ils roulaient dans Pulawska, un autre grand boulevard à deux voies, filant vers le sud, bordé d'immeubles administratifs et de H.L.M. d'un gris lépreux. La neige avait cessé de tomber. Malko se pencha vers le chauffeur.

— Vous m'arrêtez au coin de Odynla.

L'autre se retourna, hilare.

— Vous allez au stade ?

— Tout juste, dit Malko.

Le stade de Varsovie se trouvait juste en face.

Le chauffeur obliqua vers le trottoir. Malko descendit. Il attendit que le taxi ait fait demi-tour au croisement et soit retourné vers le centre pour traverser. Il y avait peu de circulation et encore moins de piétons. Le quartier, entièrement moderne, était tragiquement triste. Des blocs de H.L.M. isolés au milieu de terrains vagues, à perte de vue. Il hâta le pas et trois cents mètres plus loin aperçut une plaque indiquant Ulica Doina.

Il était arrivé.

***

C'était l'idée que les Polonais se faisaient d'un pavillon de banlieue : un gigantesque clapier gris en S qui étirait ses douze étages sur 300 mètres, au milieu d'un terrain nu où jouaient quelques gosses frigorifiés. Trente-deux ans après la fin de la guerre, la crise du logement était toujours aiguë.

Malko regarda la porte où il était arrivé : n° 6. Il s'y engouffra. Les boîtes aux lettres s'alignaient dans un couloir de ciment nu, au milieu d'une forte odeur de chou. Il trouva celle qu'il cherchait : M. Nowicka.

Au sixième. Bien entendu, il n'y avait pas d'ascenseur. L'escalier sentait encore plus le chou. Malko n'y croisa personne, arriva à une porte jaune, la quatrième dans le couloir, écouta, n'entendit rien et finit par sonner, le cœur battant la chamade. Il ne pourrait pas faire deux fois le coup du pont.

Des pas. La porte qui s'ouvre. Une femme de haute taille, massive, avec des lunettes, un chignon. Les coins de la bouche grande et belle qui tombent. Une blouse blanche. Corpulente sans être forte. Un Rubens. Des yeux gris, fendus en amande, des pommettes saillantes très slaves.

— Maryla Nowicka ?

Une lueur inquiète et surprise passa dans les yeux gris.

— Oui. Vous...

Malko sourit et demanda en polonais :

— Puis-je entrer un moment ?

— Que voulez-vous ?

Elle semblait surprise, mais pas apeurée. Malko ne devait pas ressembler aux gens du S.B...

Soudain, il pensa aux éternels micros. Si Maryla Nowicka était une récidiviste de la dissidence, elle pouvait très bien faire l'objet d'une surveillance constante. Malko tira son « pad » de sa poche et griffonna rapidement : *Puis-je vous parler sans être écouté ?*

Il avait souligné *écouté*.

Cette fois, les yeux gris le scrutèrent avec plus d'attention. La Polonaise répondit à haute voix :

— Je ne peux pas vous voir tout de suite, il faut que je sorte. Mais demain, si vous voulez.

— Parfait, dit Malko. Alors à demain.

En même temps, elle s'avança dans le couloir et dit à voix très basse :

— Au cinéma Polonia. Sur Marszalkowska. A la séance de deux heures. Au dernier rang.

Aussitôt, elle referma la porte.

Malko se hâta de redescendre. Il ne fut tranquille qu'en regagnant Pulawska. Pas le moindre taxi en vue. Il ne voulait pas prendre le bus, ses vêtements le désignaient trop comme un étranger, aussi se mit-il courageusement en marche vers le centre.

C'est encore ainsi qu'il passait le plus inaperçu. Les passants se hâtaient, emmitouflés, le nez dans leurs lainages, se souciant peu de qui les croisait. Le froid était son allié objectif, comme disaient les dialecticiens du Parti. Mentalement il priait : pourvu que Maryla Nowicka sache réellement quelque chose !

.*.

Stoïque, Malko ressortit du centre commercial Dom Towarowy, sur Marszalkowska, et se relança dans le froid. Jouant le mieux possible son rôle de curieux. Visitant les boutiques, se mêlant à la foule dense luttant contre le blizzard. Il avait l'impression d'être en pleine campagne de Russie. Le cinéma Polonia était à cent mètres. Cela faisait deux fois qu'il passait devant. De l'autre côté de l'avenue, le Palais de la Culture dressait ses tours carrées au milieu d'un vaste espace vide.

Il s'arrêta de nouveau, le visage gelé, le nez coulant, et regarda les photos du film : *l'Ordre de marbre*. Il s'approcha de la caisse, surpris de la voir déserte. Il était deux heures dix. La caissière secoua la tête en le voyant et repoussa son billet de cent zlotys.

— On n'entre plus, annonça-t-elle fermement. Il faut revenir à la prochaine séance.

Grâce à son mauvais polonais, Malko apprit que trois minutes après le début de la séance, on fermait les portes... Tant pis pour les retardataires, coupables de conduite antisociale.

— Ça ne fait rien, il y aura de la place à quatre heures, dit la caissière...

C'était le moment de faire appel à Dieu. Malko sortit un billet de cinq dollars et le posa par-dessus les zlotys.

— A quatre heures, je ne peux pas.

La fille se retourna, vérifiant qu'on ne l'observait pas, escamota le billet et dit :

— Attendez, je vais vous accompagner.

Elle donna son billet à Malko et le guida dans le hall jusqu'à une ouvreuse, murmurant quelque chose à l'oreille de celle-ci qui se leva immédiatement et fit signe à Malko de la suivre.

Deux familles polonaises allaient manger de la viande ce soir-là.

Malko essaya de distinguer quelque chose dans l'obscurité. Heureusement, l'ouvreuse l'avait abandonné près de la porte. Il y avait une douzaine de personnes au dernier rang. Il attendit quelques secondes pour laisser ses yeux s'habituer à l'obscurité et se faufila devant les gens assis, les dévisageant tant bien que mal, à la lueur de la projection. Bien entendu, il avait pris le mauvais bout. Maryla Nowicka se trouvait à l'autre extrémité, des sièges libres des deux côtés. Il se laissa tomber à côté d'elle, soulagé.

— Je croyais que vous ne viendriez pas, souffla-t-elle.

— J'ai voulu trop bien faire, dit Malko.

Il n'était pas retourné à l'hôtel pour ne pas risquer d'être de nouveau pris en filature, mangeant une saucisse arrosée de bière Beck's dans la cafétéria de l'hôtel *Forum*, sur Marszalkowska. Il devinait que la gynécologue le scrutait dans l'obscurité.

— Qui êtes-vous ? demanda-t-elle en polonais. Pourquoi avez-vous parlé de micros ?

Elle s'était penchée, parlant les lèvres collées à l'oreille de Malko. Personne ne pouvait surprendre leur conversation de cette façon. Il répondit de la même façon. On aurait dit deux amoureux en plein duo.

Malko ne pouvait pas biaiser.

— Je travaille pour une organisation américaine, dit-il. Je suis à Varsovie pour enquêter sur les mouvements dissidents qui se développent actuellement.

Je me suis adressé à vous à cause de vos activités
passées. Votre nom se trouvait dans les archives
de l'ambassade U.S. de Varsovie.

Elle colla de nouveau sa bouche à l'oreille de
Malko.

— Vous avez un passeport ?

Malko tendit son passeport autrichien. Maryla
Nowicka alluma un briquet et l'examina avec soin
avant de le lui rendre.

— Il pourrait être faux, souffla-t-elle.

— Bien sûr, reconnut Malko. Il faut me croire sur
parole. J'ai pris la précaution de ne pas être suivi
pour vous parler.

Il lui raconta comment il s'y était pris et il la vit
sourire dans la pénombre.

— Nous autres Polonais sommes très débrouil-
lards, dit-elle, mais cela ne suffit pas toujours.

Il la sentait un peu plus détendue. Ils continuaient
leur ballet pour se parler, alternant leur bouche à
oreille.

— Que voulez-vous savoir ? demanda-t-elle.

— Le S.B. vous a-t-il causé des ennuis récemment ?
demanda-t-il.

De nouveau, il la vit sourire. Amèrement cette
fois.

— Oh, bien sûr, mais j'y suis habituée. Je suis
gynécologue, mais je n'ai plus de clients... On leur
a conseillé de ne plus se faire soigner par moi. Pendant un moment, deux miliciens empêchaient même
les clients d'entrer en bas. On m'a retiré ma chaire
d'enseignement. Les étudiants qui ont continué à
venir me voir ont été persécutés. Je survis en pra-
tiquant des avortements clandestins.

— Mais je croyais que c'était libre en Pologne,
objecta Malko.

Elle hocha la tête affirmativement avant de coller
de nouveau sa bouche à l'oreille de Malko :

— Oui, mais il faut se faire déclarer au Parti.
Beaucoup de gens n'aiment pas ça, et puis c'est
très lent, il faut attendre son tour. Je soigne aussi
des femmes qui ne veulent pas avoir affaire aux

médecins-fonctionnaires. Parce que le S.B. a accès
aux fiches médicales. Quelquefois, c'est gênant.

» Enfin, je survis.

Elle avait un maintien digne, avec un rien
d'humour. Maryla Nowicka avait dû être belle
femme. Avec du maquillage et des vêtements convenables, elle serait encore appétissante.

— C'est une vie difficile, dit-il.

La bouche se colla à son oreille.

— Même si vous êtes ce que vous dites, vous ne
pouvez rien pour moi. Alors pourquoi être venu me
voir ?

— Pourquoi avez-vous cessé de militer ? demanda-
t-il. Vous en avez assez, vous n'avez plus le courage
de lutter ?

Un rien d'orgueil passa dans sa voix, quand elle
répondit :

— Nous autres Polonais, nous n'abandonnons
jamais. Quand il y aura quelque chose qui en vau-
dra la peine, je m'activerai de nouveau. Pour l'instant, je me repose.

Ils demeurèrent un moment silencieux, regardant
sans les voir les personnages qui s'agitaient sur
l'écran. Puis Malko rapprocha sa tête de nouveau.

— Le mouvement dirigé par Roman Ziolek n'est
pas une cause valable à vos yeux ? Je croyais que
beaucoup d'intellectuels s'y étaient ralliés...

Maryla Nowicka écarta sa tête de celle de Malko
comme si elle était choquée. Puis elle revint et dit :

— Si, c'est une belle cause. Beaucoup de mes amis
l'ont rejoint. Des gens que j'estime.

Sa voix était nette, mais pas convaincue.

— Alors pourquoi pas vous ?

Nouveau silence. Puis le murmure :

— Oh, peut-être que je suis fatiguée au fond. Je
ne suis pas toute jeune.

— Ou alors, vous n'avez pas confiance en Roman
Ziolek ?

Cette fois, Maryla Nowicka marqua le coup. Elle
s'écarta si brusquement de Malko qu'il crut qu'elle
allait se lever. Mais elle demeura assise, fixant

l'écran, comme si elle se désintéressait de la conversation. Malko sentait qu'il avait touché un point sensible. Il eut le courage d'attendre qu'elle approche de nouveau la tête. Elle demanda d'une voix basse, détimbrée, qu'elle s'efforçait de contrôler :

— Pourquoi, pourquoi dites-vous cela ?

Malko se pencha à son tour.

— Parce que j'ai des raisons de penser que Roman Ziolek n'est pas un dissident, mais un agent du S.B. Que son mouvement n'est qu'une gigantesque et habile provocation pour découvrir les opposants au régime...

Il entendit à peine les deux mots :

— *Moj Bozé* [1] !

Maryla Nowicka avait croisé les mains sur ses genoux si fort que ses jointures craquèrent. Malko n'entendait plus les voix qui sortaient de l'écran. La Polonaise secouait la tête toute seule comme si elle n'arrivait pas à croire ce qu'elle venait d'entendre. Malko était suspendu à ses lèvres. Il avait touché quelque chose. Comme avec l'antiquaire. Elle colla ses lèvres à son oreille et dit d'une voix changée :

— Si vous saviez le bien que vous me faites !

— Pourquoi ?

Tout son corps était penché vers Malko. Cette fois, elle ne prit même pas la précaution de coller sa bouche contre son oreille.

— Parce que je croyais être devenue folle, dit-elle. Je n'osais plus parler à mes meilleurs amis. On me repoussait. On m'a même soupçonnée de travailler pour le S.B. On a dit qu'ils m'avaient achetée. Et maintenant, vous surgissez, de nulle part, je ne vous connais pas. Et vous me dites que Roman Ziolek est un agent du S.B.

— C'est vrai ?

Maryla Nowicka le fixa. Il y eut quelques secondes de tension incroyable, puis elle jeta :

— Bien sûr que c'est vrai. Mais, dans tout Varsovie, je suis la seule à le croire.

[1] Mon Dieu.

CHAPITRE X

Malko sentit une grande chaleur l'envahir, comme si on lui avait injecté un dopant. Il resta silencieux, sous le coup de l'émotion. Il avait eu raison. Julius Zydowski avait bien été assassiné par le S.B. parce qu'il pouvait faire échouer la plus énorme opération de « désinformation » montée par les services spéciaux polonais depuis l'après-guerre. On avait dû garder le traître au frais pendant des années pour un coup pareil. Tout à fait dans la manière communiste. La gynécologue le fixait dans la pénombre. Leurs yeux s'étaient maintenant habitués à l'obscurité et ils se distinguaient assez bien.

— Vous êtes déçu ? demanda-t-elle.

— Non, dit Malko, mais la dernière personne qui m'a parlé de Ziolek a été liquidée physiquement par les gens du S.B... A Vienne, en Autriche. C'est la raison pour laquelle je me trouve à Varsovie.

Maryla Nowicka ne parut pas surprise :

— Liquidée ? Ce n'est pas étonnant. Mais cela m'est égal. Si je peux leur nuire avant...

— Que savez-vous de Roman Ziolek ? demanda Malko.

Maintenant, ils se parlaient face à face, très bas. Il craignait que la gynécologue s'évanouisse comme un mirage. Un incident pouvait les séparer. Maryla Nowicka secoua la tête :

— Pas grand-chose, hélas. Sinon, on m'aurait crue. Mais j'ai rencontré une femme qui a très bien connu Roman Ziolek pendant la guerre. C'était sa maîtresse, elle était très jeune, seize ou dix-huit ans. Il était amoureux fou d'elle. Il a eu l'imprudence de se confier à elle. Pourtant, elle savait qu'il avait fait parvenir à un informateur de la Gestapo une liste des chefs non communistes de la Résistance.

— *Himmel !* dit Malko, vous connaissez cette histoire aussi.

La gynécologue hocha la tête sans relever...

— A l'époque, cette fille était très jeune, elle ne comprenait pas. Mais elle savait que Ziolek était profondément communiste et elle est persuadée qu'il l'est toujours.

— Pourquoi n'a-t-elle rien dit ?

Maryla Nowicka le fixa, les yeux pleins de commisération.

— Vous ne savez pas comment nous vivons ! Elle a peur. Comme nous tous. Roman Ziolek la croit morte. Elle s'est mariée, elle a changé de nom, son mari est mort depuis...

— Où vit-elle ?

La gynécologue secoua la tête.

— Je ne sais pas.

Son enthousiasme retomba d'un seul coup. Tout ce mal pour rien.

— Comment l'avez-vous rencontrée ?

— Par des amis du Znak [1]. Elle cherchait un gynécologue. A cause d'un kyste. Je l'ai soignée. Comme elle n'avait pas beaucoup d'argent, je ne l'ai pas fait payer. Elle savait que je militais. Alors, elle m'a raconté son histoire pour me remercier. Mais je ne suis jamais allée chez elle. Je la soignais

_____

(1) Groupe catholique.

à mon cabinet. Et comme ce n'était pas officiel, il n'y avait pas de dossier...

Malko était sur des charbons ardents.

— Vous ne savez rien d'autre sur elle ? Comment est-elle ?

— Brune. De grands yeux sombres. Grande. Elle a dû être très belle, elle est encore belle. A peu près cinquante ans...

— Son nom ?

— Je ne sais pas. Son prénom est Halina.

Malko se tut, découragé. Toucher au but et se trouver bloqué ainsi ! La gynécologue dit tout à coup :

— Attendez ! Je me souviens qu'elle m'a dit aller se confesser tous les dimanches à un prêtre de l'église des Dominicains. C'était un peu un ami pour elle. Je le connais aussi.

— Lui, comment s'appelle-t-il ?

— Jacek Pajdak.

Malko scruta le visage dans la pénombre.

— Pourquoi l'avez-vous crue ?

— Pourquoi est-ce que je vous crois ? Il y a des choses que l'on n'explique pas. A son ton, j'ai senti qu'elle disait la vérité. Enfin presque toute...

— Comment, presque toute ?...

La gynécologue eut un sourire plein d'indulgence.

— J'ai eu l'impression que cette Halina était toujours amoureuse de Roman Ziolek après tout ce temps. C'est pour ça qu'elle n'a pas voulu le dénoncer. Il y a des choses qu'on ne fait pas à l'homme qu'on a aimé...

— Je vois, dit Malko.

Cela n'allait pas faciliter sa tâche. Soudain, après un crescendo de musique, la lumière se ralluma. Ils reprirent aussitôt une attitude neutre.

— Il va falloir que je vous laisse maintenant, dit la gynécologue. Mais j'aimerais savoir ce qui s'est passé. Comment puis-je vous retrouver ?

— Je suis au *Victoria*, dit Malko, chambre 556. Mais ils me surveillent aussi, c'est dangereux que vous veniez là. Je vais aller voir ce prêtre.

Autour d'eux, les gens se levaient en silence. Maryla Nowicka en fit autant. Tournée vers Malko, elle dit :

— Il ne vous parlera pas. Je le connais, il est très méfiant.

De nouveau, le mirage s'éloignait !

Devant l'expression de Malko, la gynécologue dit rapidement :

— Je vais aller le prévenir. Attendez-moi dans une heure à la Wyniarna Fukierowska. C'est sur le Rynek, dans Stare Miasto.

Elle sortit la première.

**

Malko bougea, faisant grincer la banquette de bois ciré adoucie par un coussin. La Wyniarna Fukierowska était bourrée et il y régnait une chaleur de bête. Une petite salle toute en longueur, avec l'inévitable vestiaire au bout. Miracle, il avait réussi à se faire servir un Martini Bianco. Il se retourna, la porte venait de s'ouvrir sur Maryla Nowicka.

La jeune femme vint s'asseoir en face de lui, après s'être dépouillée de son manteau. Elle portait un pull noir et une jupe plissée qui l'amincissaient. Le visage était plus fatigué que le corps.

— Je l'ai vu, dit-elle. Il accepte de vous parler, mais il ne sait pas non plus où elle habite, ni son nom... Allez-y demain matin, entre dix heures et midi. Vous vous mêlerez aux gens qu'il confesse.

Malko cacha sa déception : elle se donnait tant de mal et prenait tant de risques pour lui !

— Vous ne voyez personne d'autre ? demanda-t-il.

Maryla Nowicka secoua la tête négativement.

— Non, c'est vraiment la seule. Mais je suis sûre que si vous la trouvez, elle vous donnera les preuves que vous cherchez. Il faudra alors faire quelque chose.

— Je vous remercie, dit Malko. Mais, puisque la vie est si difficile pour vous ici, pourquoi n'émigrez-

vous pas ? Je pourrais vous faciliter l'obtention d'un
permis de séjour aux U.S.A...

La gynécologue eut un sourire triste.

— Merci, mais je ne peux pas sortir du pays. Ils
m'ont pris mon passeport. Comme à tous les dissidents. (Elle regarda sa montre.) Il faut que je m'en
aille. J'ai une cliente. Voulez-vous me retrouver ici
dans deux jours, pour me dire, à la même heure ?

— D'accord, dit Malko.

Ils se dirigèrent ensemble vers le vestiaire. Maryla
prit son manteau. Soudain, Malko vit les traits de
la gynécologue se durcir. Elle continua à enfiler
son manteau, avec des gestes trop lents, trop appli-
qués. Malko suivit la direction de son regard. Un
homme était planté devant la vitrine de la Wyniarna.
Il disparut aussitôt de leur champ de vision. Maryla
Nowicka se tourna vers Malko, les traits défaits.

— C'en était un, je l'ai reconnu !

Malko eut l'impression qu'on lui versait du plomb
fondu dans l'estomac. S'être donné tant de mal pour
rien ! Il ne comprenait pas...

— C'est peut-être une coïncidence ?

La gynécologue acheva de se boutonner.

— Peut-être, dit-elle, d'une voix qui disait le
contraire. De toute façon, à après-demain. Je sors
la première.

Malko retourna s'asseoir quelques instants, en
proie à une anxiété abominable. Quand il sortit,
Maryla avait disparu et le froid lui sembla encore
plus vif. Un jeune homme mal habillé se retourna
sur son pardessus élégant avec un regard d'envie.

Il partit vers la place Zamkowy, le seul endroit
où il pourrait trouver un taxi. Sinon, c'était encore
la retraite de Russie. Il faisait si froid qu'il lui
semblait que ses oreilles allaient tomber en cours
de route.

Essayant de se dire que le S.B. suivait peut-être
systématiquement Maryla... Mais, dans ce cas, ils
feraient la liaison avec son « évasion ». C'était le
jeu du chat et de la souris. Il se retourna. Qui,
parmi ces passants emmitouflés, était le suiveur ?

*

La Mercedes était là, un peu à l'écart des autres taxis garés devant le trottoir du *Victoria*. Malko, venu à pied, obliqua. En le voyant, le chauffeur baissa sa glace. Il souriait, mais ses yeux restaient sérieux.

— Vous n'avez pas eu de problèmes ? demanda Malko.

L'autre accentua son sourire. Avec un rien de défi.

— Un peu, ils m'ont retrouvé.

— Alors ?

— Oh, ils m'ont menacé de me mettre à Rakowiecka [1]... Je leur ai donné 20 dollars et ils m'ont laissé partir. Mais j'ai été obligé de leur dire où je vous avais déposé. Ce n'est pas grave ?

— Ce n'est pas grave, assura Malko. A bientôt.

— A bientôt, fit le Polonais sans enthousiasme excessif. Un allié de moins.

Malko se hâta vers l'entrée de l'hôtel. Voilà comment le S.B. avait retrouvé sa trace. Ils avaient dû vérifier si des dissidents habitaient dans le périmètre où le taxi l'avait emmené... Du beau travail. Il était encore plus surveillé qu'il ne le pensait.

Une enveloppe attendait Malko dans sa case. Il l'ouvrit. C'était une invitation à un concert de piano pour la semaine suivante. Le signal que son chenal d'évasion était prêt. La C.I.A. mettait les bouchées doubles. Visiblement, le chef de station craignait pour sa sécurité, sinon, il n'aurait pas réagi en quelques heures.

Il prit l'ascenseur, perdu dans ses pensées. Il était en face d'un choix crucial. Dont sa vie était l'enjeu... S'il quittait Varsovie, l'enquête sur Roman Ziolek risquait de tomber à l'eau. Maintenant, il en savait trop pour s'arrêter. Il ne fallait pas que ces informations restent inexploitées... Arrivé dans sa chambre, le téléphone sonna :

[1] La prison de Varsovie.

La voix du n° 3 de la C.I.A. à Varsovie :

— Mr. Linge ? Ici, l'attaché culturel de l'ambassade des Etats-Unis. Avez-vous reçu l'invitation au concert Chopin ?

— Je vous remercie, dit Malko d'une voix neutre. Malheureusement, je crains de ne pas avoir le temps de m'y rendre. J'ai beaucoup à faire.

— Oh, c'est dommage ! fit la voix de l'Américain. Vous ne pouvez pas vous libérer ?

— J'essaierai, promit Malko. Mais il y a très peu de chances.

Aucune décision avant d'avoir vu le prêtre de l'église des Dominicains.

— Faites ce que vous pouvez, conseilla son interlocuteur.

Malko raccrocha. Maintenant, la C.I.A. savait qu'il avait décidé de rester. Sa conversation avait sûrement été écoutée, mais il y avait peu de chances que les Polonais aient compris...

Le tout était de savoir qui allait arriver le premier au but : le S.B. ou lui... Il n'avait pas raccroché depuis cinq minutes que le téléphone sonna de nouveau. Cette fois, c'était le standard de l'hôtel. En mauvais anglais, une voix de femme annonça :

— Mr. Linge ? Quelqu'un vous demande au bar.

— Qui ?

— Je ne sais pas, monsieur. On m'a seulement demandé de vous prévenir.

Elle avait raccroché. Perplexe, Malko remit sa veste et sortit de sa chambre.

Le bar du rez-de-chaussée ressemblait à un aquarium avec des murs verdâtres tapissés de petits boxes séparés les uns des autres par de hautes cloisons. Malko avisa un maître d'hôtel en spencer blanc.

— Je suis Mr. Linge. On me demande ?

— *Yes, sir*, dit le Polonais. Par ici.

Il lui désigna un box, au fond à gauche. Malko s'approcha et se heurta au sourire contrôlé et plein de charme d'Anne-Liese, sa « conquête » de l'Opéra. Assise très droite, le chignon impeccable, la fabuleuse poitrine moulée par un haut imprimé, semblant cousu sur elle. L'image d'une sagesse démentie par la provocation muette du physique. Les seins pointaient vers Malko comme un reproche vivant.

— Bonjour, dit la Polonaise. Asseyez-vous.

Sa voix était aussi contrôlée que son sourire. Malko l'inspecta, des jambes croisées avec d'étonnants escarpins rouges aux yeux bleus à l'expression impénétrable.

— C'est une surprise, dit-il en prenant place à côté d'elle.

— J'espère que c'est une bonne surprise, dit suavement Anne-Liese. Je vous ai aperçu tout à l'heure dans le hall, mais vous ne m'avez pas vue. Comme je n'avais rien à faire, j'ai demandé le numéro de votre chambre à la réception...

— Je suis ravi de vous revoir, fit Malko avec toute la chaleur dont il était capable.

Sachant ce qu'il savait d'Anne-Liese, c'était aussi réjouissant que de se retrouver enfermé avec une poignée de cobras. Mais des cobras parfumés et exceptionnellement attirants. Il commanda une Wyrobowa et un Martini Bianco au spencer blanc et son regard se posa sur l'incroyable poitrine. Anne-Liese dut le sentir car elle se redressa encore de quelques millimètres et dit d'un ton détaché :

— Ce n'est pas gentil de m'avoir laissée tomber l'autre soir à l'Opéra. Vous aviez un autre rendez-vous? Je vous ai attendu.

Malko prit sa main et la baisa. Autant jouer le jeu. Le S.B. attaquait de tous les côtés à la fois.

— Je suis désolé, dit-il, j'avais en effet un autre rendez-vous, mais j'aurais dû rester avec vous. Cela aurait été sûrement plus agréable.

— Eh bien, il faut vous racheter, dit-elle fermement, très sûre d'elle. Vous n'avez plus qu'à m'inviter à dîner. J'adore le caviar.

— J'ai des amis à l'ambassade américaine, dit Malko. Je sais qu'ils disposent de magasins spéciaux. J'irai les voir demain matin.

Excellente occasion de rendre compte. Anne-Liese eut un sourire désarmant.

— Oh, mais nous avons aussi du caviar, à Varsovie, du russe. Il est un peu plus salé, mais pas mauvais. Je vous emmènerai demain, si vous voulez. Pour ce soir, je connais un restaurant pas trop mauvais, sur le Rynek...

— Et pourquoi pas ici, à l'hôtel ? suggéra Malko. Il fait si froid dehors.

Anne-Liese n'hésita que quelques secondes.

— Si vous voulez. Commandez-moi un autre Martini Bianco. J'aime bien boire avant le dîner.

L'escarpin rouge se balançait doucement, comme un appel muet. Anne-Liese tourna la tête vers Malko et demanda d'une voix douce :

— Vous êtes content de me revoir ?

— Bien sûr, dit Malko, vous êtes la plus jolie femme que j'aie rencontrée à Varsovie.

— Moi aussi, je suis contente, fit Anne-Liese.

Elle fixait Malko. Soudain, ses prunelles semblèrent foncer et s'agrandir en même temps. Comme si elles jetaient un éclair. Etonnant. Le numéro d'Anne-Liese était parfait. Ce pouvait très bien être celui d'une femme sûre d'elle et avide de plaire, si on ne savait pas ce qu'elle était réellement. Malko leva son verre de Wyrobowa.

— Je bois à notre rencontre.

Ils choquèrent leurs verres et burent. Puis Anne-Liese se leva. Avec ses escarpins, elle dépassait Malko. Le balancement imperceptible de ses hanches épanouies dégageait un magnétisme indéniable. Comme la ligne pure de ses longues jambes un peu trop musclées, largement découvertes par la robe courte. Elle se retourna, mettant en valeur le fabuleux profil de sa poitrine.

— Vous venez ?

Dalila dans ses meilleurs jours.

⁂

— Vous aimez danser ?

Malko faillit répondre qu'avec un orchestre pareil, il préférait fuir... Les musiciens jouaient de vagues slows des années trente, avec un fort accent polonais... C'était tout ce que le *Victoria* avait à offrir en fait de distractions. Le dîner avait été correct, sans plus. Malko et Anne-Liese s'en tenant à des sujets sans danger.

Autour d'eux, il y avait un groupe d'ingénieurs est-allemands qui se partageaient une pute nationalisée aux cheveux blonds très courts, vêtue d'un tailleur bleu à la coupe nettement militaire. Il ne lui manquait qu'un fusil d'assaut. Un vieux couple — des Polonais — évoluait avec ravissement sur la piste, ne manquant pas une danse. Malko se leva et prit la main de sa cavalière. Le cerveau occupé par sa « confession » du lendemain matin. Jusque-là, il n'avait rien à faire. Que taquiner son cobra.

Anne-Liese semblait dépourvue de tout humour. Et imperméable aux sarcasmes. Toujours souriante. Répondant à tout d'une voix égale. Qu'espérait donc le S.B. en la jetant dans ses bras? Justement, elle y était, dans ses bras. La robe à fleurs si convenable, boutonnée jusqu'au cou, soulignait ses courbes insolites d'une façon plus provocante qu'un bikini. Anne-Liese passa un bras autour du cou de Malko et ses deux obus s'écrasèrent doucement contre son torse. Sensation assez étonnante, comme deux pointes de caoutchouc très dur. En revanche, le bas du corps conservait la réserve de bon aloi d'une vierge intimidée... Cette absence de contact était presque plus excitante qu'une pression. Comme si le magnétisme émanant d'Anne-Liese se transmettait à travers l'espace. Agacé par son apparent détachement, Malko attaqua :

— Vous avez une poitrine extraordinaire.

Anne-Liese s'écarta un peu et répliqua d'une voix parfaitement naturelle :

— N'est-ce pas ? Ma mère a la même. Mais ma peau est très fragile. Je ne supporte pas le nylon. Je fais faire tous mes soutiens-gorge en Allemagne.

En linon très fin. Vous ne pouvez pas savoir à quel point ma peau est sensible à cet endroit-là, répéta-t-elle.

Sur un ultime « couac », l'orchestre s'arrêta : on fermait.

— Oh, c'est dommage ! s'exclama Anne-Liese, j'avais encore envie de danser.

Toujours la voix bien posée de jeune femme du monde. Malko, qui en était à sa demi-bouteille de Wyrobowa, proposa :

— Tout ce que je peux vous offrir, c'est une dernière vodka dans mes appartements.

Anne-Liese n'hésita pas, vida son verre et prit son sac.

— Très bien. Dommage que vous n'ayez pas de caviar...

En entrant dans la chambre de Malko, elle fit la moue :

— C'est petit.

Dédaignant les fauteuils, elle s'assit sur le lit, pendant que Malko préparait les verres.

— Il faudra que vous veniez chez moi, dit-elle. C'est plus agréable.

Elle trempa ses lèvres dans la vodka, observant Malko avec un sourire amusé. Brutalement, sous l'effet de l'alcool, il eut envie de toucher ces seins incroyables qui le narguaient. Mais c'était un geste un peu brutal. Leurs visages se touchaient presque. Il n'eut qu'à avancer un peu le sien pour que leurs lèvres se rencontrent. Anne-Liese ne broncha pas, le laissa faire, mais sa bouche demeura fermée. Elle ne réagit pas plus lorsque les doigts de Malko effleurèrent la courbe d'un sein. Mais quand il s'attaqua au premier bouton de la robe, elle lui prit le poignet.

— Non. Pas ici. Je ne suis pas une putain.

Malko la regarda, partagé entre l'ironie, la frustration et le désir. Le regard bleu d'Anne-Liese était absolument limpide. L'innocence faite femme. Il dut se repasser mentalement sa biographie pour ne pas tomber dans le piège.

— Je crois surtout que je ne vous plais pas, dit-il.

— Si. Mais vous me brusquez. Je n'aime pas qu'on me brusque.

Peut-être savait-elle qu'il savait à son sujet...

Elle dit tout à coup, sur le ton de la confidence :

— Je suis une femme très sensuelle, vous savez... Il y a longtemps, j'ai connu un homme qui a su très bien me prendre. Il a été patient. Il est arrivé à me faire accomplir des choses inouïes...

— Quoi ?

Il avait gardé une main emprisonnant un sein. Le regard toujours aussi limpide, Anne-Liese expliqua d'une voix posée et lente :

— Il m'attachait les chevilles et les poignets avec une chaîne d'acier à des anneaux fixés dans sa salle de bains et, ensuite, me battait avant de me faire l'amour. Partout sauf sur les seins... Je sortais du pensionnat, alors je ne savais pas ce que c'était. Bien sûr, maintenant, je n'accepterais plus...

Etonnante Anne-Liese. Le ton même de la sincérité. Malko commençait à comprendre comment elle avait mené à la camisole de force un paisible haut fonctionnaire teuton...

Soudain elle se pencha sur lui et l'embrassa passionnément, presque brutalement. Mais Malko n'eut même pas le temps de la prendre dans ses bras. Elle s'était déjà reculée. Une lueur amusée dans les yeux.

— Vous voyez que vous ne me déplaisez pas. Je n'embrasserais jamais un homme de cette façon s'il ne me plaisait pas.

Malko avait l'impression d'avoir reçu une injection massive de vaso-dilatateur. Il voulut la reprendre dans ses bras, mais Anne-Liese se leva et lissa sa jupe, très vierge effarouchée.

— Il faut que je rentre, dit-elle, j'ai horreur de me coucher tard.

Avant qu'il eût réalisé, elle était dans le couloir. Restant sur sa frustration, il l'accompagna jusqu'à l'ascenseur. Là, elle se tourna de nouveau vers lui et se laissa aller, de tout son corps, appuyant furieusement son pubis contre le sien. l'embrassant comme dans la chambre.

Pas plus de sept secondes. Le temps pour Malko de se dire qu'il allait la traîner jusqu'à son lit... L'ascenseur arriva, les portes s'ouvrirent, Anne-Liese retrouva son maintien compassé et pénétra dans la cabine. Digne comme un archevêque, mais le sein plus agressif que jamais.

— A demain, peut-être.

Les portes se refermèrent. Furieux contre lui-même, Malko réalisa qu'il avait envie de revoir Anne-Liese. C'était une drogue à laquelle il était dangereux de goûter. Quelque chose de beaucoup plus sophistiqué et dangereux que les habituelles putes nationalisées des services de l'Est. Parce que Anne-Liese n'était pas seulement manipulée. C'était une authentique perverse.

Pour chasser ses mauvaises pensées, Malko s'efforça de penser au père Jacek Pajdak. Mais une petite voix sournoise lui murmurait au fond de lui-même qu'il resterait assez à Varsovie pour aller aussi au bout d'Anne-Liese.

Même si la piste de Roman Ziolek s'effondrait. C'était pourtant à cause de petites fantaisies de ce style que les meilleurs agents plongeaient. Seulement, on ne vit qu'une fois et Malko avait toujours éprouvé une attirance dangereuse pour la roulette russe.

CHAPITRE XI

Cyrus Miller pénétra si brusquement dans la
« cage » que les filins d'acier en tremblèrent ! Encore
plus couperosé que d'habitude. Il s'assit, dit à peine
bonjour à Malko et attaqua d'une voix furieuse :
— Qu'est-ce qui vous prend de refuser notre
« filière » ! Vous réalisez les efforts qu'il a fallu
pour mettre sur pied quelque chose comme cela en
quelques heures. Jamais on n'aurait dû vous laissez venir ici. D'autant plus que votre histoire est
vaseuse.
Heureusement que les déflecteurs électroniques
fonctionnaient. Sinon, les gens du S.B. se seraient
tordus de rire.
— Plaignez-vous au Directorat des Plans, fit
Malko amèrement.
Cyrus Miller ramena en arrière ses derniers cheveux et dit :
— Ici, c'est moi le patron. J'estime que vous
courez un risque beaucoup plus grand. Nous avons
eu une conférence à votre sujet hier. Si vous étiez
pris, cela risquerait de mettre en péril le travail
de plusieurs années. Et ils ne vous échangeraient
pas contre rien...
Charmante perspective.

— Je ne peux pas partir sans ordre de mon Directorat, dit Malko qui connaissait les arcanes de la C.I.A.

Le chef de station fouilla dans sa poche et y prit un télex décodé qu'il lui mit sous le nez.

— Voilà. J'ai carte blanche de Langley. Cessez de jouer au con. Ils peuvent décider n'importe quand de vous arrêter et nous n'y pourrons rien. Or, vous détenez des informations « sensibles » sur la Company. Il serait préjudiciable pour la sécurité du pays qu'elles tombent entre les mains des Polonais.

Malko demeura silencieux. Tout cela était vrai.

— J'ai besoin de quelques heures, dit-il. Ou j'aurai des éléments qui me permettront de continuer ou je laisse tomber. De plus je n'ai pas une confiance absolue en vos filières d'évasion et vous savez pourquoi.

Un ange passa. En deuil.

Deux mois plus tôt, deux agents hollandais avaient été abattus par des gardes frontières est-allemands alors qu'ils empruntaient une filière C.I.A. pour les conduire hors du pays.

— Cela vaut mieux que le Goulag, dit Cyrus Miller. Quels sont les éléments que vous attendez ?

Malko résuma la situation. Sans omettre sa soirée avec Anne-Liese.

— Je crois que le S.B. se sert de moi pour faire avancer son enquête, dit-il. Eux non plus ne connaissent pas les preuves qui peuvent exister contre Ziolek. Ils comptent sur moi pour les réunir. Ensuite... Mais tant que je n'ai pas réussi, ils veilleront sur moi...

» Ce père Jacek Pajdak, vous le connaissez ?

— Oui, reconnut l'Américain. Il est assez connu. C'est un des animateurs du Znak, le groupe catholique libéral.

— Donc, s'il peut m'aider, il le fera, conclut Malko.

Dans la Pologne communiste, l'église catholique continuait d'être une force avec laquelle il fallait compter. 95 % des Polonais sont catholiques pra-

.tiquants et même le tout-puissant parti ouvrier unifié ne peut se heurter de front à l'église.

— Je vous donne jusqu'à ce soir, conclut Cyrus
Miller sans emballement. Attention à Anne-Liese.

Malko sourit.

— Qu'espèrent-ils ? Que je me confie sur l'oreiller ?

L'Américain ne sourit pas.

— Les gens de l'Est ont toujours les mêmes
méthodes, remarqua-t-il. C'est une façon pratique
de vous « marquer », sans utiliser trop de monde.
Eux aussi ont des problèmes de personnel. Quand
vous la larguez, ils savent que c'est le moment
d'activer le dispositif de surveillance intensif. Elle
voit les gens que vous rencontrez, vous pouvez laisser échapper une information importante... Si vous
la fuyez, ils essaieront autre chose.

— Je ne la fuirai pas, dit Malko.

Quand on était au contact d'un agent ennemi, on
avait toujours une minuscule chance de le retourner... Cette partie d'échecs mortels excitait Malko.
Il y avait parmi le million et demi d'habitants
de Varsovie une femme qui détenait un secret terrible. Il fallait la trouver avant les autres.

Cyrus Miller se leva lourdement.

— Je ne vous souhaite pas bonne chance, dit-il.
Je veux vous voir ici cet après-midi, si votre tuyau
est crevé, O.K. ?

— O.K., promit Malko.

Le chef de station de la C.I.A. arrêta les déflecteurs
électroniques et ouvrit la porte de la « cage ».

***

Malko ressortit de l'église Sainte-Anne un peu
réchauffé. Il fallait une volonté de fer pour se replonger dans le froid. C'était sa quatrième église depuis
qu'il avait quitté l'ambassade. De quoi amuser ses
suiveurs. Il avait commencé par celle de la Sainte-
Croix, où l'on conservait pieusement le cœur de
Frédéric Chopin. Habitude qui aurait dû se géné-

raliser. En répartissant équitablement les viscères
du grand musicien, on aurait grandement favorisé
le tourisme...

Une rafale glaciale le balaya, gelant d'un coup son
nez et ses oreilles. Il enfonça plus profondément
ses mains dans ses poches et se courba sous le blizzard. La prochaine était la bonne. Mais, avant, il
avait une ultime précaution à prendre. Il traversa
en courant la place Zamkovy et ralentit dans l'Ulica
Swietojanska, à l'orée de la vieille ville.

C'était incroyable : chaque maison avait été recons-
truite exactement comme elle existait avant la
guerre. Mais la réalisation était si parfaite que cela
faisait décor de cinéma. Autre signe insolite : le
silence. Les voitures étaient interdites et les passants se hâtaient sans bruit dans le brouillard glacé
montant de la Vistule.

Un son inattendu rompit le silence : des musiciens
ambulants et frigorifiés jouaient au coin de la rue
Zapiecek.

Devant le restaurant *Krokodyl*, deux fiacres
attendaient d'hypothétiques clients...

Malko s'engouffra dans le couloir du numéro 27.
Là où il était entré avec Wanda Michnik. Il le traversa et se retrouva dans une cour. Il y avait un
petit mur à droite, de deux mètres de haut. Il s'y
agrippa, le franchit et retomba de l'autre côté.

A peine était-il au sol qu'il entendit des pas qui
traversaient la cour en courant.

Ses suiveurs. Ils allaient déboucher dans l'étroite
rue Pivna. Deux autres rues la croisaient à courte
distance et ils ne pourraient pas savoir immédiatement où Malko était passé. Celui-ci attendit quelques secondes et ressauta par-dessus le mur. La cour
était déserte. Il traversa à nouveau le couloir et se
retrouva, essoufflé, sur le Rynek. Il passa devant
deux miliciens en train de s'engueuler avec le
propriétaire des fiacres, tourna à gauche dans la
rue Nowomiezka qui filait vers la « barbacane », les
anciens remparts ceinturant la vieille ville.

Cent mètres plus loin, il franchit une sorte de

pont-levis flanqué de deux tours et sortit de la vieille ville. L'église des Dominicains était juste en face de lui, au coin de Freta et de Moskowa. Il s'y engouffra, descendit quelques marches pour atteindre la nef et s'arrêta dans la pénombre. C'était bon de ne plus avoir froid. Il laissa ses yeux s'habituer à l'obscurité. L'église comportait une nef principale et deux latérales. Il savait que le père Jacek Pajdak confessait dans celle de gauche. Il passa devant la statue de saint Hyacinthe, patron de l'église, et se retourna : personne n'était entré à sa suite, donc il avait semé ses suiveurs.

Il pénétra dans la petite nef.

Des hommes et des femmes attendaient, agenouillés sur des prie-Dieu, le tour de se confesser. Malko lut les noms sur les confessionnaux. Le troisième portait le nom de Jacek Pajdak. Trois femmes attendaient devant et deux étaient agenouillées de chaque côté du confessionnal. Malko choisit un prie-Dieu et attendit. Dès que l'une des pénitentes se leva, il se précipita, coupant l'herbe sous les pieds de sa voisine, prit place dans le confessionnal et tira le rideau.

Il attendit, le cœur battant, craignant un esclandre, mais la charité chrétienne joua... Au bout de quelques instants, le petit volet de bois le séparant du prêtre coulissa devant lui et une voix d'homme annonça :

— Que puis-je pour vous, mon fils ?

— Prosze Ksiçzza Pajdak [1] ? demanda Malko.

— *Tac* [2].

— Je viens de la part de Maryla Nowicka, murmura Malko.

— Attendez ! Sortez de ce confessionnal, coupa vivement le prêtre.

Plutôt surpris, Malko émergea du confessionnal pour se trouver en face d'un visage rubicond et grave au-dessus d'une soutane élimée. Le père Jacek Paj-

(1) Père Pajdak.
(2) Oui.

dak le scrutait d'un air inquisiteur. Il écarta d'un geste impatient une pénitente qui s'apprêtait à prendre la place de Malko. Prenant ce dernier par le bras, il l'entraîna vers un pilier et se planta en face de lui.

— Que voulez-vous ? Maryla Nowicka m'a dit qui vous étiez.

Malko alla droit au but, chuchotant comme s'il avait d'abominables péchés sur la conscience.

— L'organisme pour lequel je travaille pense que Roman Ziolek appartient au S.B. et qu'il manipule les dissidents pour les pousser à se découvrir. Une de vos pénitentes en détient, paraît-il, la preuve. Je voudrais entrer en contact avec elle.

Pajdak avait baissé la tête. Comme si Malko l'avait accusé lui-même. Soudain, il dit à voix basse :

— *Moj Boze* [1] ! Roman Ziolek !

Il y avait plus de tristesse que d'incrédulité dans sa voix.

— Pourquoi ne retournons-nous pas dans le confessionnal ? suggéra Malko. Nous y serions plus tranquilles.

Le père Pajdak secoua la tête.

— Non, ce ne serait pas prudent. Les agents du Département n° 4 du S.B. mettent parfois des micros. Et, de toute façon, j'ai dit à Maryla Nowicka que je ne savais rien de cette femme. Ni son nom, ni son adresse.

— Et à travers ce qu'elle vous a dit en confession ?

Le père Pajdak jeta à Malko un regard à faire fuir un démon de première classe.

— Même pour sauver ma vie, dit-il, je ne pourrais trahir le secret de la confession. Mais je peux vous dire qu'elle ne m'a rien dit qui puisse vous aider à la retrouver... Je sais qu'elle habite seule, à Kamionek. Mais elle sera là dimanche prochain entre neuf et dix.

On était mercredi. Quatre jours à attendre.

(1) Mon Dieu.

— Dimanche, c'est trop loin, dit Malko. J'ai besoin de ce renseignement aujourd'hui...

Le père Pajdak hocha la tête, tristement.

— Je voudrais pouvoir vous aider, mais c'est impossible.

Ils se toisèrent quelques secondes. Malko était désespéré. Dieu sait ce qui l'attendait en sortant de cette église. Les pénitents autour d'eux commençaient à s'impatienter. Soudain, le prêtre sembla se souvenir de quelque chose.

— Je pense à quelque chose qui pourrait peut-être vous aider, dit-il. Pour Noël, l'année dernière, cette femme m'a apporté une petite boîte de caviar russe... Comme je ne voulais pas l'accepter, elle m'a expliqué qu'elle en vendait au marché noir... Que cela ne lui coûtait pas cher... Moins que les 8 000 zlotys le kilo qui est le prix habituel.

Malko le regarda, perplexe.

— Où cela peut-il nous mener ?

— Je crois qu'elle m'a dit travailler dans un « bazar ». Vous savez, nous en avons plusieurs à Varsovie. On y vend de tout. Du neuf, du vieux... et du marché noir.

— Où ?

— Oh, il y en a un peu partout.

— Vous m'avez dit que cette femme habitait le quartier de Kamionek. Y en a-t-il un par là ?

Le père Pajdak fronça les sourcils.

— Attendez ! Je crois qu'il y en a à Praga. Ce n'est pas très loin. Celui de Rózyckiego. D'ailleurs, là-bas, il y a bien une personne qui pourrait vous renseigner, mais elle n'est pas très digne de confiance. C'est un prêtre... Enfin, il ne pratique plus. Il n'a plus de paroisse. Il vit avec une femme...

Un défroqué. Cela manquait à la collection. Malko repensa au réseau Zydowski. C'était peut-être le même.

— Peu importe, pourquoi pourrait-il m'aider ? demanda Malko. Comment s'appelle-t-il ?

Le père Pajdak baissa la tête, comme s'il avait honte pour l'autre.

— Jacisk Mikolawska. Il avait une petite paroisse près de Wilanow. Une femme l'a présenté à des trafiquants d'objets d'art. Il s'est mis à voler... Pour donner de l'argent à cette femme. Il a été honteusement chassé de son église. Finalement il est parti avec elle. On m'a dit qu'il travaillait maintenant avec une bande qui pille les églises de Pologne. Il a une petite boutique à Rózyckiego. Vous le trouverez facilement, c'est un homme assez gras, avec une barbe rousse.

Malko en savait assez.

— Merci, mon père, dit-il. J'espère que je trouverai cette femme.

Le père Pajdak lui adressa un sourire encourageant :

— Que Dieu bénisse vos recherches, mon fils.

Il replongea dans le confessionnal. Assailli aussitôt par ses pénitentes. Malko traversa la grande nef et sortit de l'église. Plus il avançait dans son enquête, plus il se rapprochait des frontières de l'impossible. Comment faire pour semer ses anges gardiens et continuer ses contacts ? La tentation était grande de filer sur le fameux bazar, mais deux choses le retenaient. D'abord, il n'était pas absolument certain de ne pas être suivi. Or, il ignorait les éléments dont ils disposaient, eux. Ensuite, il fallait rendre compte. Dire ce qu'il savait au cas où. Que quelqu'un puisse prendre la suite. Donc direction l'ambassade U.S.

A voir la tête de Cyrus Miller, Malko sut immédiatement qu'il y avait du nouveau et pas du bon. D'ailleurs, le chef de station de la C.I.A. n'attendit même pas d'être dans la cage pour lui annoncer la nouvelle. Avant même que Malko ait pu relater le résultat de sa visite.

— Maryla Nowicka a été arrêtée, dit-il.

CHAPITRE XII

Le capitaine Stanislas Pracek contempla pensivement Maryla Nowicka en soufflant dans son fume-
cigarette vide. Elle avait été arrêtée la veille au soir
et, volontairement, on l'avait empêchée de dormir
toute la nuit, en la maintenant debout dans une
cellule violemment éclairée du centre d'interrogatoire. Un ancien petit palais, non loin de l'immeuble
du Parti, avec un jardin en friche et des grilles
rouillées. Les cellules avaient été installées dans les
anciens sous-sols, les salles d'interrogatoire au rez-
de-chaussée et les bureaux au premier. Seuls les
officiers du S.B. avaient accès à ce centre, qui n'avait
pas d'existence officielle. Sur le budget du Directorat n° 1 dont il dépendait, il figurait comme
« centre de documentation ».
— Vous êtes décidée à nous aider ? demanda l'officier du S.B. d'une voix posée.
Le visage couvert de sueur, les yeux fermés, Maryla
Nowicka ne répondit pas. Mais elle laissa légèrement
fléchir ses mollets et ses talons touchèrent le sol
pendant une fraction de seconde. Aussitôt, le milicien en uniforme, très jeune, qui la gardait, lui
cingla les reins de sa longue matraque en bois.
— Tiens-toi droite, salope !

Le capitaine Pracek émit un petit bruit chuintant et réprobateur en soufflant dans son fume-cigarette.

— On ne parle pas ainsi à une suspecte, fit-il d'un ton sentencieux.

Penaud, le milicien, qui avait voulu faire du zèle, baissa la tête. Depuis quatre heures, il veillait à ce que la gynécologue se tienne sans arrêt sur la pointe des pieds. La « Stoïka », torture favorite du S.B. Parfait pour briser la volonté et la résistance physique et, en plus, ne laissant aucune trace. Mais ce n'était que le hors-d'œuvre avant le véritable interrogatoire. Maryla le savait. Elle n'ignorait pas non plus que le S.B. n'avait recours aux violences physiques que dans les cas graves. Sentant la volonté de conciliation de l'officier, elle tourna la tête vers lui.

— Je voudrais vous aider, dit-elle, mais je n'ai rien de plus à vous dire que ce que j'ai déjà déclaré. J'exige qu'on me libère. C'est indigne, ce que vous me faites.

Le capitaine Pracek ne répondit pas. Il avait des ordres écrits du Directorat n° 4 pour faire parler Maryla Nowicka. Pour lui faire dire quel renseignement elle avait donné à l'agent étranger. Par tous les moyens. Le général commandant le S.B. avait lui-même téléphoné à Pracek. C'était le grand jeu.

— Si vous vous obstinez à ne pas répondre, dit le capitaine, vous serez jugée et sévèrement condamnée pour vos contacts avec un espion. On peut vous garder vingt ans ou plus en prison... De toute façon, l'espion a été arrêté et a déjà avoué. Vous feriez mieux de faire la même chose. On vous en tiendra compte...

Maryla Nowicka tremblait de tous ses membres pour essayer de rester sur la pointe des pieds. Ne pas donner à l'officier du S.B. le spectacle d'une nouvelle défaite. Mais c'était impossible. Tout à coup elle s'effondra sur elle-même, sanglotant d'épuisement et d'humiliation. Le capitaine Pracek arrêta le milicien qui allait la frapper.

— Amène-la dans la salle n° 3, dit-il.

Le milicien posa sa matraque et se pencha sur la gynécologue pour la forcer à se relever. Il y parvint difficilement : Maryla Nowicka ne tenait plus sur ses jambes. Elle avait les yeux vitreux. Le milicien dut passer un bras autour de ses épaules pour la traîner hors de la pièce. Furieux de cet effort supplémentaire, il lui jeta :

— Tu vas me regretter là-bas.

La salle n° 3 était celle des interrogatoires « forcés ».

Le milicien laissa la gynécologue s'effondrer dans le fauteuil et profita de son absence de résistance pour lui lier le torse, le cou, les poignets et les chevilles avec les courroies de cuir fixées au fauteuil.

La pièce ne comportait que ce siège de dentiste, avec tous ses accessoires, une table de bois maculée de taches brunes et un banc. Les murs étaient tapissés de liège et la porte donnant sur le couloir rembourrée de cuir. De grosses planches clouées en travers des fenêtres empêchaient le bruit de s'en aller par là.

La seule lumière venait du grand scialytique disposé au-dessus du fauteuil de dentiste. Une lumière blafarde et sinistre, avec des reflets bleuâtres.

Le milicien acheva de fixer une sorte de carcan métallique prolongeant le dos du fauteuil qui immobilisait complètement la tête de la gynécologue. Enfin, il lui glissa entre les dents un bloc de caoutchouc, un peu comme les protège-dents de boxeurs. Mais il comportait à chacune de ses extrémités un fil d'acier dont les deux bouts se réunissaient derrière la nuque, empêchant le sujet de se débarrasser de l'appareil et maintenant la bouche ouverte.

Maryla Nowicka ouvrit les yeux et son regard croisa celui du milicien. Ce qu'y lut ce dernier lui fit détourner la tête, gêné. Il n'était pas encore endurci. En sortant de la pièce, il se heurta à deux hommes. Le capitaine Pracek et un homme en blouse blanche

effacé et frêle, avec un visage allongé et des yeux
sans couleur.

— Tu gardes la porte, dit le capitaine Pracek. Personne n'entre.

Il n'avait plus son fume-cigarette. S'approchant du
fauteuil, il se pencha sur Maryla Nowicka qui n'ignorait plus ce qui l'attendait. Maintenant, elle avait
récupéré un peu.

— Alors ? interrogea-t-il. Que t'a-t-il demandé ?

— Si je connaissais des gens qui veuillent travailler avec lui, répondit Maryla Nowicka qui avait
réfléchi.

Lui jeter quelques miettes, au moins.

— Bien, fit le capitaine Pracek. Donc tu avoues
avoir travaillé comme espionne.

— Oui, souffla Maryla Nowicka.

L'officier se pencha un peu plus, parlant toujours
d'une voix posée.

— Et tu lui as donné des noms ?

— Non. Je n'en connaissais pas.

— Ah ! C'est bien.

Le capitaine Pracek hochait la tête avec un sourire satisfait. Son sourire s'effaça d'un coup. Il se
pencha presque à toucher la gynécologue et hurla :

— Salope ! Menteuse ! Tu as fini de te foutre de
moi. On sait ce qu'il cherche ! Tu l'as envoyé voir
quelqu'un ? Qui ? Qui ? Qui ?

Il criait tout contre son oreille. Maryla Nowicka
ferma les yeux et Pracek se calma d'un coup. Il se
retourna vers l'homme en blouse blanche qui attendait en silence. Witold Borowski était dentiste de
profession. Sa famille se trouvait dans la partie
annexée par l'Union soviétique et le S.B. lui faisait
miroiter un transfert. A condition de rendre certains
services... Le capitaine Pracek l'attira à l'écart.

— Tu me garantis que cela ne laisse pas de
traces...

Le dentiste approuva :

— Au bout de quelques heures, on ne verra plus
rien. Les acides buccaux décolorent la cavité.

— Très bien, vas-y, un petit trou pour commencer.

Le dentiste s'approcha du fauteuil et prit une fraise ronde en tungstène. C'était un vieil appareil dont le moteur tournait entre 20 000 et 75 000 tours/minute. Plus c'était lent, plus la douleur était violente. Il glissa l'extrémité de la fraise entre les mâchoires maintenues écartées par le bloc de caoutchouc et posa la fraise sur une molaire de la mâchoire inférieure.

— Vas-y, ordonna Pracek.

Witold Borowski appuya sur la pédale, cherchant à tout prix à éviter le regard de Maryla Nowicka. Sa main tremblait. Creuser une dent vivante causait une douleur horrible, insoutenable, inhumaine. Maryla Nowicka vida ses poumons de tout l'air qu'ils contenaient, enfonça ses ongles dans ses paumes. Borowski bredouilla :

— Pardon, pardon, madame...

La fin du mot fut noyé dans le hurlement de la gynécologue. Elle avait espéré se retenir, mais c'était impossible. La fraise venait d'attaquer les filets nerveux qui remontaient au niveau de l'émail. Tendue en arc, retenue par les cercles d'acier qui lui sciaient la gorge et le front, elle hurlait comme une bête.

Le dentiste leva le pied de la pédale, le front couvert de sueur :

— Continue !

L'ordre claqua comme un coup de fouet. Docilement, il remit la fraise en place, appuya. En quelques secondes le millimètre et demi d'émail fut perforé et la fraise mordit dans la pulpe richement irriguée de terminaisons nerveuses.

Les hurlement de Maryla Nowicka devinrent si stridents que le capitaine Pracek recula instinctivement comme si les cris avaient pu le blesser... Les dents serrées sur le manche de la fraise, les yeux révulsés, la gynécologue hurlait, tétanisée. La courroie immobilisant son bras gauche céda d'un coup. Sa main balaya son bourreau, la fraise, tout l'appareil. Elle continuait à souffrir et à crier, avec l'impression que la fraise lui creusait le cerveau.

Le capitaine Pracek tira le dentiste en arrière.

— Attends !

Il prit une courroie de secours sous le fauteuil, rabattit le bras gauche de la gynécologue et le rattacha, au bras du fauteuil. Maryla Nowicka s'était tue. Il se pencha sur ses yeux fermés, sur ses mâchoires serrées.

— Alors, dit-il, tu es prête à répondre maintenant ?

Maryla Nowicka ne desserra même pas les mâchoires. Elle savait qu'elle devait tenir, tenir. Pour que Malko ait le temps de mener son enquête. Le capitaine Pracek secoua la tête, plein de commisération affectée :

— Idiote, on va te creuser toutes les dents. Tu vas devenir dingue. Ensuite, on trouvera autre chose. Mais on ne te lâchera pas tant que tu n'auras pas dit ce que tu sais.

Il recula et fit signe au dentiste de recommencer.

*
* *

Les mots frappèrent Malko comme des coups. Il revoyait la gynécologue s'éloigner dans le froid. Les autres n'avaient pas perdu de temps. Cyrus Miller le poussa dans l'ascenseur et remarqua :

— Cela change pas mal de choses.

Malko savait ce qu'il voulait dire. Si Maryla Nowicka parlait, les Polonais se mettraient eux aussi à la recherche de la mystérieuse fiancée de Roman Ziolek. Et ils risquaient de la trouver avant Malko. Ils pouvaient aussi penser qu'il l'avait déjà trouvée et vouloir le mettre hors d'état de nuire. Ou le faire parler. Il calculait tout cela dans sa tête. Son sort reposait entre les mains de la gynécologue.

— Pour moi, cela ne change rien, s'entendit-il dire.

Cyrus Miller hocha la tête.

— Vous avez des pulsions suicidaires...

Malko s'extirpa un sourire triste.

— Non. Mais c'est une question d'heures ou de jours, maintenant. Si je ne trouve pas cette femme, les Polonais vont le faire et l'éliminer. Nous avons déjà eu trop de mal à arriver jusque-là. Il n'y aura

pas un second témoin-miracle pour confondre
Ziolek...

— Bravo, fit Miller, mais il va vous falloir le diable pour réussir avec le S.B. sur le dos.

— Tant que je n'aurai rien trouvé, je ne risque
rien, assura Malko. Je suis leur « furet ». Mais dès
que je planterai mes dents dans ma proie, ils ten-
teront de me récupérer. Seulement, Mr. Miller, les
furets ont aussi des dents et sont très vifs...

L'ascenseur s'arrêta au rez-de-chaussée et les deux
hommes sortirent de la cabine.

— J'ai connu des gens comme vous, fit le chef
de station de la C.I.A. Ils sont tous morts dans des
circonstances désagréables. Je ne vous le souhaite
pas, mais... Une dernière fois, voulez-vous décrocher,
oui ou non ?

— Non, dit Malko. Pas encore. J'ai avancé et
je continue.

— Alors, allez au diable, fit Cyrus Miller avec
humeur.

— J'y vais, fit Malko.

Il sortit de l'ambassade, à la fois ragaillardi et
tendu. Au fond la C.I.A. jouait toujours un jeu aussi
ambigu. On le pressait de décrocher, mais on le
laissait continuer jusqu'à l'extrême limite. Par miracle, un taxi vide remontait Sobieskego. Heureux pré-
sage. Malko donna l'adresse du *Victoria*. Il avait
trouvé un moyen amusant de contrer le S.B.

Il l'espérait du moins.

Arrivé à l'hôtel, il ne monta même pas dans sa
chambre et fila vers les cabines téléphoniques derrière le desk. Il composa le numéro que lui avait
donné Anne-Liese. On répondit à la seconde sonnerie. La voix calme de la jeune Polonaise se réchauffa
dès que Malko s'annonça.

— C'est gentil de me téléphoner, dit-elle.

— Je m'ennuie, dit Malko. J'ai besoin d'un peu de
frustration...

Elle rit.

— Vous êtes masochiste. Très bien, je peux vous
donner autre chose, vous savez. Venez me voir.

— Il fait un peu moins froid, dit Malko, j'ai envie de prendre un peu l'air. Ce matin, j'ai visité plusieurs églises, ce n'est pas très gai.

Le rire, de nouveau.

— Voulez-vous que je vous emmène acheter du caviar ? proposa Anne-Liese. Et que nous le mangions ensemble ensuite ? Chez moi ?

Malko laissa s'écouler quelques secondes.

— C'est une bonne idée, dit-il enfin. Quand ?

— Dans une heure, à votre hôtel, dit Anne-Liese.

— Au bar, dit Malko.

*
* *

Anne-Liese pénétra dans le bar vert, altière comme une frégate entrant au port. Suivie par les regards atrocement lubriques des rares consommateurs, qui s'éteignirent lorsqu'elle vint s'asseoir à côté de Malko.

— Alors, dit-elle, vous vous êtes promené sans moi ?

— Oui, avoua Malko, j'ai eu envie de voir Stare Miasto. C'est extraordinaire, n'est-ce pas, et tellement beau. Mais quel froid !

Le garçon apporta une vodka pour Anne-Liese. Lui avait à peine touché à sa Beck's. L'extraordinaire poitrine était, cette fois, moulée par un haut fermé jusqu'au cou par des dizaines de boutons, très strict, ce qui faisait encore plus ressortir la masse impressionnante des seins...

Malko attendait, ne voulant pas dire le moindre mot qui puisse mettre la Polonaise en éveil. Il bâilla.

— Je me demande finalement si je ne vais pas faire la sieste...

Anne-Liese prit l'air choqué.

— Vous ne voulez pas de caviar !

— Il n'y en a pas à l'hôtel ?

— Non, il n'est pas bon. Venez, vous verrez, c'est un endroit amusant.

— Bien, dit Malko, dans ce cas, prenons un taxi et allons-y.

Anne-Liese était déjà debout. Ses seins pointaient à l'horizontale, comme deux obus de 155. Malko la précéda, assez content de lui. Son opération de « retournement » avait commencé. A l'insu de la principale intéressée... Mais le barillet de la roulette russe tournait aussi.

*

— Haaaaah !

Le cri de Maryla Nowicka franchit la porte fermée de la salle n° 3 et se répandit dans tout le centre d'interrogatoire comme une odeur d'éther.

Les deux miliciens de garde échangèrent un sourire contraint et faussement rigolard. Dans le bureau voisin, une secrétaire plongea le nez dans sa machine à écrire. Rarement un interrogatoire s'était autant prolongé. Chaque séance durait une demi-heure environ. Le temps de percer une ou deux dents. Guère plus, parce que la douleur faisait s'évanouir la gynécologue.

La porte s'ouvrit sur le capitaine Pracek qui fit signe aux miliciens de venir chercher la prisonnière. Le dentiste était en train de défaire ses courroies de cuir. Maryla Nowicka gisait sur le fauteuil, la tête en arrière, livide, les traits tirés, une veine battant follement sur son cou.

Le dentiste était en train de démonter sa fraise d'un air honteux. Les miliciens prirent la gynécologue sous les aisselles et la traînèrent hors de la pièce. Elle était incapable de marcher.

— Ramenez-la en bas, dit Pracek, sèchement.

Il était furieux. Confusément, il sentait qu'il venait de perdre la première manche de son combat douteux. Certes, Maryla Nowicka était brisée physiquement. Mais Pracek se rendait compte qu'elle n'était atteinte qu'extérieurement. Il avait surpris, lorsque le dentiste avait arrêté son supplice, un regard dans ses yeux gris, qui trahissait l'existence d'une énergie intérieure encore intacte, encore rebelle.

Le signe d'une victoire muette.

Il n'avait pas brisé sa résistance mentale, il n'avait pas anéanti son goût du sacrifice. Il n'avait pas fait culbuter son échelle de valeurs, il n'avait pas atteint ses remparts intimes en trouvant la fissure subtile qui anéantirait son système de défense. En un mot, il avait échoué. Or, il ne fallait pas qu'il échoue. Il réalisa après coup qu'il avait manqué un élément déterminant à son supplice.

Il fallait que le prochain interrogatoire le comporte. Sinon, ce serait de nouveau l'échec. Maryla Nowicka était un adversaire de taille. Ce qui lui donna une idée. Dès que le milicien remonta, il lui ordonna :

— Va chercher la prisonnière. On va aller à Beniaminov. Au terrain d'exercice.

La Milicja possédait un terrain de manœuvres dans les bois de Beniaminov, non loin de Varsovie, où s'entraînaient les troupes de choc, les goleniów.

**
* **

Les deux miliciens arrachèrent Maryla du divan où elle s'était tassée. Un vieux débris, bizarre dans ce décor moderne. Nul ne savait comment il avait échoué là. La gynécologue leur jeta un regard éteint, hébété. Ses caries artificielles la maintenaient dans un état de douleur permanente. Pas une seconde de repos. Elle tenta de se débattre.

— Non, non, je vous en prie, supplia-t-elle.

Un des miliciens ricana :

— Ne t'en fais pas, ma belle. On ne s'occupe plus de tes dents. On va te promener.

Elle se tut. La seule idée de la fraise déclenchait des vomissements chez elle. Docilement, elle se laissa emmener jusqu'au car de la Milicja qui stationnait derrière l'immeuble.

On lui avait remis des menottes, les mains attachées derrière le dos. Il faisait froid, près de — 10°, et la neige crissait sous leurs pas. Elle se demandait où on l'emmenait.

Ils roulèrent près d'une heure. Maryla Nowicka

ignorait où ils se trouvaient. Aux cahots du fourgon,
elle comprit qu'ils avaient quitté la route. Le fourgon finit par stopper et on ouvrit la porte. Un
milicien fit descendre la gynécologue. Ils se trouvaient en plein bois, près d'un petit lac. Le capitaine
Pracek entraîna Maryla Nowicka vers un ponton de
bois où étaient accrochés plusieurs bateaux, avançant de quelques mètres au-dessus de l'eau gelée. Il
attacha une corde à la chaîne des menottes, maintenant l'autre extrémité à son poignet. Vêtue de sa
seule robe, Maryla Nowicka tremblait de tous ses
membres. Pracek la tira par les cheveux.

— Une dernière fois, tu veux parler ?
— Je ne sais rien.

D'une bourrade, l'officier la fit basculer hors du
ponton. La glace se brisa sous son poids et elle
disparut dans le lac gelé. Aussitôt, Pracek, aidé d'un
milicien, tira sur la corde jusqu'à ce que la tête
fasse surface au milieu de la glace brisée.

— Tu vas rester là-dedans jusqu'à ce que tu parles,
cria-t-il.

Maryla ressentait une impression bizarre. D'abord
le froid l'avait mordue comme une brûlure. Au bout
de quelques secondes, elle éprouva un engourdissement brutal qui la coupait de toutes sensations.
Elle se demanda combien de temps elle pourrait
tenir dans cette eau à quelques degrés. Les bras
tirés vers le haut par la corde, elle essaya de penser
à quelque chose d'agréable.

Pourvu que tout cela ne soit pas inutile.

Sur le ponton, le capitaine Pracek tapa du pied
sur les vieilles planches pour se réchauffer. Personne
ne pouvait supporter à la fois une douleur intolé-
rable et la certitude de mourir.

CHAPITRE XIII

Un silence pesant et insolite enveloppait l'immense bazar Rózyckiego en dépit des centaines de gens qui se pressaient dans les allées de terre battue, aussi serrés que dans le métro à six heures du soir. Aucun rire, aucune conversation, les visages étaient graves, tendus. Les gens se côtoyaient, se bousculaient, se faufilaient, épaule contre épaule, sans s'excuser, sans même paraître se voir. Comme s'ils avaient été isolés les uns des autres par un cocon invisible.

Même l'extraordinaire poitrine d'Anne-Liese n'attirait pas l'attention.

Elle prit le bras de Malko avec enjouement :

— Suivez-moi !

Ils s'enfoncèrent dans une allée à gauche. Le bazar en plein air ressemblait à une gigantesque foire aux puces, avec des stands de fortune où l'on vendait de tout, des chaussures aux antiquités en passant par les vêtements. Presque tout se négociait au marché noir. Un homme engoncé dans une canadienne s'approcha d'Anne-Liese et murmura quelques mots contre son oreille. Elle se tourna vers Malko :

— Il a des bijoux à vendre. Cela vous intéresse ? Des diamants... J'adore les diamants.

— D'où viennent-ils ? demanda Malko, amusé et intrigué.

Anne-Liese haussa les épaules.

— On ne sait jamais. Des vieilles familles. Des trafiquants. Des voyageurs. Beaucoup de choses viennent de Russie. Ils veulent tous être payés en dollars. Ici, on ne voit pas beaucoup de zlotys.

— Les autorités tolèrent ce marché ? demanda Malko.

— Bien sûr, fit Anne-Liese très sérieusement, nous sommes un pays de liberté. Les paysans viennent y vendre leur production. C'est ici qu'il faut faire son marché si on veut bien manger...

Tandis qu'ils avançaient à travers la foule compacte, on leur proposa une télé couleur, des lames de rasoir, encore des bijoux, un fusil de chasse japonais. C'était la Mecque du marché noir.

— Il y a des antiquités ? demanda Malko.

Anne-Liese fit la moue.

— Oui, mais ils n'ont pas grand-chose. Quelques icônes.

— J'adore les icônes, affirma Malko.

Cent mètres plus loin ils arrivèrent devant un stand de brocanteur, devant lequel se trouvait un chauve à la barbe rousse, la bedaine pointant sous un tablier sale. Malko s'arrêta. D'après son physique, il ne pouvait s'agir que de Jacisk Mikolawska, le prêtre défroqué indiqué par le père Pajdak.

Malko commença à inspecter le bric-à-brac sous l'œil intéressé de son propriétaire. Celui-ci les invita à entrer dans le petit stand où, grâce à un petit poêle, il faisait presque chaud.

— J'ai une pièce unique, annonça-t-il, d'un ton confidentiel. Une Vierge de Nuremberg en parfait état qui ferait la gloire d'un musée. Pour un prix ridicule.

— Combien ? demanda Malko.

— En zlotys ou en dollars ?

— En dollars.

— 50 000.

— Il parcourt nos campagnes, expliqua Anne-Liese,

inspecte toutes les vieilles églises. Heureusement, les Allemands n'ont pas tout pillé...

— Voyons cette Vierge de Nuremberg, demanda Malko.

Avec un geste solennel, le prêtre défroqué fit glisser une toile grise découvrant une superbe statue de bois enluminée. Malko eut du mal à rester impassible. C'était la réplique exacte de celle dans laquelle avait été assassiné le vieil antiquaire à Vienne...

Prenant son silence pour de l'admiration, le barbu roux s'extasia :

— N'est-ce pas qu'elle est superbe. Trois siècles...

Avec un peu de chance, elle avait trois mois. Anne-Liese ouvrit son manteau. Le propriétaire de la Vierge tomba en extase. Comme si on l'avait mis nez à nez avec les Saintes Reliques. Il se retenait d'allonger la main, mais c'était tout juste.

Pour s'amuser, Malko annonça :

— Si vous me faites un prix, je pourrais prendre cette Vierge. Mais comment la sortir du pays ?

— Pas de problème, assura aussitôt le barbu, je me charge de tout.

Malko recula d'un pas, « admirant » la fausse Vierge de Nuremberg. La boucle était bouclée.

— Je vais réfléchir, dit Malko. Nous reviendrons. Vous n'avez pas de caviar, par hasard ? ajouta-t-il en souriant.

Bizarrement, l'œil du défroqué s'alluma.

— Non, fit-il, mais je sais où vous pouvez en trouver. Le stand numéro 37, un peu plus loin sur la gauche.

— Merci, dit Malko.

Ils replongèrent dans la foule silencieuse et terne. On se retournait sur les vêtements de Malko. Il aurait pu repartir de ce marché nu comme un ver et plein de dollars. Un jeune homme l'aborda et lui proposa très poliment de lui acheter son manteau et ses chaussures...

Le cœur de Malko battait plus vite. Ils se dirigeaient droit vers le stand désigné par le prêtre défroqué. Dans quelques secondes, il risquait de se trouver en face de celle qui savait.

— C'est là, annonça Anne-Liese.

Un numéro en peinture bleue annonçait « 37 ». Cette fois, c'était une boutique de jouets. Quelques superbes babas russes trônaient au milieu d'un fouillis incroyable. Derrière une énorme matrone, pesant au moins 120 kilos, enroulée dans des nippes sans forme, se chauffant les mains à un brasero. Les cheveux sous un foulard et le teint rubicond...

L'horreur absolue.

Même avec trente ans de plus, ce ne pouvait être la jolie femme décrite par deux personnes.

Anne-Liese s'approcha et se pencha à son oreille. La matrone sourit aussitôt d'un air complice. Fouillant dans un petit frigidaire, elle en sortit une boîte de caviar de 500 grammes. Du russe. Malko l'examina, se demandant comment il allait poser la question qui l'intéressait.

Il sentit la boîte ; aucune odeur.

— C'est tout ce qu'elle a ?

— Elle en aura d'autre demain. C'est 8 000 zlotys le kilo. Ou 70 dollars.

A tout prix la revoir, essayer de comprendre.

— J'en voudrais deux kilos pour demain, demanda Malko, c'est possible ?

— Bien sûr, fit la grosse femme. J'ai aussi des babas russes.

— J'en prendrai, dit Malko.

Malko tira 40 dollars de sa poche et ils changèrent de main. La matrone enveloppa la boîte de caviar dans un papier marron et lui serra vigoureusement la main, après lui avoir rendu la monnaie en zlotys...

Anne-Liese entraîna Malko amoureusement. La nuit tombait.

— Nous allons faire la fête ! Il ne manque plus que de la vodka...

Malko sourit, réussissant à ne pas avoir trop l'air absent. Où se trouvait la femme qu'il cherchait ? Serait-elle là le lendemain ?

Ils émergèrent enfin du Rózyckiego et se postèrent au bord du trottoir pour avoir un taxi. Bien entendu, il n'y en avait pas et le froid était de plus en plus vif. Anne-Liese, amoureusement, s'appuya contre Malko.

— J'ai mis de la vodka au frais, dit-elle. Cela va être merveilleux. On m'a envoyé des marrons glacés d'Allemagne.

Malko ne répondit pas. Pourquoi Anne-Liese mettait-elle tant d'énergie à l'entraîner chez elle ? Tous les signaux d'alarme s'allumèrent dans sa tête. Ce n'était pas pour le photographier en galante compagnie. Il ne donnait pas prise au chantage. Il y avait quelque chose. De plus subtil et sûrement de plus dangereux... Tandis qu'il réfléchissait, un lieutenant de la Milicja sortit du Rózyckiego, les bras chargés de paquets, et s'approcha de la voiture contre laquelle ils étaient appuyés, une petite Syrena de fabrication locale.

— Attends, dit Anne-Liese en se détachant de Malko.

Elle s'approcha de l'officier et lui parla à voix basse, puis revint vers Malko.

— Il accepte de nous conduire pour un dollar, dit-elle. Viens.

La nuit était maintenant complètement tombée et il y avait peu de chances de trouver un taxi... Malko monta le premier dans la Syrena. Pas tranquille quand même. Il avait la nette impression d'aller se jeter dans la gueule du loup. Il tenta de se rassurer en se disant que le S.B. attendrait la dernière seconde pour frapper. Il n'y avait qu'une seule inconnue, et de taille. Maryla Nowicka avait-elle parlé ?

Anne-Liese se pencha contre lui.

— Dans cinq minutes, nous serons chez moi.

Les mots résonnèrent sinistrement à l'oreille de Malko.

**

— Je vous en prie, achevez-moi, oh, achevez-moi !

Je vous en supplie. Ne me laissez pas comme ça...

Depuis une heure, Maryla Nowicka criait, suppliait son bourreau. Le capitaine Pracek faisait les cent pas sur le ponton, fumant cigarette sur cigarette, tapant ses bottes l'une contre l'autre pour se réchauffer.

Les deux miliciens s'étaient repliés dans leur fourgon gris, où ils se repassaient une bouteille de vodka.

La gynécologue se sentait au bord de la perte de connaissance. Elle essayait, sans y parvenir, de se souvenir combien de temps on pouvait tenir dans l'eau glacée sans mourir. Ses pieds et ses mains étaient durs comme du fer. Sa respiration était courte, une sueur froide couvrait son front, mais surtout il y avait cette douleur insupportable, inhumaine. Comme si on lui avait enfoncé des millions d'aiguilles dans la chair à vif. Le moindre mouvement se traduisait par des ondes de douleur insupportables. Pourtant, elle ne voulait pas parler...

Le capitaine Pracek s'approcha du bord du ponton.

Les cris de la gynécologue ne s'étaient même pas interrompus. Elle avait l'impression d'être brûlée vive. Inquiet, quand même, le capitaine Pracek se pencha sur sa victime et dit d'une voix presque gentille :

— Ecoute, ne fais pas l'imbécile. Nous voulons ce renseignement, alors ne t'entête pas...

Le hurlement de Maryla Nowicka s'arrêta d'un coup. D'abord l'officier crut qu'elle se taisait volontairement, qu'elle acceptait de parler. Puis il vit les yeux révulsés et le menton qui tombait hors de l'eau, avec les lèvres noueuses et gonflées.

Il se redressa et, par gestes, fit signe aux deux miliciens de venir. Ils accoururent aussitôt. Pracek était déjà en train de haler le corps hors de l'eau et ils lui prêtèrent main-forte.

— Elle s'est évanouie ! dit-il.

A trois, ils entreprirent de hisser le corps de la gynécologue hors du lac, puis ils l'étendirent sur le ponton. Le capitaine Pracek se mit à la gifler avec régularité. Sans aucun résultat. La tête bougeait comme celle d'un pantin. De gauche à droite... mais elle n'ouvrait même pas les yeux, et sa peau était toujours aussi glacée.

— *Psia Krew* [1] ! fit Pracek, il faudrait la réchauffer.

Il entrevoyait les conséquences d'un accident.

« Salope, fit-il entre ses dents, elle est capable de crever pour m'emmerder... »

— Il faudrait l'emmener au corps de garde, proposa le milicien, là-bas, ils ont du feu.

— Allons-y, dit Pracek.

Ils la portèrent jusqu'au fourgon gris, la tassèrent à l'arrière et le véhicule prit la direction de la baraque qui abritait les sentinelles du camp, le long d'un chemin gelé. Personne ne disait un mot et les deux miliciens essayaient de dissimuler leur ivresse.

Dix minutes plus tard, le fourgon stoppait devant un bâtiment de bois, isolé au milieu d'un espace découvert. Le capitaine Pracek se rua à l'intérieur où quatre soldats jouaient aux cartes autour d'un poêle. D'autres dormaient dans une pièce voisine.

— Vite, cria Pracek, trouvez-moi des couvertures chaudes !

En deux minutes, ce fut la pagaille. On alla arracher leurs couvertures à ceux qui dormaient. Les miliciens déshabillèrent Maryla Nowicka qui ne donnait toujours aucun signe de vie. On l'enroula dans les couvertures et on l'approcha du poêle. Le capitaine Pracek téléphonait fiévreusement pour trouver un médecin « sûr ».

Un des soldats eut l'idée de mettre une glace devant la bouche de la gynécologue.

— Hé, elle ne respire plus ! cria-t-il.

Le capitaine Pracek avait enfin mis la main sur un médecin du S.B. et lui expliquait les symptômes de Maryla Nowicka. L'autre lui laissa peu d'espoir.

— Vous avez dû lui laisser la nuque dans l'eau, dit-il. Si sa température est au-dessous de 30°, il est

_____

(1) Sang de chien !

impossible de la ranimer. La prochaine fois, ne la
laissez pas plus d'une heure et gardez-lui la nuque
hors de l'eau.

— Foutez-lui un thermomètre dans le cul, hurla
Pracek.

Un des miliciens se précipita sur la trousse d'ur-
gence, trouva un thermomètre et l'enfonça dans le
rectum de la gynécologue.

Le capitaine Pracek raccrocha et alluma une cigarette, tirant dessus avec nervosité. Au bout de trois
minutes, le milicien retira le thermomètre et l'examina. Les autres soldats observaient la scène en
silence.

— 27°, annonça le soldat.

Maryla était bien morte.

Le capitaine Pracek écrasa sa cigarette à peine
entamée, l'estomac serré par l'angoisse. C'était un
truc à passer en cour martiale. Avant tout, il fallait
se débarrasser du corps.

— Vous vous en occupez, dit-il aux miliciens. Il y
a assez de place dans le camp. Tenez, vous irez
vous acheter de la vodka.

Il tira de sa poche un billet de 500 zlotys et le
laissa sur la table.

C'était la tuile. Il n'avait plus qu'à filer sur Varsovie
et s'expliquer avec ses supérieurs. Ce qui n'allait
pas être facile.

CHAPITRE XIV

La longue jupe de velours noir s'ouvrait si haut que Malko devinait l'ombre du ventre. Anne-Liese avait mis sa tenue de combat...

Allongés l'un en face de l'autre sur un lit très bas, une boîte de caviar et une bouteille de vodka entre eux sur un plateau, ils s'observaient. La boîte de caviar et la bouteille de vodka étaient toutes deux fortement entamées. La Polonaise tendit à Malko un toast avec une montagne de caviar.

— Tenez.

Ses yeux bleus jetèrent un éclair. Il se dit soudain que les deux grands traits noirs qui soulignaient les yeux comme des balafres lui donnaient l'air d'une sorcière.

La grande glace Régence, en face du lit, leur renvoyait leurs deux images. L'appartement était meublé d'une façon bizarre ; des meubles rococo, des tapis chinois, des lampes 1900 qui diffusaient une lumière douce. Avec une chaîne hi-fi dans un coin. C'était à la fois chaud et baroque. Et sûrement bourré de micros. La grande glace collée au mur semblait aussi très suspecte à Malko. L'image de Maryla Nowicka l'obsédait. Qu'était-il advenu de la

gynécologue... Quel traitement lui faisait-on subir...
A chaque seconde, il s'attendait à voir deux sbires
du S.B. faire irruption dans l'appartement. Anne-
Liese se pencha sur lui, et demanda de sa voix posée :
— A quoi pensez-vous ?
— A vous, dit Malko.
Si Maryla avait parlé, c'était sa dernière soirée.
La chaîne hi-fi égrenait les notes tristes d'une sonate.
Il allongea la main, effleurant la pointe d'un sein,
à travers le haut de soie fermé jusqu'au cou par
au moins des dizaines de boutons serrés les uns
contre les autres.
Anne-Liese eut un léger mouvement de recul.
— Attention, ma poitrine, c'est mon sexe !
Elle le fixait d'un air soudain différent. L'alcool
faisait briller ses yeux et les éclaircissait.
— Ah bon, fit Malko qui accentua légèrement son
contact.
Anne-Liese ne mangeait plus. Elle bougea, découvrant un morceau de cuisse supplémentaire, gainée
par le collant noir.
— Quelquefois, je me caresse la poitrine pendant
des heures, dit la Polonaise. C'est délicieux. Je
pourrais m'évanouir de plaisir.
Si ce n'était pas une invite...
Mais le haut de soie n'était pas moins étroitement
fermé par les innombrables petits boutons avec des
boutonnières très serrées. Malko entreprit de les
défaire en commençant par le haut. C'était exaspé-
rant de lenteur, chaque bouton ne libérant que quelques millimètres de chair blanche. Anne-Liese l'observait d'un air ironique. Lorsqu'il eut ouvert quelques centimètres elle l'arrêta et les reboutonna avec
la dextérité d'un prestidigitateur.
— Pas maintenant, dit-elle d'un ton définitif. Je
t'ai dit d'être patient. Reprends un peu de caviar.
Malko lui arracha le toast des doigts, et reprit
son travail de Pénélope, défaisant les boutons, un
par un. Le désir avait provisoirement balayé toutes
ses autres préoccupations. La vodka lui servait de
tranquillisant. Il ne savait pas pourquoi le S.B.

avait voulu qu'il soit là, mais autant en profiter.
D'autant que, cette fois, Anne-Liese se défendait
moins.

Le bout de ses doigts effleura enfin un soutien-
gorge.

— Attention, dit Anne-Liese d'une voix mourante.
Ma peau est tellement sensible !

De nouveau elle arrêta la main de Malko. Exaspé-
rant. Mais, cette fois, elle l'embrassa avec violence,
comme pour s'excuser. Elle sembla alors seulement
s'apercevoir de son état en l'effleurant accidentelle-
ment et écarta vivement la main.

Un vrai réflexe de vierge effarouchée.

Furieux de cet affront muet, il entreprit de se
déshabiller. Anne-Liese le laissa faire jusqu'à ce qu'il
soit nu comme si cela ne la concernait pas, sans rien
rien ôter elle-même, de ses escarpins rouges au bus-
tier infernal.

— Tu as un beau corps, remarqua-t-elle.

Puis d'un geste inattendu, contrastant avec la
réserve dont elle avait fait preuve jusque-là, elle se
pencha sur lui et commença à lui agacer le mamelon
d'un sein d'une langue habile. Doucement, sa main
glissa plus bas et se referma autour de Malko. Elle
se mit à le caresser avec un mouvement régulier et
circulaire.

Puis, avec une lenteur exaspérante, sa bouche
quitta la poitrine de Malko et descendit, suivant un
itinéraire sinueux, jusqu'à son ventre. C'était une
caresse tellement légère qu'il dut baisser les yeux
pour s'assurer que ses lèvres avaient remplacé sa
main... La bouche l'effleura puis le quitta.

Elle fixait son sexe avec une expression absente.
Impossible de dire si elle était en service commandé
ou si elle y prenait un plaisir réel. Excédé, Malko
lui prit la nuque et abaissa la tête vers lui.

Il s'attendait à une résistance furieuse, mais docilement elle l'engloutit dans sa bouche, aussi profondément qu'elle le pouvait. En même temps, ses
doigts caressaient Malko avec la légèreté d'un papil-
lon. L'un d'eux se glissa sous lui, l'explorant, le cha-

touillant, l'agaçant avec une technique consommée. Puis brusquement, avec une force et une douceur incroyables, il s'enfonça en lui. Au plus intime. En même temps la bouche d'Anne-Liese menait un ballet effréné autour de la hampe qu'elle emprisonnait dans un grand bruit humide de succion.

Entre les deux sensations, Malko se sentait emporté par le plaisir à la vitesse d'un missile. Cela dura exactement dix secondes. Le doigt et la bouche se retirèrent en même temps. Anne-Liese se redressa, une expression espiègle dans ses yeux bleus.

— Voilà.

Malko retint les mots qui lui venaient à la bouche. Indignes d'un gentleman. Pris d'une brusque furie, il se rabattit sur les boutons, en défaisant cinq ou six. Anne-Liese le laissait faire, les yeux fermés, respirant rapidement.

— Attends, fit-elle soudain.

Malko patinait sur un bouton. Il y avait à peine quinze centimètres de défaits sur cinquante. Tout à coup, Anne-Liese plongea la main dans son décolleté et, mettant sa main en coupe, elle sortit une partie de son sein gauche, comme une nourrice fait pour un nouveau-né. L'aréole était très large, rosâtre, avec une pointe relativement petite.

— Lèche, doucement, dit-elle. Très doucement.

Sa voix avait une autre intonation. Plus vraie. Ses yeux brillaient d'un éclat inhabituel.

Malko pencha la tête sur le bout du sein émergeant des boutons défaits, avança sa langue très doucement sur la pointe. Anne-Liese grogna.

— Doucement, je t'ai dit, doucement.

Puis elle se mit à feuler, à gémir, comme si elle jouissait, tandis que Malko promenait sa langue sur le mamelon en évitant la pointe. Il termina dessus, d'un rapide mouvement tournant, et Anne-Liese poussa un véritable hurlement. Son corps se tendit en arc de cercle, elle repoussa Malko, escamotant son sein, et demeura sur le dos, les yeux fermés, inerte, comme évanouie. Malko l'observait intrigué, toujours aussi frustré. Il avait l'impression qu'Anne-

Liese venait de s'offrir sa récréation, son petit fan-
tasme à elle, au milieu du service commandé. Ses
seins se soulevaient rapidement, une veine battait
sur son cou. Ce n'était pas de la comédie.

Il s'attaqua de nouveau aux boutons, mais cette
fois Anne-Liese ne lui laissa même pas le temps d'en
défaire un...

— Laisse-moi, fit-elle d'une voix indignée, tu ne
vois pas que je me suis évanouie, c'était trop fort !

Malko éprouvait maintenant une envie féroce de
voir cette poitrine étonnante, de la caresser, de la
tenir entre ses mains. Il l'effleura, mais elle le
repoussa.

— Non.

Elle se redressa et commença à reboutonner son
haut.

— Qu'est-ce que tu fais ? demanda Malko, suffoqué.

— Je ne veux pas que tu t'énerves pour rien, dit-
elle gravement. Je n'ai pas l'intention de faire l'amour
avec toi ce soir. Je trouve que je t'ai déjà donné
beaucoup. Tu me brusques...

Malko demeura muet devant ce cynisme. Il commençait à comprendre comment Anne-Liese avait
mené son haut fonctionnaire à la camisole de force...
Elle le contemplait, sûre d'elle et inaccessible. Lorsqu'on y regardait de plus près, la lourde jupe de
velours fermée par les brandebourgs et le haut her-
métique formaient une cuirasse imparable. D'autant
que la douce Anne-Liese avait trop de force pour
se faire violer.

Voyant l'expression de Malko, de nouveau elle se
pencha, l'emprisonna dans sa bouche quelques secondes et se redressa, mutine.

Malko grogna comme un fauve à qui on enlève
un morceau de viande.

— Caresse-toi, suggéra suavement Anne-Liese. Je
veux bien te regarder...

Il chercha son regard. Il était certain qu'à cette
seconde elle ne travaillait pas pour le S.B. Sans la
lâcher des yeux, il fit ce qu'elle lui demandait. Les
prunelles grises s'agrandirent légèrement, seul signe

d'intérêt. Le buste très droit, à son habitude, une main posée sur la cuisse de Malko, Anne-Liese regardait le membre offert. Suivant la montée du désir. Elle devait posséder un sixième sens ou une très grande habitude des hommes. Au moment où Malko sentait qu'il allait atteindre l'orgasme, la main d'Anne-Liese écarta la sienne.

En quelques secondes, avec les mouvements lents et tournants d'une cuisinière consciencieuse préparant une crème fouettée, elle l'amena à l'orgasme. Elle le regarda jaillir avec la même impassibilité, poussa un petit soupir et annonça :

— Il va falloir que je me couche, je commence à avoir sommeil.

A la lueur qui brillait dans ses yeux, Malko put quand même se rendre compte que le spectacle ne l'avait pas laissée indifférente. Anne-Liese possédait un contrôle total sur elle-même. Bien que physiquement apaisé, il se sentait toujours aussi frustré. Du beau travail.

Rien ne s'était passé de fâcheux. Donc, ce n'était encore que de la préparation. Le S.B. désirait qu'il revienne dans cette tanière de velours. Il commençait tout doucement à comprendre le jeu subtil d'Anne-Liese. Il lui manquait encore un petit élément. Tout en se rhabillant, il demanda d'un ton enjoué :

— Alors, quand ferons-nous l'amour ?

Anne-Liese croqua un marron glacé avant de lui répondre :

— Je ne sais pas. Quand j'en aurai très envie. Le jour où je t'attendrai avec une bouteille de Dom Pérignon, tu sauras...

Il était prêt. Soudain, il réalisa qu'il était deux heures du matin. Il ne trouverait jamais de taxi.

— Attends, je vais t'appeler un radio-taxi, dit Anne-Liese.

Elle décrocha le téléphone, composa un numéro et obtint immédiatement une voiture.

— Il sera là dans trois minutes, dit-elle. Veux-tu que nous dînions ensemble demain ?

— Je verrai, dit Malko, prudent. De toute façon,

je vais chercher le caviar. Pour être prêt à tout...
Elle l'embrassa tendrement et le regarda descendre
l'escalier du pas de la porte.

Malko sortit du taxi et plongea dans la foule toujours aussi silencieuse et compacte du bazar Rózyckiego. Il avançait lentement vers le stand du caviar,
au milieu d'un océan de chapkas. Il avait cessé de
neiger et la température s'était encore abaissée.
Soudain, les battements de son cœur s'accélérèrent
en arrivant en vue du stand 37. A la place de la
commère mafflue, se tenait une femme mince, vêtue
d'un pantalon gris et d'un chandail noir. Très brune,
les cheveux séparés par une raie au milieu, avec
de hautes pommettes très saillantes, des yeux en
amande, une grande bouche bien dessinée.
Elle avait dû être remarquablement belle.
Une femme de quarante-cinq ans environ. Malko
s'approcha et dit en anglais :
— Je viens chercher mon caviar. Je l'ai commandé
hier.
La jeune femme le regarda, interloquée : il réalisa soudain qu'elle ne parlait pas anglais. Il répéta
la même phrase en allemand. Cette fois, son inter-
locutrice répondit à Malko dans la même langue.
— Ah oui, mon amie m'a prévenue. Mais je ne l'ai
pas ici. Il faut que j'aille le chercher. Pouvez-vous
attendre ? Où est-ce que je peux le porter à votre
hôtel ?
— Oui, au *Victoria*, dit Malko. Vous pourriez y
venir ?
Seuls des rides très fines autour des yeux et un
cou un peu fripé révélaient l'âge de son interlocu-
trice. Ses yeux marron, son nez droit, son menton
volontaire irradiaient l'équilibre. Elle n'avait pas
beaucoup de poitrine, mais un corps mince et spor-
tif. Malko l'imagina avec trente ans de moins. Une
véritable beauté... Il était certain à 99 % de se
trouver devant la mystérieuse Halina, la maîtresse

de Roman Ziolek. Elle le fixait, intriguée par l'insistance avec laquelle il la regardait.

— Certainement, dit-elle, dans une heure. C'est plus agréable pour vous que de rester dans le froid. Vous en avez commandé deux kilos ?

— En boîtes de cinq cents grammes, précisa Malko.

Il tendit trois billets de 50 dollars qu'elle prit avec réticence.

— Cela vous ennuie si je vous rends la monnaie, en zlotys ?

— Pas du tout, dit-il. A propos, vous ne vous appelez pas Halina ?

Une lueur de surprise passa dans les yeux marron. Elle sourit.

— Oui. Comment savez-vous...

— Je connais Maryla Nowicka, dit Malko.

La lueur dans les yeux marrons s'éteignit, comme gelée. La jeune femme replia lentement les billets, comme si ses doigts lui refusaient tout service.

— Elle a été arrêtée, dit-elle à voix basse.

— Oui, dit Malko. Je le savais.

Halina le scrutait anxieusement. Il sentait qu'elle mourait d'envie de lui poser des questions, de savoir qui il était.

— Je suis un ami, se hâta de dire Malko. J'essayais d'aider Maryla Nowicka. Je connais aussi Wanda Michnik...

Avant tout, lui donner confiance.

Mais la foule autour d'eux devait être truffée d'agents du S.B. Il ne pouvait rester longtemps.

— Je vous attends à midi dans le hall du *Victoria*, finit par dire Malko.

Il s'éloigna. Quelques mètres plus loin, il se retourna : Halina le fixait toujours. Il se força à ne pas revenir sur ses pas. Il lui laissait le temps de se ressaisir, mais c'était un risque indispensable. Le taxi l'attendait. Il lui demanda de le conduire au Museum Narodowe [1]. Autant embrouiller les pistes...

_____

(1) Musée national.

*
**

Essayant de calmer les battements de son cœur, Malko guettait le portier en marron qui ouvrait la porte du *Victoria*. Midi et demi. Trente minutes de retard. Maintenant il se maudissait de ne pas avoir insisté tout de suite. Si dans une heure Halina n'était pas là, il retournerait au bazar Rózyckiego. Soudain, son angoisse disparut d'un coup. Halina venait de franchir la porte d'un pas pressé. En dépit du manteau de fourrure, de la chapka et des bottes, elle était superbe, le visage rosi par le froid. Elle s'approcha de Malko, s'excusa avec un sourire et sortit un paquet de son sac :

— Le bus était très en retard. Voilà.

Malko prit le caviar.

— Je vais le mettre tout de suite au frais, dit-il. Vous m'attendez ?

Elle eut un imperceptible mouvement de recul.

— Mais je... Il faut que je retourne au bazar.

Malko plongea ses yeux dorés dans les siens.

— Je voudrais déjeuner avec vous, dit-il. J'ai des choses à vous dire.

Une surprise anxieuse assombrit le regard d'Halina.

— Je ne comprends pas, dit-elle d'une voix hésitante, vous ne me connaissez pas. Que voulez-vous de moi ?

Malko sentit qu'elle allait lui échapper, qu'il ne la reverrait peut-être jamais.

— Vous parler, dit-il, de l'époque lointaine où vous étiez l'amie de Roman Ziolek.

Elle réagit comme si on l'avait giflée. Son visage pâlit, ses pupilles se dilatèrent, sa mâchoire tomba imperceptiblement. Elle s'assit comme une automate, regarda autour d'elle, comme si on avait pu entendre ce qu'avait dit Malko. Le hall grouillait de monde, de va-et-vient, de touristes.

— Mais comment savez-vous ? Qui vous a dit ?

Maintenant, elle regardait Malko avec terreur.

— Maryla Nowicka, dit-il. Avant d'être arrêtée. Mais

c'est une longue histoire. Avant tout, je voudrais
vous poser une question. Beaucoup de gens connais-
sent-ils votre existence et vos liens avec Roman
Ziolek ?

Elle secoua la tête lentement.

— Quelques rares personnes dont je suis sûre.
On me croit morte.

Donc le S.B. pouvait croire que Halina n'était pas
l'objectif...

Malko se leva.

— Venez, je vous emmène déjeuner.

Le premier étage du *Bazyliszek* était plein à cra-
quer. Surtout de touristes. C'était un des rares restaurants de Varsovie où on pouvait manger décem-
ment. Le bas était une sorte de snack-bar plus
populaire. Malko leva son verre de bière :

— A vos souvenirs, Halina ! Je ne sais même pas
votre nom.

Halina semblait gênée par le luxe relatif qui les
entourait. Les serveuses en costume folklorique,
les boiseries, les maîtres d'hôtel en smoking. Le
Bazyliszek, comme les charcuteries et les boulange-
ries, n'était pas nationalisé et marchait beaucoup
mieux que la plupart des autres restaurants.

— Mon nom, dit Halina d'un air absent. Lequel ?

— Celui que vous portez maintenant.

— Rodowisz.

Elle plongea le nez dans son anguille fumée, intimidée.

— Vous savez que vous êtes très belle, dit Malko.

Elle eut un pâle sourire.

— Mais je suis une vieille dame, j'ai plus de cinquante ans.

Elle s'interrompit brusquement et trempa les
lèvres dans son verre d'Ekri Bikaver, un vin rouge
hongrois, très fort.

— Pourquoi me posez-vous toutes ces questions ?

Que voulez-vous ? Qui êtes-vous ? Vous me faites peur.

Brusquement Malko sentit qu'elle avait envie de parler. Besoin, même après un aussi long silence.

— C'est vrai que vous avez très bien connu Roman Ziolek ?

Elle répondit dans un souffle :

— Oui.

— Pourquoi n'avez-vous jamais cherché à le revoir ? Vous étiez très amoureuse de lui ?

Sournoisement, il remplit son verre. Lui se contentait de sa bière. Une beck's. Pour garder la tête froide. On aurait dit deux amoureux en train d'échanger des serments. Halina Rodowisz resta un long moment le regard absent.

— Pourquoi toutes ces questions ? demanda-t-elle.

— Parce que la vie de beaucoup de gens dépend de vos réponses, dit Malko. Moi-même je risque la mienne en venant vous chercher à Varsovie. Il faut que vous m'aidiez. Que vous les aidiez.

Nouveau silence. Le garçon emporta l'anguille fumée à peine entamée. Halina se pencha au-dessus de la table et dit d'une voix contenue :

— Vous savez pourquoi je n'ai jamais cherché à le revoir ? Parce que je suis la seule qui connaisse la vérité sur Roman et sur certains événements.

— Comment n'a-t-il pu vous retrouver ?

— Oh, c'est une longue histoire, dit Halina.

Malko était sur des charbons ardents. Enfin, il tenait son témoin. Une femme équilibrée, digne de foi.

— Dites-la-moi.

Halina sembla se débloquer d'un coup. Elle attendit que le garçon apporte une sorte d'escalope panée pour dire :

— C'était en 1944. En octobre. La fin de la Résistance, de l'Insurrection de Varsovie... Roman dirigeait un groupe de combat au central téléphonique de la rue Zielna. J'étais avec lui nuit et jour. Le 3 octobre, on a signé un cessez-le-feu avec les troupes allemandes. Condition : évacuer Varsovie.

Nous, nous sommes restés. Une demi-douzaine. Nous nous sommes cachés dans la crypte de l'église Saint-Michel... Ensuite nous sommes partis vers le nord de la ville. Tout était en ruine. Nous avons échoué rue Twarda. Sept d'entre nous. Les Allemands fouillaient partout, tuant tous ceux qui vivaient encore. C'était très dur de se nourrir.

» Nous manquions de tout : armes, munitions, vivres, médicaments. Un de nos amis était grièvement blessé. Roman a dit qu'il allait tenter de franchir la Vistule pour rejoindre les lignes russes et ramener de l'aide. Il est parti une nuit... (Elle se tut.) C'est la dernière fois que nous nous sommes vus. Il est parti et pendant des mois je n'ai pas su s'il était vivant ou mort.

— Et vous ? demanda Malko.

— Moi... (Elle eut un sourire triste.) Je suis restée avec les autres. Dans notre trou, essayant de survivre. Les rafles étaient de plus en plus fréquentes. Il ne restait que quelques dizaines de résistants dans tout Varsovie. Nous vivions avec un verre d'eau et trois biscuits par jour. Notre ami blessé est mort. Nous étions désespérés. Nous avons recueilli un isolé, un combattant de l'A.K.

» Trois jours plus tard, il s'est passé une chose incroyable. En cherchant de la nourriture, nous sommes tombés sur des survivants de l'organisation de résistance juive du ghetto, la Z.O.B. [1]. Cinq jeunes gens qui tenaient depuis deux mois et demi. Ils avaient beaucoup d'armes et surtout de la nourriture dans un dépôt souterrain... Mais il leur manquait une chose.

— Quoi donc? demanda Malko.

C'était incroyable de revivre ces faits presque à l'endroit où ils s'étaient déroulés, trente-quatre ans plus tôt.

— Une femme, dit Halina Rodowisz. J'étais la seule femme dans tout Varsovie... Ils n'en avaient pas vu depuis deux mois.

(1) Zydowska Organizacja Bojowa.

— Ils vous ont violée ?

— Non. Ils m'ont échangée à mon groupe. Contre cinq gros pains de quatre kilos.

Incroyable. Elle sourit, devant l'air stupéfait de Malko.

— Vous savez, c'était un autre monde, alors. J'étais consentante, je me suis dit que j'allais manger et peut-être survivre parce qu'ils étaient décidés et bien armés... Cela m'a sauvé la vie. Le lendemain, les Allemands ont repéré le groupe auquel j'avais appartenu. Ils les ont cernés, et tués à la grenade dans la cave où ils se terraient. Ensuite, ils ont sorti les corps dans la rue et les ont arrosés au lance-flammes. Quelqu'un qui avait pu pénétrer dans Varsovie a vu les cinq cadavres avec des pieux plantés dans le ventre, les dénonçant comme pillards...

» C'est ainsi que l'on m'a crue morte. Car on ignorait que nous avions recueilli quelqu'un. Mes amis juifs ont fui l'avance de l'Armée Rouge et m'ont emmenée dans l'ouest du pays. Ils m'ont donné de faux papiers. Je me suis réfugiée chez des amis, à Poznan.... Je ne suis rentrée à Varsovie que deux ans plus tard. Avec une fausse carte d'identité que m'avaient donnée mes amis juifs. Je l'ai toujours gardée. Tous mes parents avaient été tués par les Allemands. J'étais seule au monde. Je me suis mariée sous ce nom. Puis mon mari est mort.

Incroyable histoire. Mais Malko était resté sur sa faim.

— Je me souviens, dit Halina Rodowisz. Le grand christ en pierre de l'église de la Sainte-Croix gisait au milieu de Krakowskie Predmiescie. Dynamité par les SS.

— Et Roman Ziolek, demanda Malko. Quelle est son histoire ?

Halina Rodowisz le fixa de ses grands yeux marron un peu tristes.

— Vous voulez vraiment le savoir ? Vous serez en danger de mort si on apprend que je vous ai parlé. Et moi aussi...

— Moi, c'est mon métier, dit Malko. Vous êtes seule juge en ce qui vous concerne.

Halina Rodowisz vida son verre.

— Oh, je suis une vieille femme. Peut-être que Roman se souvient encore de moi. Peut-être qu'il ne me laissera pas tuer.

— Vous l'avez beaucoup aimé ?

Elle attendit que le garçon se soit éloigné pour répondre simplement :

— J'étais folle de lui. Cela a commencé en 1941. Je venais d'avoir quinze ans. Mes parents avaient une pharmacie. Un soldat allemand a été tué devant. Les SS sont venus et ont pendu ma mère et mon père. Sous mes yeux. J'ai été recueillie par des amis. On m'a présentée à des résistants, parce que je grillais de venger mes parents. Parmi eux, il y avait Roman. Etudiant en architecture. Très beau. Je suis tombée tout de suite amoureuse de lui. C'était le premier homme que j'ai connu. (Elle rit.) Je me souviens, il a organisé une soirée pour moi. Il avait acheté une bouteille de tokay au marché noir. On lui avait refilé du détergent. Je me suis étranglée et j'ai eu mal à la gorge pendant une semaine.

— Il était amoureux, lui aussi ?

Halina inclina la tête.

— Oui. Très. Il menait une vie dangereuse. Un jour j'ai trouvé des papiers chez lui qu'il fallait cacher à cause d'une perquisition et il a été obligé de me dire la vérité. Officiellement, il faisait partie de l'A.K., l'Armia Krajowa, l'armée de l'intérieur sous les ordres du gouvernement polonais de Londres. En réalité, c'était un communiste convaincu. Il n'avait pas été fait prisonnier par les Allemands comme il le prétendait, mais arrivait de Russie. Là-bas, il avait passé plusieurs mois dans l'école spéciale du Parti, à Pouchkino, près de Moscou. Les Russes l'avaient ensuite parachuté dans les environs de Varsovie en décembre 41. Afin d'aider à la formation du parti communiste polonais...

— Vous n'avez rien dit ?

Elle secoua la tête.

— Non. J'étais trop amoureuse de lui. Et puis, je ne voyais pas bien la différence entre les communistes et les autres. Les seuls vrais ennemis, c'étaient les Allemands. Or, Roman luttait contre les Allemands.

— C'est tout ?

Elle baissa la tête.

— Non. Un jour, j'ai surpris Roman en train de dresser la liste de la plupart des chefs de l'A.K. Il m'a dit que c'était pour des décorations. Quelques jours plus tard, nous avons appris que la Gestapo avait la liste.

— Vous n'avez encore rien dit ?

Halina secoua la tête.

— Non. Je sais que j'aurais dû le dénoncer. Mais je ne pouvais pas. J'étais amoureuse de lui. Ils l'auraient tué. J'avais honte, mais je me suis tue. Ensuite, on a oublié l'histoire de la liste. Je devinais qu'il avait fait cela pour plaire aux communistes. Il risquait sa vie.

» Ensuite, il ne m'a plus parlé des communistes. Moi, je savais qu'il avait des contacts avec le comité de Lublin. Il a fait un voyage secret en 1944, à Lublin, chez le Comité de libération soutenu par l'Armée Rouge. Puis il y a eu l'Insurrection et ce que je vous ai raconté...

Elle se tut. Malko était perplexe. Comment une telle histoire avait-elle pu rester inconnue tant de temps ?

Halina Rodowisz sourit avec tristesse.

— Pourquoi n'avez-vous parlé à personne depuis ? demanda-t-il.

— Vous me prenez pour une mythomane ? Mais j'ai des photos. Je pourrais vous les montrer. Je n'ai jamais rien dit parce que j'avais un fils. Je ne voulais pas qu'il puisse lui arriver quelque chose. Mais il a été tué dans un accident d'avion l'année dernière.

— Je suis désolé, dit Malko.

Ils demeurèrent silencieux devant leurs ice-creams

apportés d'office. Malko demanda des fruits. Le garçon secoua la tête, l'air désolé.

— *Nie ma* [1].

Une question brûlait les lèvres de Malko. Difficile à poser.

— Vous avez des photos de cette époque, dites-vous ?

Elle hocha la tête et dit rêveusement :

— Oui. Lui et moi. Et puis une autre avec tous ceux du comité de Lublin. Prise en 1944.

Malko la regarda ébahi.

— Comment vous l'êtes-vous procurée ?

Halina baissa la tête, comme une enfant prise en faute.

— Je l'ai volée dans ses affaires avant qu'il ne les brûle, dit-elle simplement. Je ne savais pas qui était avec lui sur la photo. Je voulais un souvenir. Il ne l'a jamais su.

— Vous l'avez chez vous ?

— Oui.

Sans qu'il sache pourquoi, Malko leva les yeux vers l'escalier. Il eut l'impression que son cœur s'arrêtait. Un homme achevait de le monter. Celui qu'il avait aperçu derrière la vitrine de la Wyniarna Fukierowska, lorsqu'il se trouvait avec la gynécologue.

Le piège venait de se refermer.

[1] Il n'y en a pas.

CHAPITRE XV

Malko réussit à ne rien montrer de son émotion, tandis que des cataractes d'adrénaline se déversaient dans ses artères. Il attendit pour voir si la barbouze allait se diriger sur eux. Mais il se contenta de balayer la salle d'un regard faussement indifférent avant de replonger dans l'escalier. Malko réussit à entamer son ice-cream d'un air calme. La photo dont parlait Halina était de la dynamite.

— Vous pouvez me donner cette photo? demanda-t-il.

Halina leva la tête :

— Qu'allez-vous en faire? Que voulez-vous faire à Roman ?

— L'empêcher de faire du mal, dit Malko. Dire à ceux qui veulent le suivre ce qu'il est réellement. Un communiste convaincu. Il n'en souffrira pas. Ici, il ne risque rien. A moins qu'il n'ait changé, qu'il ne soit plus communiste. D'autres, avant lui, l'ont fait.

Halina Rodowisz demeura un long moment silencieuse avant de dire :

— Je ne sais pas. Il y a si longtemps que je ne l'ai pas vu... Mais il était tellement convaincu. Pen-

dant des nuits entières, il m'a expliqué pourquoi il
était communiste.

— Les éléments actuels tendent à prouver qu'il
l'est toujours, dit Malko, sinon, le S.B. n'aurait pas
été jusqu'à tuer pour le protéger.

— Oui, bien sûr, dit pensivement Halina. J'aurais
dû le dénoncer en 41. Ce qu'il avait fait était monstrueux. Dénoncer ses camarades de combat. Mais
j'étais trop amoureuse. Il me semble que c'est hier
qu'il dormait dans mes bras. Je l'aimais tant... Il
était gentil avec moi, vous savez. J'adorais les chaussures. A Varsovie, en pleine guerre, c'était introu-
vable. Il en a acheté au marché noir. Il m'a fait la
surprise pour mon anniversaire... En 43.

Sa voix s'étrangla. Des larmes montaient à ses
yeux. Malko baissa les yeux, gêné.

— Je vous enverrai cette photo, dit-elle tout à
coup. Mais il faut que je la retrouve d'abord. Maintenant, je dois partir, il faut que je retourne au
bazar.

— Vous devez me détester, dit Malko.

Elle secoua la tête :

— Non. C'est le destin. Si vous n'étiez pas venu,
je me serais tue jusqu'à ma mort.

— Vous n'avez pas envie de le revoir ?

— Je ne sais pas. Je ne crois pas. Il serait trop
gêné.

Elle leva la tête brusquement.

— Vous savez, je m'entendais si bien avec lui.
Nous passions nos nuits à faire l'amour, littéralement. Nous étions jeunes. Je ne l'ai jamais refait de
cette façon, avec cette intensité. Partons, maintenant.

Il paya. Lorsqu'ils sortirent dans le Rynek, il
neigeait un peu. Halina tomba en arrêt devant les
fiacres.

— Oh, des fiacres !

— Venez, dit Malko.

Ils s'installèrent dans un des deux fiacres qui
démarra avec une lenteur majestueuse.

Halina tourna la tête vers Malko :

— Il n'y avait que des chevaux pendant la guerre.

Ils se turent, avançant lentement le long des façades de pastel tendre de la ville reconstituée. Malko profitait peu de cette étrange promenade. Accaparé par ses soucis. Maintenant, il était en danger de mort immédiate. Si les agents du S.B. devinaient qui était réellement Halina, ils feraient tout pour les liquider tous les deux. Quant à la photo, il fallait la récupérer coûte que coûte.

Le cheval s'arrêta au bout de l'Ulica Nowowiejska, à la limite des remparts. Ils descendirent. Halina tendit la main à Malko.

— Je ne pense pas vous revoir. Mais je vous déposerai la photo à l'hôtel. Demain.

— A quelle heure ? dit Malko. Il vaut mieux me la remettre en main propre.

— A midi, alors, dit Halina Rodowisz. Comme aujourd'hui.

Elle s'éloigna d'un pas rapide dans Podwale, faisant crisser la neige sous les semelles de ses bottes noires.

*
* *

Malko venait de prendre sa clef à la réception quand il se heurta presque à un jeune homme aux cheveux blonds très longs et hirsutes, engoncé dans une canadienne marron d'où émergeaient un blue-jean et des chaussures de basket. Des traits aigus avec des yeux enfoncés et une bouche mince. Il fixa Malko d'un air agressif et demanda en anglais :

— *You*, Malko Linge ?

— Oui, dit Malko. Qui êtes-vous ?

L'autre se dandinait d'un pied sur l'autre, comme s'il hésitait sur la conduite à tenir.

— Je m'appelle Jerzy, dit-il de mauvaise grâce, je suis un ami de Maryla Nowicka.

Malko sentit son estomac se serrer.

— Vous avez des nouvelles ?

Le Polonais regarda autour de lui, comme s'il craignait d'être écouté.

— Oui, fit-il, elle veut vous voir.

Malko l'aurait embrassé.

— Elle a été relâchée ?
Jerzy inclina la tête affirmativement.
— Oui. Elle veut vous voir, répéta-t-il.
— Où ?
— Venez avec moi. Au café *Krakovia*.
Malko hésita. Il avait l'intention de se rendre à
l'ambassade pour rendre compte des derniers déve-
loppements de son enquête, mais il ne pouvait
laisser tomber Maryla Novicki. D'autant que la gyné-
cologue aurait sûrement des choses intéressantes à
lui apprendre.
— Très bien, dit-il, je viens avec vous.

On se serait cru dans n'importe quel café d'étudiants du monde libre. Le blue-jean et les cheveux
longs de rigueur, les disques « pop » s'échappant
d'un juke-box, les conversations animées à toutes
les tables. Malko se fraya un chemin derrière Jerzy.
Sur son passage les conversations s'arrêtaient. Ses
vêtements le faisaient immanquablement reconnaître
pour un étranger. Ils arrivèrent enfin à une table au
fond où se tenaient déjà trois jeunes gens et une
fille brune et boutonneuse, à la moue acariâtre.
Jerzy s'assit à côté d'elle et fit signe à Malko d'en
faire autant.
— Où est Maryla ? demanda ce dernier.
— Nous allons la retrouver, dit Jerzy. Nous atten-
dons quelqu'un.
Aucun ne semblait disposé à engager la conversation. On apporta à Malko une Zywiec, la bière
locale, et il observa la salle. Tous les consommateurs
étaient très jeunes, souvent barbus, toujours chevelus.
Soudain, il lui sembla discerner une odeur inat-
tendue. En provenance d'un box voisin.
— Dites-moi, on fume du haschich, ici ? demanda-
t-il.
Jerzy inclina la tête.

— Ça arrive. Il vient de Russie...

En y regardant de plus près, Malko réalisa que la moitié de la salle du *Krakovia* marchait au haschich. Décidément la Pologne réservait des surprises... Le S.B. ne devait pas venir souvent au *Krakovia*, à voir l'ambiance.

Un nouveau venu surgit. Filiforme et pâle, avec une énorme chapka. Il fit un signe discret à Jerzy qui se leva aussitôt.

— Venez, dit-il.

Malko suivit, de plus en plus intrigué par ces mystères. Il avait l'impression d'être en compagnie de scouts effectuant un jeu de piste... Ils sortirent dans Nowy Swiat. Une petite voiture grise attendait devant la porte, une « Syrena » antédiluvienne dont la peinture partait par morceaux.

— Montez, dit Jerzy.

— Où allons-nous ?

— On vous l'a dit, fit le jeune Polonais avec agacement. Voir Maryla. Vous ne voulez pas ?

Son ton était presque menaçant. Malko eut l'impression qu'il était prêt à le faire entrer de force dans la voiture. Tout le groupe était sorti en même temps. Ils parvinrent à se tasser à cinq dans le minuscule véhicule qui démarra en direction du sud de la ville. Coincé entre Jerzy et un autre garçon, Malko pouvait à peine respirer. Pourtant, il aperçut une voiture qui démarrait derrière eux. Un taxi Fiat Polski gris. Vide, bien entendu.

Il se tourna vers Jerzy.

— On nous suit.

Un drôle de sourire éclaira le visage anguleux du jeune Polonais.

— Je sais, fit-il, ça ne fait rien.

De plus en plus déroutant. La voiture prit toute la vitesse dont elle était capable — guère plus de 30 à l'heure — filant le long des allées Ujazdowskie, vers Wilanow. Puis, elle tourna, un kilomètre plus loin, à gauche dans l'Ulica Agrycola, la grande voie descendant le parc Lazienki jusqu'au bord de la Vistule. Un peu plus loin, elle s'arrêta à une sorte

de rond-point, en face du monument de Jean III
Sobieski.

Malko regarda dehors. A travers les grilles du
parc on apercevait une sorte de canal gelé avec, à
son bout, les pierres blanches du palais Lazienki.
Une autre voiture vint s'arrêter près d'eux, avec
deux jeunes gens. Une Fiat Polski noire.

— Descendez, ordonna Jerzy, nous changeons de
voiture.

Malko fut heureux de se dégourdir les jambes,
bien que ne comprenant toujours pas. Il n'y avait
toujours pas un chat et le parc gelé s'étendait à
perte de vue, semé de petits palais. Cent mètres
derrière, la Polski grise s'était arrêtée et son chauffeur urinait ostensiblement le long des grilles.

Déjà ses compagnons remontaient dans la Polski
noire. Il y prit place à son tour. Cette fois, ils
étaient six ! Seul le chauffeur était demeuré dans
la Syrena. Les deux véhicules redémarrèrent, la
Syrena derrière, parcoururent cent mètres et tournè-
rent à droite dans une voie beaucoup plus étroite qui
partait à travers le parc gelé. Bien entendu, le chauffeur de la Polski grise avait regagné sa voiture et
suivait lui aussi.

En toute discrétion...

Deux cents mètres plus loin, nouveau virage. Vers
la gauche, cette fois. Malko aperçut une plaque :
« 29 go Listopada ». Maintenant, ils filaient vers
la Vistule. Des coups de klaxon furieux le firent
se retourner : la Syrena avait stoppé, barrant le
chemin. Son conducteur venait d'en descendre et
d'ouvrir le capot. Un jet de vapeur s'en échappa. Du
beau travail... Le chauffeur de la Polski grise, las de
klaxonner, jaillit de son véhicule en invectivant
l'étudiant penché sur son moteur expirant. La filature était interrompue...

Malko se retourna vers Jerzy.

— Bravo !

Le jeune Polonais ne répondit pas, mais ses yeux
brillaient de joie.

— Où allons-nous ? demanda Malko.

— Puszcza Kampinowska, dit Jerzy.

La forêt de Kampinos, au nord-ouest de Varsovie. Jadis terrain de chasse préféré des princes de Pologne. Les Allemands y avaient creusé des charniers qu'on n'avait pas tous retrouvés et elle était encore très sauvage.

Malko ne voulut pas poser de question. La Fiat Polski avait atteint la grande voie sur berge Czerniakowska le long de la Vistule. Elle tourna à gauche et prit à toute vitesse la direction du nord. Jerzy alluma une cigarette sans en offrir à Malko. Celui-ci essaya de s'intéresser au paysage. Pas gai... D'immenses usines occupaient tout le nord de Varsovie. Peu à peu, elles laissèrent place à une campagne désolée, sinistre avec ses masures croulantes où toutes les traces de la guerre n'avaient pas encore disparu. Des champs enneigés bordaient la route rectiligne et étroite.

C'était oppressant de tristesse. Au bout d'un quart d'heure la voiture ralentit à la hauteur des maisons d'une petite bourgade et d'un panneau indiquant « Palmiry ».

La Fiat s'engagea à gauche de la route dans un sentier gelé. Très vite, les champs enneigés firent place à une forêt dense, aux arbres dépouillés. Il n'y avait plus un chat. La voiture parcourut environ deux kilomètres, tourna à gauche, dans un autre sentier. Cahotant de plus en plus sur le sol gelé. Cette fois, c'était une certitude : ils n'étaient pas suivis. Le nouveau sentier était bordé d'un côté de barbelés parsemés à intervalles réguliers d'écriteaux que Malko ne parvint pas à lire.

Puis il y eut un nouveau virage, sur la droite cette fois. Encore cent mètres. La Polski stoppa.

— Descendez, dit Jerzy.

Ils en firent tous autant. Le froid était abominable. A perte de vue on ne voyait qu'arbres et broussailles gelés. A gauche s'ouvrait un sentier encore plus étroit, mais carrossable pour une voiture. Pourtant Jerzy s'y engagea d'un pas ferme. Il se retourna vers Malko :

— Venez, ce n'est pas loin.

A la queue leu leu, ils s'enfoncèrent entre les arbres. Pas un bruit, à part celui de leurs pas. A gauche, Malko vit de nouveau les barbelés. Le sentier faisait un coude à gauche. Malko aperçut une voiture qui stationnait. Les glaces couvertes de buée empêchaient d'en distinguer l'intérieur. Il était transi et ne comprenait plus. A quoi rimait cette marche dans les bois ? Comme s'il avait deviné ses pensées, Jerzy qui marchait devant lui se retourna :

— Nous sommes arrivés. Maryla nous attend. Suivez-moi.

Ils contournèrent la voiture dont le moteur tournait. Jerzy s'engagea dans un nouveau sentier qui se terminait en impasse trente mètres plus loin, avec une barrière rouge et blanche. Dans le jour qui diminuait, Malko aperçut devant la barrière ce qui lui sembla être un bonhomme de neige. Il s'approcha encore et s'arrêta, pétrifié d'horreur.

Ce n'était pas un bonhomme de neige mais une femme entièrement nue, debout sur ses jambes écartées, les bras dressés au-dessus de sa tête, comme si elle les adjurait de faire demi-tour.

Gelée. Blanche avec des traces bleues tirant sur le noir. Les traits gonflés mais quand même reconnaissables. Ceux de Maryla Nowicka, la gynécologue. Les yeux étaient ouverts, exorbités, éclatés sous le froid. Malko serra les poings au fond de ses poches. Pourquoi ne lui avaient-ils rien dit !

Il se retourna. Jerzy le fixait avec une haine incroyable.

— Vous avez vu ce qu'ont fait vos amis ! dit le jeune Polonais d'une voix étranglée par la colère et la douleur. Vous avez vu !

— Mes amis... commença Malko.

Il ne put pas continuer. Une voix de femme éclata derrière lui.

— *To ou ! To ou ! Dran* [1].

Une femme courait vers lui maladroitement,

[1] C'est lui. C'est lui, ce salaud !

engoncée dans un gros manteau, la tête émergeant d'une sorte de couronne blanche lui enserrant le cou. Malko ne vit que les yeux bleus, brillants de haine de Wanda Michnik. Derrière elle, un grand barbu courait aussi, serrant dans le creux de son coude un fusil de chasse de gros calibre.

Il s'approcha de Malko, les yeux fous. Pivotant de tout son corps, il lui assena un coup de crosse en plein visage. Tout explosa en une lueur éblouissante.

CHAPITRE XVI

Le rat enfonça ses dents aiguës dans la muqueuse fragile tapissant l'intérieur des narines de Malko. Il hurla sous la douleur insoutenable, secoua désespérément la tête pour se débarrasser du rongeur. En vain. Il voulut porter ses mains à son visage pour faire tomber l'animal, mais ses mains étaient prises dans un bloc de glace. Il essaya alors de parler gentiment au rat. Sans succès. Au contraire, le rat planta ses dents encore plus haut, vers les sinus. La douleur devint si intense que Malko poussa un hurlement dément.

— Ça y est, il se réveille, le salaud ! fit en écho une voix de femme.

Malko ouvrit les yeux. D'abord, il ne vit que des contours flous. Puis une sorte de soucoupe volante blanche surmontée d'une tignasse blonde. Il lui fallut plus d'une minute pour reconnaître les cheveux blonds de Wanda Michnik. La jeune femme avait les traits émaciés, d'énormes poches sous ses yeux bleus. La « soucoupe volante » était une minerve blanche qui disparaissait sous son chemisier. L'expression de ses yeux ne laissait aucun doute à Malko. Elle mourait d'envie de le tuer et brandis-

sait un objet bizarre dans la main droite. La brûlure
continuait dans ses narines, comme un fer rouge. Ce
n'était donc pas un rêve.

Il eut une brusque nausée et vomit un jet de bile.
Essayant de se dégager, il réalisa qu'il était étroitement ligoté avec du fil électrique, sur un massif
fauteuil de bois. Les mains derrière le dos et les
jambes aux pieds du fauteuil. Il fut pris d'une
quinte de toux effroyable qui dura plusieurs
minutes. Il suffoquait avec l'impression que l'intérieur de ses sinus et de sa gorge s'arrachait. Il
réussit enfin à se reprendre et à voir où il se trouvait. Une pièce avec des murs en bois comme un
chalet. Un poêle était allumé et une radio déversait
de la musique folklorique polonaise. Une demi-
douzaine d'hommes se tenaient dans la pièce. Ceux
de la voiture plus des visages inconnus de Malko.
Jerzy, qui avait ôté sa canadienne, vint se planter
devant Malko.

— Tu sais pourquoi on t'a amené ici ? demanda-t-il
en polonais.

— Je crois que vous faites une erreur tragique, dit
Malko.

Jerzy le gifla de toutes ses forces.

— Silence ! Nous voulons savoir qui a assassiné
notre camarade, Maryla. Pour châtier ses assassins...

— Comment voulez-vous que je le sache ! Il faut
demander cela au S.B., dit Malko, essayant de ne
pas perdre son sang-froid. Je suis votre ami, pas...

— Et Roman Ziolek est un communiste, hein ?
hurla Wanda Michnik d'une voix à la limite de
l'hystérie.

Malko avait l'impression que s'il avait dit « non »,
elle se serait calmée. Mais il ne le pouvait pas.

— Oui, dit-il. Il va tous vous entraîner à votre
perte.

— Oh, l'immonde salaud, fit Wanda Michnik. Il
faut lui faire cracher la vérité. Qu'il donne des noms.
Laissez-moi continuer !

Il y eut un silence pesant. Malko commençait à
se demander s'il n'était pas en plein cauchemar.

Après avoir échappé au S.B., il était menacé de mort par ceux-là même qu'il voulait aider. Un fait lui semblait de très mauvais augure. La bande de Jerzy le prenait pour un sbire du S.B. Or, aucun n'avait pris la peine de se dissimuler le visage. Comme s'ils étaient certains qu'il ne pourrait pas les identifier par la suite...

— Nous voulons les noms des assassins de Maryla, répéta Jerzy. Tu nous les donnes ?

Comme Malko ne répondait pas, le jeune Polonais passa derrière lui, le prit par les cheveux et lui rejeta la tête en arrière.

Aussitôt Wanda Michnik se pencha vers lui, brandissant son espèce de burette dont elle enfonça brutalement l'extrémité dans sa narine gauche. Malko vit sa main se crisper sur la partie la plus renflée de la burette. Aussitôt, il sentit un liquide glacial et brûlant à la fois glisser le long de ses muqueuses, avec une odeur horriblement âcre.

De l'ammoniaque !

Une seconde plus tard, il suffoquait, les yeux pleins de larmes. Comme il n'avait pas eu le temps de bloquer sa respiration, le liquide pénétra dans sa trachée-artère, provoquant un horrible spasme respiratoire et une brûlure atroce. Il essaya de l'expulser avec une quinte de toux. Ses poumons enflammés refusaient tout service. Il suffoquait, la bouche ouverte comme un poisson, les yeux noyés de larmes. Du feu dans les bronches. Les jeunes gens ricanaient autour de lui, avec la cruauté de leur âge. Wanda avait ôté la burette et contemplait son œuvre. Malko se dit qu'il allait mourir dans cette cabane, en plein bois. C'était idiot, mais il avait trop mal pour parler, tenter de s'expliquer...

— Tu avoues ?

La voix de Jerzy lui éclata dans les tympans. Il émit un gargouillis informe et aussitôt la burette plongea dans l'autre narine. Cette fois, il avait prévu le geste et il expira vigoureusement. L'ammoniaque coula sur son visage, lui brûlant les lèvres, et ses vapeurs déclenchèrent une nouvelle et horrible quinte

de toux. Il ne s'arrêta que les yeux hors de la tête...
Wanda en profita pour lui verser les dernières
gouttes d'ammoniaque et il recommença à suffoquer,
les poumons à vif.
— Arrêtez, cria-t-il. Arrêtez !
— Il va parler ! cria Wanda.
Malko en profita pour reprendre son souffle pendant quelques instants. Mais les vapeurs d'ammoniaque continuaient à lui brûler les poumons. Dès
que la douleur se fut un peu atténuée, il parvint à
dire :
— Je suis un agent américain. Je suis venu...
Le coup en pleine bouche l'interrompit. Suivi
d'un cri hystérique de Wanda :
— Menteur, sale menteur !
Elle s'approcha, brandissant la burette de nouveau pleine d'ammoniaque. Jerzy la retint, par le
bras.
— Attends, tu risques de le tuer avec ça, s'il
s'étouffe. Et Maryla ne sera pas vengée.
Malko se demandait s'il sortirait vivant de cette
cabane. Les gens du S.B. avaient été semés et les
Américains ignoraient où il se trouvait. S'il ne parvenait pas à raisonner ces énergumènes...
Jerzy et Wanda se consultèrent du regard. Puis ils
se mirent à discuter à voix basse, dans un coin de
la pièce. Ensuite, ils revinrent vers Malko.
— Nous n'allons plus vous torturer parce que
nous nous salissons ! dirent-ils. Puisque vous refusez
de nous révéler les noms des assassins de Maryla,
nous vous considérons coupable au même titre
qu'eux. Vous allez être jugé par un tribunal secret
révolutionnaire qui va se réunir ici. La sentence
sera exécutoire immédiatement...
Malko croyait rêver.
— C'est une plaisanterie !
Jerzy secoua la tête. Ironique.
— Pas du tout ! Nous faisons comme vous. Un
de mes amis, à Ursus, après les émeutes de l'été
dernier, a été condamné à vingt ans de prison. Il y
avait un juge, un greffier et un témoin. Celui-ci

faisait partie du S.B... Nous avons tout ce qu'il faut ici. Mes camarades viennent de m'élire juge. Notre ami Witold fera le greffier et nous avons le témoin.

Son doigt se pointa vers Wanda.

— Je suis prête à témoigner, dit Wanda. Il a essayé de me faire croire que Roman Ziolek était un traître. Comme je m'y refusais, il m'a poursuivie jusqu'à ce que ses amis tentent de me tuer avec une voiture. Ensuite, ils m'ont enlevée. Quand ils ont réalisé que j'avais une fracture de la colonne cervicale, ils ont pris peur et m'ont déposée à l'hôpital. Sinon, ils m'auraient sûrement torturée.

Malko toussa : l'ammoniaque restait dans ses poumons. Surtout ne pas perdre la tête.

— Wanda, dit-il, ce qui vous est arrivé est horrible. Mais qui vous avait donné le rendez-vous avec moi ?

— Un de nos amis, dit-elle.

— Pourquoi ne lui demandez-vous pas qui l'avait envoyé ?

Elle ricana :

— Mais voyons ! Il faudrait aller à Kakowiecka pour ça. Il a été arrêté le lendemain...

Jerzy frappa dans ses mains.

— La séance du tribunal de l'armée secrète va commencer. Taisez-vous.

*
**

— ... Devant Dieu Tout-Puissant et la Vierge Marie, Reine de la Couronne de Pologne, symbole de martyre et de salut, le tribunal de l'armée secrète du Znak, réuni en ce jour de grâce de l'année 1977, a décidé du châtiment de la trahison...

Jerzy leva la tête du papier qu'il lisait avec le ton appliqué d'un écolier et termina d'une voix qui tremblait légèrement :

— ... La mort.

Il y eut un silence pesant. Ils avaient arrêté la radio. S'il n'y avait pas eu l'ammoniaque et les coups, Malko aurait pu se croire en plein jeu scout.

Wanda le fixait avec haine. Les autres avaient des visages graves, tendus, en dépit de leur jeunesse. Jerzy s'approcha de Malko, sa feuille à la main.

— Vous avez compris ?

— J'ai compris, dit Malko. Je vous ai dit qui j'étais. Qu'allez-vous faire ?

— La sentence va être exécutée, répondit le jeune Polonais d'une voix qui se voulait assurée. Immédiatement.

Malko se sentit envahi d'une lassitude accablante. Tout cela était idiot, irréel, incroyable.

— Je ne suis pas coupable de la mort de Maryla Nowicka, répéta-t-il. Je ne suis pas un agent du S.B., mais au contraire d'un organisme de l'Ouest...

Wanda Michnik l'interrompit d'une voix aiguë, tremblante d'émotion et d'agressivité.

— Ne le laissez pas parler. Tuez-le !

Malko se tut. On ne pouvait rien contre l'hystérie. Il pensa soudain à tous les cadavres qu'il avait vus. Dans quelques instants, il allait être comme eux, les yeux fermés, les traits reposés. Immobile à jamais. A l'approche de la mort, il se sentait soudain étrangement calme.

— Tirons au sort ! proposa Jerzy. Nous allons mettre tous nos noms dans une casserole et nous en tirerons un. C'est celui-là qui exécutera le traître. Avec le fusil.

— Très bien, approuva Wanda.

Elle s'installa à la petite table de bois et commença à écrire sur les pages arrachées à un carnet. Au fur et à mesure Jerzy prenait les pages, les pliait et les mettait dans une vieille casserole. Quand elle eut terminé, Wanda Michnik se leva et mélangea les papiers pliés dans un silence de mort. Puis elle s'approcha d'un jeune barbu hirsute et lui tendit la casserole.

— Tiens, Henryk, tu es le plus jeune, tire.

Le dénommé Henryk plongea la main dans la casserole, en ressortit un papier, le déplia et annonça d'une voix blanche :

— Wanda !

Il y eut un silence pesant, rompu par Jerzy :

— Non, ce n'est pas juste, il faut retirer.

Wanda Michnik avait pâli. Elle regarda Malko puis ses amis et dit presque brutalement :

— C'est juste. C'est moi qui vais le tuer. Tout de suite. Il faut respecter le tirage au sort. Je sais me servir aussi d'un fusil.

Elle alla dans le coin où l'arme était posée, la prit et demanda à Jerzy :

— Il est chargé ?

Le jeune Polonais inclina la tête sans répondre. Wanda examina la détente, soupesa l'arme et la cala fermement contre son flanc.

— Détachez-le, dit-elle, et emmenez-le dehors.

Deux des Polonais s'approchèrent du fauteuil et commencèrent à défaire les liens de Malko, lui laissant seulement les mains entravées, puis ils le firent mettre debout. Wanda l'observait, les pupilles dilatées, les lèvres serrées, les mâchoires crispées. Personne ne disait mot.

Jerzy ouvrit la porte et y poussa Malko. Celui-ci fut suffoqué par le froid régnant à l'extérieur. Il devait faire au moins quinze degrés au-dessous de zéro... Malgré lui, il se mit à trembler de tous ses membres, sans pouvoir maîtriser son tremblement. Derrière lui, Wanda Michnik ricana d'une voix aiguë.

— Regarde, il a peur, le salaud !

— Je n'ai pas peur, j'ai froid, dit Malko.

Ivre de rage.

De lui-même, il avança de quelques mètres et se retourna. Derrière lui, il n'y avait que la masse blanchâtre de la forêt enneigée et un silence absolu, minéral. Les autres lui faisaient face, sortis de la cabane, éclairés par la lampe qui brillait au-dessus de la porte. Ce devait être un rendez-vous de chasse à la belle saison. Wanda Michnik avança d'un pas. Son visage était dans l'ombre et Malko ne pouvait voir son expression.

— Récitons une prière pour lui ! cria Jerzy.

A haute voix, il commença à dire le « Notre Père » en polonais. Wanda attendait, transformée en statue.

Malko avait réussi à stopper son tremblement. Lui aussi attendait, le cerveau vide, déconnecté, avec des bribes de souvenirs lui traversant l'esprit. Le visage d'Alexandra, ses yeux, son sourire, le coin de la bibliothèque où il aimait faire l'amour.

— Amen...

Ce fut si brutal qu'il n'eut pas le temps d'avoir peur. Comme un automate, Wanda leva le canon du fusil et appuya sur la détente. Instinctivement, Malko se jeta de côté, ce qui ne servait à rien à cette distance : les chevrotines allaient de toute façon lui arracher la tête.

La détonation fut assourdissante, il sentit des picotements à travers ses vêtements, vit la lueur du coup et entendit un hurlement :

— Wanda !

Meurtri par sa chute sur le sol gelé, il se releva tant bien que mal, gêné par ses mains entravées. Wanda Michnik, le fusil à bout de bras, sanglotait.

— Je n'ai pas pu, gémit-elle, je n'ai pas pu !

Encore assourdi, Malko comprit pourquoi il était encore vivant. A la dernière seconde, Wanda Michnik avait dévié le canon du fusil vers le ciel, volontairement. Les picotements qu'il avait sentis venaient de quelques plombs égarés. C'était de plus en plus dément.

Essayant de rassembler ses idées, il entendit Jerzy crier :

— Donne-moi ce fusil, je vais le faire.

Wanda ne bougea pas, ne lâcha pas le fusil. Malko avait l'impression que toute son hystérie était tombée d'un coup, comme si elle s'était libérée en tirant sur lui. Il réalisa soudain qu'il avait peut-être une chance de vivre. Dominant le tremblement causé par le froid, il s'avança vers le groupe :

— Dans tous les pays du monde, dit-il, lorsqu'on rate un condamné, il est gracié.

Silence de glace. Malheureusement, il ne pouvait voir les visages. Cela ressemblait de plus en plus à un mauvais psychodrame. Il réalisa qu'il fallait parler, parler, ne pas les laisser se reprendre.

— Je ne vous demande pas de me gracier, puisque je ne suis pas coupable, continua-t-il, mais seulement de me donner la possibilité de vous le prouver.

De nouveau, le silence et l'immobilité. Comme si tous avaient été gelés sur place. Derrière lui, un énorme paquet de neige dégringola des branches d'un arbre avec un bruit mou. Jerzy s'éclaircit la gorge et demanda d'une voix cassante :

— Que voulez-vous dire ?

— Quelqu'un possède une preuve matérielle de ce que j'avance, dit Malko. Quelqu'un en qui vous aurez confiance. Vous pouvez y aller en me gardant ici.

Re-silence. Le froid gagnait les jambes de Malko. Jerzy fit signe aux autres de se rapprocher de lui. Conciliabule à voix basse.

Puis le jeune Polonais s'approcha de Malko.

— Nous avons décidé d'examiner votre proposition, dit-il. Venez.

Malko se laissa tirer à l'intérieur de la cabane avec plaisir. Il n'en pouvait plus de froid. On le remit dans son fauteuil et on l'attacha de nouveau. Mais, à des petits riens, il se rendit compte que le cœur n'y était plus. Wanda fuyait obstinément son regard. On ne s'improvise pas tueur. Jerzy vint se planter en face de lui.

— Alors ?

Malko expliqua toute l'histoire dans un silence incrédule et concluant :

— L'un de vous peut aller voir Halina demain matin au bazar Rózyckiego. Lui demander la photo dont elle m'a parlé.

Encore le silence. Puis, Jerzy fit signe aux autres de se rassembler autour de lui. Conciliabule à voix basse. Malko n'en pouvait plus, il avait l'impression que ses poumons se desséchaient dans sa poitrine, à cause de l'ammoniaque. Il fut pris d'une nouvelle quinte de toux interrompue par Jerzy :

— Je vais y aller moi-même demain matin, annonça-t-il.

*
**

Malko ouvrit les yeux, il avait cru entendre un
bruit, mais ce n'était qu'une branche qui craquait
sous le poids de la neige. Il avala péniblement sa
salive. Lorsqu'il s'était réveillé, après avoir somnolé
toute la nuit, attaché dans le fauteuil, Wanda lui
avait donné du miel pour sa gorge et lui avait fait
boire du café. Ensuite, elle était partie avec Jerzy et
d'autres, laissant Malko sous la garde de trois de
leurs camarades.

Il était deux heures de l'après-midi, il avait faim, et
ses yeux se fermaient de fatigue.

Il se sentait sale, l'esprit en désordre, et l'ammoniaque continuait à le ronger intérieurement. Il
essaya de deviner ce qui avait pu se passer. Le pire
étant évidemment qu'Halina ait été arrêtée. Dans ce
cas, Jerzy et ses amis n'hésiteraient pas à la liquider.
Ne serait-ce que pour leur propre sécurité. Mais
tellement de choses avaient pu arriver. Simplement
que Halina refuse de donner la photo. Ou ait peur
de Jerzy...

Cyrus Miller devait se faire un sang d'encre...

Cette fois, c'était un bruit de moteur. Malko tendit
l'oreille. Plus rien. Ses gardiens ne semblaient pas
l'avoir entendu. Il crut avoir rêvé.

— J'ai faim, dit-il.

Les autres ne répondirent même pas. Il attendit
encore quelques minutes puis répéta :

— J'ai faim.

La porte s'ouvrit sur Jerzy, engoncé dans sa canadienne, suivi de Wanda. Ils refermèrent soigneuse-
ment, le visage impénétrable, et ôtèrent leurs manteaux. Wanda semblait avoir pris dix ans, avec
d'énormes cernes bleuâtres sous les yeux. Malko n'y
tint plus.

— Vous l'avez vue ?

Jerzy le fixa d'un air absent.

— Oui.

Malko eut l'impression qu'on lui retirait une tonne
de plomb de l'estomac... Cela faisait presque vingt-
quatre heures qu'il était attaché.

— Elle vous a parlé ?

— Oui.

— Elle vous a donné la photo ?

Hésitation. Jerzy baissa les yeux.

— Oui.

Chaque réponse était faite à regret. Malko enfonça
le clou un peu plus :

— Elle représente bien Roman Ziolek avec les
membres du comité de Lublin ?

Cette fois, Jerzy n'eut même pas le courage de
répondre. Derrière lui, la pomme d'Adam de Wanda
Michnik montait et descendait et ses yeux étaient
pleins de larmes. Pourtant, c'est elle qui eut le courage de dire, de crier plutôt :

— Cela ne veut rien dire. Même s'il a été communiste, il a changé ! Soljenitsyne aussi a été un communiste convaincu.

— C'est vrai, reconnut Malko. Mais le K.G.B. ne
protège pas Soljenitsyne. Cette photo en elle-même
ne constitue pas une preuve de ce qui se passe actuellement, mais le fait que Roman Ziolek a menti. Il a
toujours prétendu avoir été un adversaire des communistes. Or, il était des leurs...

Silence. Accablé. Les trois gardiens de Malko écoutaient, bouche bée. Visiblement leur culture politique
était dépassée.

— Vous me détachez, dit Malko d'une voix calme.

Sans y mettre aucune interrogation.

Longue, longue hésitation. Jerzy échangea un
regard avec Wanda. Puis, il fit le tour du fauteuil et
Malko sentit ses doigts s'affairer autour de ses liens.
Il attendit d'être libre, puis se frotta longuement les
poignets et caressa machinalement sa barbe pas
rasée. Les cinq le contemplaient comme une bête
curieuse.

— Montrez-moi cette photo ? demanda-t-il.

Jerzy tira de son portefeuille une petite photo 6 × 9
jaunie et écornée et la tendit à Malko sans mot dire.
Celui-ci l'examina. Elle avait été prise d'assez près et
on distinguait nettement les traits de sept personnes
alignées en rang d'oignons. Six hommes et une

femme. Il retourna la photo. Une croix avait été
tracée à l'encre, en face du troisième personnage en
partant de la gauche, un homme de haute taille, au
visage anguleux et aux cheveux ébouriffés. Souriant.

— C'est lui ?

— C'est lui, dit Jerzy. J'ai montré cette photo à
quelqu'un qui a connu ce temps-là. Il en a reconnu
trois. Dont la femme.

— Qui est la femme ?

— Maryzia Rutkiewicz, dit Jerzy. Une des fonda-
trices du parti ouvrier polonais.

Malko fixa de nouveau la photo. C'était étonnant de
penser que ce petit rectangle de papier glacé représentait un aussi lourd secret... D'un geste naturel, il
mit la photo dans sa poche. Jerzy et Wanda Michnik
ne bronchèrent pas. Il toussa, la trachée-artère en
feu, de nouveau. Les autres s'écartèrent de lui, comme
si c'était un pestiféré. Maintenant qu'il avait cette
photo dans la poche, il ne tenait plus en place.

— Quand me ramenez-vous ? demanda-t-il.

— Maintenant, fit Jerzy de mauvaise grâce.

⁕

Pour la première fois depuis que Malko était à Varsovie, le ciel était bleu.

La campagne enneigée en semblait moins sinistre.
La Polski doubla un énorme camion et se rabattit
brutalement. Jerzy conduisait nerveusement. Malko
se trouvait à l'arrière entre Wanda et un de ses gardiens. Il avait l'impression d'avoir rêvé. Dans quelques minutes, ils seraient à Varsovie. Pas un mot
n'avait été échangé depuis le départ de la cabane.
Il n'avait pas voulu demander ce qu'était devenue la
dépouille mortelle de Maryla Nowicka. Mais il ne pouvait pas quitter Jerzy et ses amis ainsi. Il se tourna
vers Wanda Michnik qui somnolait, épuisée de
fatigue.

— Qu'allez-vous faire, maintenant ?

Elle sursauta, le regarda sans comprendre.

— Que voulez-vous dire ?

— Vous continuez à croire en Roman Ziolek ?
— Oui.
— Malgré la photo ? insista Malko.

Cette fois, Jerzy se retourna et faillit les envoyer
dans le fossé gelé.

— Ecoutez, dit-il avec agacement. Nous sommes
assez grands pour savoir ce que nous voulons. Peut-
être que Roman a été communiste, mais il ne l'est
plus. C'est ce qui nous importe. Nous allons vous
laisser à Varsovie. N'essayez plus de nous contacter,
c'est inutile. Dites aux gens qui travaillent avec vous
que Ziolek est notre seul espoir et qu'il ne faut pas
le détruire. Ce serait une mauvaise action. Pour ma
part, je continue à croire qu'il est sincère. Mais je
sais que vos intentions étaient bonnes, ajouta-t-il,
comme à regret.

Tacitement, personne n'avait plus mentionné
« l'exécution ».

Le silence retomba. Les premières usines de la banlieue nord apparurent sur la droite. Malko se sentait
amer et frustré. Tant de risques pour arriver à cela...
Tant que Roman Ziolek aurait des partisans aussi
aveugles, ce qu'il pourrait faire ne servirait pas à
grand-chose... Et il risquait de tomber de Charybde en
Scylla en arrivant à Varsovie. Le S.B. ne restait sûrement pas inactif. Même si, au départ, ses premiers
contacts avec Halina étaient passés inaperçus, ils
allaient se demander ce qu'il faisait.

La meilleure chance de Malko était la certitude des
services polonais qu'il ne pouvait quitter le pays
facilement. Donc, ils pouvaient se permettre d'agir
en douceur. Mais cela ne durerait pas. A un moment,
ils frapperaient... La première chose était de mettre
la photo en lieu sûr. D'un œil distrait, il regarda
défiler la banlieue avec ses usines et ses immenses
clapiers sinistres. La circulation était plus dense,
beaucoup de camions.

Jerzy se retourna.

— Où voulez-vous que l'on vous dépose ?
— Dans le centre, dit Malko.

Dix minutes plus tard, la Polski s'arrêta en face de

l'hôtel *Europejski*, dans Krakowskie Przedmiescie. Malko ouvrit la portière et descendit. Presque heureux de retrouver les grands immeubles gris, les trams rouges et la foule en chapka. Il n'eut même pas le temps de dire au revoir. Jerzy avait déjà redémarré. L'air froid le fit tousser, lui rappelant ce qu'il venait de subir.

Forçant sa fatigue, il se mit en route vers l'ambassade américaine.

CHAPITRE XVII

Le coup frappé à la porte de la « cage » de verre suspendue par ses câbles d'acier dans le sous-sol de l'ambassade américaine arracha Malko à sa somnolence. Il réalisa avec incrédulité qu'il s'était endormi sur le siège inconfortable. La bouche pâteuse, les poumons en feu, les yeux gonflés de sommeil, courbatu, il se maintenait éveillé par un miracle de volonté.

Un homme en blouse blanche attendait que Cyrus Miller déclenche l'ouverture de la porte. Le chef de station de la C.I.A. appuya sur le bouton. Le spécialiste photo entra dans la cage et déposa sur la table deux tirages 4 × 5 pouces. Les agrandissements obtenus à partir du document remis par Malko une heure plus tôt. Cyrus Miller avait occupé le délai à fouiller dans les dossiers du parti ouvrier polonais et à faire cracher aux ordinateurs tout ce qu'ils savaient. Il étala la photo sur la table et sortit les documents de référence de son dossier. Le ronronnement des déflecteurs électroniques achevait d'engourdir Malko. Comme si un poids énorme pesait sur sa nuque. Le silence se prolongea plusieurs minutes. Malko en profita pour achever de vider la bouteille de Perrier qu'il s'était fait apporter.

— C'est intéressant ? demanda Malko, irrité par le silence de l'Américain. Cyrus Miller releva la tête et dit d'une voix extasiée :

— Ils sont tous là ! Marceli Novotko, le premier secrétaire du parti ouvrier polonais. Molojec, son adjoint. Finder, Starzecki, Katin et Maryzia Rutkieswisz... Le noyau du parti ouvrier polonais... Plus notre ami Roman Ziolek...

Malko eut envie de s'endormir sur place. Maintenant, plus rien ne pouvait arriver. Il resterait des traces. La C.I.A. avait tout le dossier. Y compris le nom d'Halina. Cyrus Miller envoya une grande tape dans le dos de Malko.

— Bravo ! dit-il. Je ne pensais jamais que vous réussiriez. Maintenant, comment allons-nous exploiter cet extraordinaire document ? On pourrait en faire un tract et le distribuer partout... Vous êtes sûr que la bande de Jerzy ne se laissera pas convaincre ? C'est pourtant eux les plus importants...

Malko secoua la tête.

— Pas avec ce que nous avons. Il faut confondre Roman Ziolek d'une façon plus précise, plus publique, qu'il n'y ait aucun doute dans l'esprit de ceux qui le suivent.

Les deux hommes se regardèrent, pensant tous les deux à la même chose.

— Vous pensez qu'elle accepterait ?

— J'en doute, fit Malko. D'ailleurs, je ne vois pas comment on pourrait les mettre en contact. Il faut des témoins...

— Il faut agir vite. Les autres aussi cherchent. S'ils trouvent Halina, ils vont la supprimer et notre position sera moins forte.

Malko le savait. Sans une obstination désespérée, tous ses efforts auraient été vains. Mais, avant tout, il fallait dormir, se reposer. Avoir l'esprit clair.

A peine sorti de l'ambassade, il allait jouer au chat et à la souris avec les barbouzes du S.B. S'ils sortaient leurs griffes, il était perdu.

— Regardez, dit Cyrus Miller qui continuait à feuilleter son dossier.

Il lui tendit une photo. Roman Ziolek.

Le Polonais avait peu changé : pas grossi, moins de cheveux, tous blancs, mais la découpe du visage était restée la même. Malko s'attarda devant le document, le représentant encadré par des miliciens l'emmenant à la prison de Kakoviecka.

— Il paraît que Roman Ziolek a réuni un fichier de plusieurs centaines de noms, remarqua le chef de la C.I.A. C'est ce fichier qu'il faudrait détruire. Il grossit tous les jours et regroupe toute l'opposition potentielle de la Pologne.

— Vous pouvez être sûr que le S.B. y a déjà eu accès, dit Malko. Donc, c'est trop tard.

— Pas sûr, fit Cyrus Miller. Ils n'ont peut-être pas pu l'exploiter. Ou pas osé. Cela serait maladroit maintenant. Ils sont tellement sûrs de leur coup qu'ils prennent leur temps... De toute façon, nous pourrions l'exploiter...

Malko enregistra.

Des centaines de vies étaient en équilibre, à cause de lui. Cyrus Miller avait peut-être raison. Il était possible que le S.B. n'ait pas encore eu accès au fichier. La seule personne qui pouvait le renseigner sur ce point était Jerzy.

La « couverture » avait été tissée amoureusement. Du beau travail de désinformation... Roman Ziolek était une des « taupes » les mieux protégées de l'après-guerre. Pas une faille. Il s'était tenu tranquille pendant des années, occupant un poste au ministère de la Reconstruction.

Avec le recul du temps, on se rendait compte de la montée lente de la préparation. Au cours des dernières années, il y avait eu plusieurs tentatives de libéralisation. Des mouvements peu importants. Maintenant que le régime semblait se libéraliser, les gens du S.B. avaient dû penser que c'était le moment de frapper un grand coup. De ramasser d'un seul geste tous les opposants du pays grâce au catalyseur, Roman Ziolek. Depuis Katyn, c'était la plus grande opération de décapitation de l'opposition polonaise.

Malheureusement, Malko ne voyait aucun moyen pratique d'arrêter la machine infernale.

Même avec les informations dont il disposait.

Le caractère polonais était ouvert, confiant. Les jeunes avaient du mal à croire à une telle duplicité : trente ans.

Cyrus Miller leva les yeux de son dossier et dit d'une voix égale :

— Il y a une grande réunion sous la présidence de Roman Ziolek dans quatre jours. A Zelazowa Wola dans les environs de Varsovie. Une centaine de membres du Mouvement pour la défense des droits des citoyens. Les plus importants.

Il sembla à Malko que le bourdonnement électronique s'amplifiait dans ses oreilles. Cyrus Miller examinait son dossier d'un air innocent, les épaules voûtées, en fumant une Rothmans. Mais le bout de son nez pointu et rouge semblait agité d'un frémissement imperceptible...

— Je vois, dit Malko.

Inutile de faire préciser son idée à l'Américain. C'était lumineux comme une comète. Mais, à ce stade-là, il fallait l'obstination du désespoir pour s'accrocher. Malko essaya de s'installer plus commodément sur le siège inconfortable et passa en revue un certain nombre de problèmes. Tous plus insolubles les uns que les autres.

Le plus simple étant de s'endormir, là, en boule, comme un chat. Bercé par le ronronnement des déflecteurs électroniques. Mais, presque malgré lui, il s'était remis à réfléchir. Son cerveau était une petite bête indépendante dans son corps épuisé. Cyrus Miller l'observait par en dessous.

— J'irai lui demander, dit Malko.

Le chef de station de la C.I.A. approuva silencieusement de la tête. Il se trouvait, si Halina acceptait de collaborer, dans la situation désagréable d'un artificier allumant une mèche trop courte. L'objectif serait détruit et lui avec.

Il s'ébroua et se leva.

— Pour le moment je vais dormir, dit-il. Je suis incapable d'autre chose.

Miller arrêta les déflecteurs et sortit avec lui de la « cage ». En émergeant de l'ascenseur, ils se heurtèrent à trois hommes en train de lutter avec un énorme ordinateur, essayant de le faire entrer dans une pièce trop petite pour lui.

— Vous déménagez ? demanda Malko.

— Non, fit Cyrus Miller. On a fait venir pas mal de matériel par avion cargo. Un Hercules bourré de tout ce dont on avait besoin. Ici, on ne trouve rien.

Malko n'écoutait que d'une oreille.

— Je vais vous donner une voiture, dit Cyrus Miller. Je ne veux pas que vous tombiez endormi dans la rue.

[*]_*

Malko n'arrivait pas à sortir de son bain. L'eau chaude coulait depuis une heure et il avait encore froid. Sauf à l'intérieur où les brûlures de l'ammoniaque continuaient leurs ravages. Il s'était fait monter une bouteille de Vichy Saint-Yorre, inestimable trésor d'importation, qu'il avait bue pratiquement d'un trait. Le téléphone sonna, mais il se refusa à sortir de sa baignoire pour aller répondre. Il était trop bien. Si on était venu l'arrêter, il aurait demandé à être emmené en baignoire... Il recommença à se frotter avec son savon Jacques Bogart, humant avec délices l'odeur de la civilisation.

Les yeux fermés, il passa en revue la situation. Il ignorait comment le S.B. avait interprété sa disparition, mais les gens des services polonais devaient la lier à ses recherches. Ce qui les détournait d'Halina. Mais il était dans l'impasse. La seule personne qui pouvait l'en sortir, c'était Halina. Mais c'était comme aller lui demander de se suicider...

Il s'arracha enfin de l'eau chaude et s'étendit sur son lit en peignoir de bain après s'être arrosé de Jacques Bogart. De nouveau le téléphone. La voix enjouée et contrôlée de la pulpeuse Anne-Liese :

— Où étais-tu passé ?

— Avec une superbe Polonaise qui m'a mis sur les genoux, dit Malko.

Ce qui était presque vrai. Anne-Liese eut un petit rire sec.

— Ce n'est pas bien, tu m'as manqué. Tu sais que nous devions dîner ensemble hier soir...

— Je suis désolé, dit Malko.

— Je suis encore libre ce soir, proposa Anne-Liese.

Malko retint une envie furieuse de l'envoyer promener, mais pensa soudain que la ligne était sûrement écoutée. C'était l'occasion rêvée.

— Ecoute, dit-il, ce soir, je suis fatigué, j'ai pris froid et j'ai très mal à la gorge. Pourquoi pas demain ? Tu as encore du caviar ?

— Non, dit Anne-Liese.

— Alors, je vais aller en chercher ou en commander tout à l'heure. Et demain je serai plus en forme.

— Très bien, dit Anne-Liese. Repose-toi bien.

Maintenant, le S.B. savait que Malko allait acheter du caviar. Normalement, ils ne devraient pas trop s'intéresser à ce déplacement-là. Ragaillardi à cette idée, il entreprit de s'habiller. Le S.B. devait se demander où il avait pris ce mystérieux mal de gorge. Soudain, une idée particulièrement désagréable lui traversa l'esprit. Ceux qui le surveillaient pouvaient être tentés de se renseigner directement : en le lui demandant. Et pas forcément avec gentillesse.

Les pièces du puzzle se mirent en place tout à coup. Le rôle d'Anne-Liese devenait aveuglant. C'était le dernier coup d'échecs du S.B. Le mouvement qui devait mettre Malko échec et mat. Verrouiller l'opération.

Le plus drôle était que Malko ne pouvait pas éviter le piège sans déclencher une contre-mesure immédiate qui pouvait s'avérer brutale. Il allait être obligé d'entrer dans la gueule du loup et d'en sortir sur la pointe des pieds.

Exercice toujours périlleux. Pas pour le loup.

**

Il y avait encore plus de monde au bazar Rózyckiego. Les Polonais faisaient leurs provisions pour le week-end. Malko avançait au milieu d'un océan de chapkas et de casquettes poilues. Lorsqu'il aperçut Halina, son cœur se mit quand même à battre plus vite. Elle était en train d'envelopper des « babas » pour une femme en manteau de cuir. Malko attendit qu'elle eût terminé, s'intéressant à un éventaire de chaussures qui auraient fait honte aux Petites Sœurs des Pauvres.

Halina se raidit imperceptiblement en apercevant Malko. Elle était habillée exactement de la même façon que la première fois. Le pantalon gris, le même pull noir. Malko attendit que l'acheteuse de babas se soit éloignée. Une lueur de soulagement passa dans les yeux marron de Halina.

— Ils vous ont relâché ?

— Oui, dit Malko. Sans vous, ils me tuaient. Pendant que nous parlons, donnez-moi du caviar. Je suis sûrement suivi.

Sans se troubler, Halina ouvrit le réfrigérateur où elle gardait son caviar et en sortit plusieurs petites boîtes. Elle avait les mains rouges et les ongles très courts. Sans regarder Malko, elle lui demanda :

— Pourquoi êtes-vous revenu ? C'est dangereux.

— Je sais, dit Malko. Mais je suis confronté à un problème inattendu. Ce que vous avez fait ne sert à rien. Ils ne veulent pas me croire.

Halina hocha la tête.

— Oui, c'est vrai, ils me l'ont dit. Ils sont très naïfs. Ils ne savent pas comment fonctionne le système. Moi aussi, j'ai du mal à le croire, mais j'ai eu du mal aussi quand j'ai vu la liste, il y a trente ans...

Elle enveloppait les pots de caviar lentement, pour

se donner le temps de parler. Malko se jeta à l'eau :

— Dans quatre jours, Roman Ziolek tient une réunion avec un groupe important de dissidents, dit-il.

Halina s'arrêta d'envelopper le caviar. Elle regarda Malko avec un sourire incrédule.

— Vous voudriez que je vienne !

Malko soutint son regard.

— Je ne peux pas vous le demander, étant donné les conséquences que cela aura pour vous. Mais des centaines de vies sont en jeu. Des gens qui risquent d'être tués, persécutés, emprisonnés. Vous savez comment cela se passe dans ce pays. Si vous disiez en face à Roman Ziolek ce qu'il est, je pense qu'ils vous croiraient.

Halina avait fini d'envelopper le caviar. Elle tendit le paquet à Malko.

— Cela fait 35 dollars.

Malko se fouilla. Sortit quatre billets de dix. En dépit de son calme apparent, il devinait la tempête intérieure qui agitait Halina. Brusquement, elle paraissait son âge. Ses traits s'étaient tirés. Elle fouilla dans la poche de son pantalon pour rendre la monnaie. Malko prit les zlotys et leurs regards se croisèrent.

— Vous êtes sûr que Roman sera là ?

— Certain.

Deux femmes assez bien habillées attendaient patiemment. La queue était une coutume nationale en Pologne. Mais Malko ne pouvait pas s'éterniser. Halina dut le sentir.

— A quelle heure est cette réunion ?

— A six heures à Zelazowa. Lundi.

— Si je décide de venir, je vous attendrai à quatre heures à la cafétéria *Bazyliszek*, sur le Rynek, dit Halina. Maintenant, partez.

Elle se tourna vers les deux acheteuses et leur demanda ce qu'elles voulaient. Malko s'éloigna à travers la foule. C'était plus qu'il n'avait espéré, mais loin d'être une certitude.

Il était obligé de faire comme si... Quitte à échouer à la dernière seconde. Seulement l'opération qu'il

projetait était trop complexe pour souffrir la moindre improvisation. Il ne restait plus qu'à mettre en
place le deuxième volet.

⁎

La nuit était tombée depuis longtemps et Malko se
traînait littéralement, mais, avant d'aller se coucher,
il voulait tenter de verrouiller le plus de choses possible. Il venait d'avoir une entrevue d'une heure avec
le chef de station de la C.I.A. Pour régler un de ses
problèmes les plus cruciaux : le retour à l'Ouest.
Sans certitude, il avait avancé.

Ce qui pouvait se révéler insuffisant...

Il accéléra le pas pour se réchauffer un peu. Le
Krakovia n'était plus qu'à cinquante mètres. Sans
qu'aucun signe tangible permette de le vérifier, il
sentait que l'étau se resserrait autour de lui. Ses
allées et venues n'échappaient pas au S.B. Tout
dépendait de l'agent qui menait l'affaire. De son
caractère. Si c'était un joueur, il allait laisser Malko
tirer sur la corde jusqu'au bout. Si c'était un bureau-
crate, il ne prendrait pas de risque et utiliserait des
méthodes moins subtiles.

Il poussa la porte du *Krakovia* et abandonna son
manteau à l'inévitable vestiaire. Il y avait autant de
monde que la première fois.

Des jeunes, chevelus et barbus comme des contestataires de l'Ouest, refaisant le monde autour de
chopes de Zywiec. Malko alla jusqu'au fond de la
salle sans voir ceux qu'il cherchait. Déçu, il récupéra
son manteau et ressortit dans le froid. Il fallait
qu'il dorme au moins quelques heures. En se hâtant
vers le *Victoria*, distant de plus d'un kilomètre, au
milieu de la foule animée de Krakowskie Przedmiescie, il se souvint d'une phrase de Wanda, lors de leur
première rencontre. Tout leur groupe se réunissait
souvent le soir au *Krokodyl*. Sur le Rynek, dans la
vieille ville. S'il avait le courage, il ressortirait.

Pour l'instant, il rêvait à son lit comme un chien
rêve à un os.

_*

Deux miliciens en kaki, talkie-walkie à la ceinture, veillaient dans le couloir menant au *Krokodyl*. Malko passa devant eux et s'engagea dans l'escalier raide donnant accès au restaurant.

Gelé. Son taxi l'avait largué sur Podwale et les deux cents mètres parcourus en courant avaient suffi à le frigorifier. Un roulement de cymbales le fit sursauter, tandis qu'il donnait son manteau au vestiaire situé à mi-niveau. On se serait cru dans un cirque. Il descendit les dernières marches, pénétrant dans une salle au plafond voûté de briques rouges, et s'arrêta net.

Une croupe nue, blanche et cambrée, ondulait à quelques centimètres de lui.

Elle appartenait à une blonde assez plantureuse qui n'était plus vêtue que de ses escarpins. Le reste de ses vêtements en petit tas à ses pieds... Faisant tournoyer au bout de sa main droite un vieux soutien-gorge rouge, elle saluait la salle de coups de hanche rythmés par les cymbales.

Une strip-teaseuse nationalisée.

Après un dernier coup de reins à l'intention d'une grande table où s'entassaient une vingtaine de jeunes barbus dans un nuage de haschich, la strip-teaseuse ramassa ses vêtements, fit demi-tour et se jeta pratiquement dans les bras de Malko. Elle avait une bonne tête joufflue de paysanne, une grosse poitrine et le ventre rond. S'excusant d'un sourire, elle s'engouffra dans l'escalier.

Malko s'avança dans la salle. Toutes les tables étaient occupées. Surtout des jeunes. A droite, pourtant, une fille seule, en bleu, les cheveux blonds très courts. Son regard enveloppa Malko comme une caresse.

Une pute.

On pensait aussi aux touristes...

Malko continua son exploration d'un coup d'œil.

Personne. A gauche non plus.

Trois garçons bavardaient près de l'orchestre, sans

s'occuper de lui. Le *Krokodyl* était nationalisé et ils attendaient paisiblement l'heure de la fermeture, sans voir les mains désespérées qui s'agitaient vers eux. Un pianiste à tête de boxeur attaqua le massacre d'un blues, suivi partiellement par l'orchestre. Malko s'engagea dans un petit couloir filant vers les cuisines. Il avait aperçu une porte.

Il s'arrêta devant. C'était une toute petite salle, presque un box, avec une grande table et deux bancs. Le visage anguleux de Jerzy se figea en voyant Malko. Wanda Michnik était assise à sa droite, et le reste des bancs était occupé par des visages inconnus de Malko. Jerzy se leva.

Un silence glacial avait accueilli Malko. Il pénétra d'autorité dans la petite salle, poussa un des consommateurs et s'assit presque en face de Jerzy.

— Que voulez-vous ? demanda Jerzy.

— J'ai des choses importantes à vous dire, annonça Malko. Il faut que vous m'écoutiez.

Wanda Michnik serrait son verre, les phalanges blanches. Il y avait beaucoup moins de bruit dans cette salle minuscule que dans les deux premières salles.

— Encore des ragots, fit Jerzy avec mépris.

Les yeux dorés de Malko le firent taire.

— Pas des ragots, dit-il. Je sais que vous tenez une réunion dans quelques jours. Avec Roman Ziolek. Croirez-vous ce que je vous ai appris si Halina Rodowisz vient elle-même le dire à Ziolek ? En votre présence ?

Cette fois, l'incrédulité balaya tous les autres sentiments sur les visages de ses interlocuteurs.

— Pourquoi ferait-elle cela ? demanda Jerzy. Si ce que vous dites est vrai, elle sera arrêtée, ou assassinée.

— Vous le lui demanderez, dit Malko. Je pense qu'elle veut que la vérité éclate.

— La vérité... fit pensivement Jerzy.

Malko le sentait pourtant ébranlé. Il ajouta :

— Vous ne m'avez pas répondu. Vous y croirez ?

Jerzy secoua la tête.

— Je ne peux pas répondre pour mes camarades...
— Et vous ?

Il hésita.

— Oui, je pense que... Oui. Si elle vient vraiment. Et si Roman Ziolek ne la confond pas. Mais...

— Très bien, dit Malko. Donnons-nous rendez-vous pour mardi. Ici, à Varsovie. Je voudrais régler un problème avec vous avant de partir à cette réunion.

Jerzy se raidit :

— Quel problème ?

— Pour Roman Ziolek, c'est vrai ? Vous en êtes certain ? coupa avidement Wanda.

Malko la sentait suspendue à ses lèvres. Il avait presque honte de détruire leurs espoirs.

— Oui, dit-il, c'est vrai.

Ils ressemblaient tous à des gens à qui on apprend qu'ils ont le cancer.

— Connaissez-vous l'existence d'un fichier des dissidents ?

— Bien sûr, répondit Wanda.

— Où se trouve-t-il ?

La jeune femme ouvrit la bouche et la referma. De nouveau, Malko sentit la méfiance.

— Je ne vous demande pas à quel endroit il est, corrigea-t-il, mais qui y a accès et le garde. Est-ce que c'est Roman Ziolek ?

C'est Jerzy qui répondit :

— Non. Il ne connaît même pas tous les noms. Il est caché dans un endroit secret.

— Si Roman Ziolek le demandait, vous lui donneriez ce fichier ?

Jerzy échangea un regard avec Wanda.

— Oui.

— Il faudra le détruire, dit Malko. Dès que vous serez convaincus. Il en va de la sécurité de tous ceux qui se trouvent dedans. Si ce n'est pas trop tard.

— Nous ne détruirons rien avant d'être totalement sûrs de ce que vous avancez, dit sèchement Jerzy.

— Parfait, dit Malko. Mais, si je prends le risque de vous amener ce témoin, je veux que toutes les

mesures soient prises avant notre départ pour sa
destruction. Ensuite, il risque d'être trop tard... Où
se passe exactement votre réunion ?

— Dans une propriété qui appartient au Znak, dit
Jerzy de mauvaise grâce.

— Elle sera surveillée ?

Le jeune Polonais eut un sourire amer :

— Sûrement. Les gens de la Milicja viennent toujours nous photographier. Comme s'ils ne nous
connaissaient pas. Quelquefois même, ils nous arrê-
tent.

Malko poursuivait son idée :

— Au cas où tout se passerait bien, demanda-t-il,
certains d'entre vous seraient-ils prêts à quitter la
Pologne ?

Jerzy le regarda, d'abord ébahi, puis ironique.

— Quitter la Pologne, mais comment ? Nous
n'aurons jamais de passeports.

— Ce ne sera pas nécessaire, dit Malko, si mon
plan se réalise. Pensez-y d'ici là. Il faudra faire très
vite. Et n'en parlez à personne. Alors, où nous retrouvons-nous mardi ?

Jerzy consulta Wanda du regard, avant de répondre :

— Ici, à cinq heures.

— Très bien, dit Malko, nous y serons. D'ici là,
soyez prudents. Et pensez au fichier.

Il se leva, les salua d'un signe de tête et sortit
de la salle sans se retourner. Ayant presque oublié
sa fatigue. Il y avait maintenant une petite chance
pour que Julius Zydowski et Maryla Nowicka ne
soient pas morts pour rien. Mais il allait falloir survivre trois interminables jours sans tomber dans les
griffes du S.B. En pensant à ce qu'il devait mettre
au point au nez et à la barbe des services polonais,
il en avait le vertige. Tant d'impondérables pouvaient
faire échouer son plan qu'il préférait ne pas y penser. Son seul vrai problème était Anne-Liese. Il était
certain que s'il commençait à la fuir, le S.B. l'arrê-
terait. Mais, s'il s'entêtait à la voir, il risquerait de
tomber dans le piège qu'on lui tendait. De disparaître

purement et simplement comme beaucoup d'agents avant lui. Le S.B. n'aimait pas les vagues. Comme toutes les barbouzes du monde.

Quoi de mieux qu'un homme qui va à un rendez-vous galant et qu'on ne revoit pas ?

Fouetté par le vent glacial, il rasa les murs des charmants petits immeubles aux couleurs pastel, noyés dans une brume assez sinistre. Pas un chat. Ses pas résonnaient sur les pavés de la vieille ville comme s'il était le seul être vivant à Varsovie. Les numéros des maisons de la rue Pietarska, éclairés la nuit, faisaient des taches de lumière sur les façades sombres.

Malko pressa le pas. Vingt minutes de marche jusqu'au *Victoria*. A cette heure tardive, pas une chance sur un millier d'avoir un taxi. Tout en glissant sur le verglas, il récapitula mentalement les obstacles qui le séparaient de la réussite :

Il fallait que Halina vienne au rendez-vous.

Que Jerzy accepte de détruire leur fichier.

Que Halina ne se laisse pas démonter par Roman Ziolek.

Que la Milicja ne les arrête pas.

Que le plan qu'il mettait au point lui permette de quitter la Pologne.

Un bookmaker sérieux ne l'aurait pas pris à cent contre un.

CHAPITRE XVIII

— Tu veux danser ?

Les musiciens en costume folklorique venaient d'entourer la table et tentaient d'entraîner Malko sur la petite piste, au milieu du restaurant. Il résista farouchement.

— Non !

Il n'aurait plus manqué que cela !

Le restaurant *Ulubiona*, déguisé en auberge rustique polonaise — y compris le personnel — était bourré. Le dimanche, il n'y avait pas beaucoup de distractions à Varsovie... Dégoûtés, les musiciens attaquèrent une autre table. Anne-Liese eut un de ses rires contrôlés :

— Tu es très timide !

Ses cheveux blonds tressés harmonieusement, les deux grands traits noirs sous les yeux, Anne-Liese devait faire phantasmer à mort tous les clients avec un de ses éternels hauts extraordinairement ajusté sur son imposante poitrine. Il comptait un peu moins de boutons, mais, le tissu étant plus léger, Malko distinguait nettement le contour des pointes à travers. Ils achevaient de déjeuner.

— Pas toujours, dit Malko.

Les yeux fixés sur les deux seins qui avançaient au-dessus de la table.

Anne-Liese eut un sourire entendu.

— A propos, tu as été chercher du caviar, hier ?

— Oui, dit Malko.

Le sourire s'accentua :

— Alors tu as vu une très jolie femme, non ?

Malko eut l'impression qu'on lui versait un baquet d'huile bouillante dans l'estomac. Anne-Liese le fixait avec ses grands yeux bleus innocents.

— Quelle jolie femme ?

La Polonaise se pencha par-dessus la table et posa sa main sur la sienne.

— Une de mes amies qui achète souvent du caviar à cet endroit m'a dit qu'il était tenu par une femme très belle, une brune. Elle y était hier et elle t'a vu. Il paraît que vous flirtiez...

— Je n'ai pas vu ton amie...

Malko essayait de sourire. Intérieurement en déroute. Pour que le S.B. attaque aussi franchement, il fallait que leurs soupçons soient sérieux... Halina était peut-être déjà arrêtée. Et tout son plan à l'eau. Seulement la dernière chose qu'il pouvait se permettre c'était d'aller vérifier.

— Tu es jalouse ? demanda-t-il.

— Tu as disparu, tu m'as abandonnée, fit Anne-Liese, faussement indignée.

— Ce n'était pas pour cette femme, dit Malko. Je ne la connais pas et si je lui souriais c'était pour payer moins cher le caviar que je vais manger avec toi.

— Ah, c'est très bien, dit Anne-Liese. Si nous nous en allions, il y a trop de bruit ici...

Son soulagement sonnait aussi faux que sa jalousie. Malko s'empressa d'entasser des zlotys sur l'addition et se leva. Les musiciens, déchaînés, avaient entraîné deux touristes suédoises dans ce qui ressemblait fortement à la danse de la pluie des Indiens Navajos. Pour la plus grande joie de l'assistance.

Pendant qu'Anne-Liese était au vestiaire, il appela un radio-taxi. Hasard ou « aide », une voiture était disponible immédiatement. Anne-Liese vint s'accrocher à son bras.

— Viens faire la sieste ! Nous pourrons dîner chez moi ensuite. Je n'aime pas sortir le dimanche.

— Et le caviar ! remarqua Malko. Il est à l'hôtel.

Anne-Liese haussa les épaules.

— J'en ai aussi. On mangera le tien demain. Des amis m'en ont donné cinq kilos de russe.

Le taxi surgit. L'inévitable Polski. Les passagers d'un car de tourisme les regardèrent s'y engouffrer, envieux.

**

Anne-Liese ne devait posséder qu'une paire de chaussures. Le S.B. payait mal. Elle portait encore ses escarpins rouges, avec une jupe de lainage assortie. Après avoir mis un disque de Mozart, elle revint sur le lit bas à côté de Malko, s'étira, faisant saillir encore plus ses seins incroyables.

Malko s'amusa à suivre du bout d'un doigt la courbe orgueilleuse. L'ambiance avait beau être exactement la même que la fois précédente, il ne se sentait pas tranquille. Il lui semblait que des yeux les observaient, invisibles derrière la grande glace, en face du lit.

— Ils sont très ronds, n'est-ce pas ? dit d'un ton sérieux Anne-Liese. A quoi penses-tu ?

En une fraction de seconde, Malko avait trouvé une façon de s'en sortir. Brutalement, il emprisonna un des seins d'Anne-Liese entre ses doigts.

— A toi, dit-il.

Elle lui saisit le poignet.

— Attends ! Tu me fais mal, ne sois pas pressé. Nous avons tout le temps.

Comme Malko continuait à pétrir sa poitrine, Anne-Liese ajouta, d'une voix plus basse et plus vraie :

— Si tu es doux, je te laisserai me lécher tout à l'heure. Jusqu'à ce que je m'évanouisse de plaisir... Comme l'autre jour.

— Je te veux maintenant, dit Malko. Je n'ai pas besoin de te lécher.

Il glissa une main sous la jupe rouge et elle se
contracta aussitôt, comme s'il l'avait pincée. Ils
luttèrent un moment, Malko tentant vainement de la
trousser comme une bonne. Echevelée, les joues
rouges, Anne-Liese se défendait efficacement. A la
fin, elle se redressa et alla s'asseoir au bord du lit.

— Tu as bu ! dit-elle. Calme-toi, je n'aime pas
qu'on me brusque.

— J'ai envie de toi, dit Malko, allongeant la main
vers elle. Déshabille-toi.

— Non. Pas comme ça. Je t'ai dit ce que je voulais
d'abord.

Comme elle l'avait déjà fait plusieurs fois, ses
prunelles s'agrandirent brusquement, lançant un
éclair bleu.

— Très bien, dit Malko.

En un clin d'œil, il se leva, enfila sa veste. Anne-
Liese s'était dressée à son tour. La surprise dans
ses yeux était sincère.

— Qu'est-ce que tu fais ? demanda-t-elle.

— Je m'en vais, dit Malko. J'en ai assez de tes
caprices.

Avant qu'Anne-Liese ait pu le retenir, il avait
poussé le verrou et ouvert la porte. Il la claqua et
plongea dans l'escalier. Riant intérieurement. Même
si leur duo avait été observé de bout en bout par le
S.B., les barbouzes polonaises n'y verraient que la
frustration d'un homme un peu éméché... Il se
retrouva dans la rue et s'éloigna.

Surtout, ne pas revenir tout de suite à l'hôtel.
Il y avait quand même des cinémas à Varsovie.

***

Malko décrocha à la première sonnerie. Certain
de ce qu'il allait entendre. Il y eut un léger « blanc »,
puis une voix timide dit :

— Malko !

— Oui !

Nouveau blanc, suivi d'un gros soupir. Anne-Liese
donnait dans le repentir.

— Tu es fou. Pourquoi es-tu parti comme ça ?

— Oh, je te prie de m'excuser. Ce doit être le vin blanc. C'est vrai, j'ai été idiot.

Malko réussit à mettre un peu de regret dans sa voix.

— Reviens.

— Pas ce soir, dit-il, je suis couché. Je crois que j'ai de nouveau pris froid. J'ai été dans un cinéma pas chauffé.

Un film russe. Passionnant. Les amours contrariées dans un kolkhoze d'un tracteur et d'une moisson-neuse-batteuse.

— Oh, c'est dommage, dit Anne-Liese de sa voix bien contrôlée. Je te vois demain ?

— Bien sûr, dit Malko. Nous pouvons déjeuner ensemble, si tu veux.

— Alors, bonne nuit, dit Anne-Liese. Je te promets, je serai moins capricieuse demain.

*
**

— Il faut que vous reteniez ces plans par cœur, on ne peut pas vous les confier, cela serait trop dangereux si on les trouvait sur vous. Les instructions, aussi. Mais ce n'est pas très compliqué.

Malko se pencha avec attention sur les documents que lui tendait Cyrus Miller. Le ronronnement des déflecteurs électroniques formait une barrière infranchissable autour d'eux. Malko resta plusieurs minutes silencieux, mémorisant tous les éléments indispensables. Heureusement, sa fabuleuse mémoire n'avait aucun mal à retenir ce dont il avait besoin. Il tendit les papiers à l'Américain.

— Voilà. Vous n'avez pas eu trop de difficultés ?

Cyrus Miller sourit en ramenant en arrière une mèche invisible. Puis, il tira une longue bouffée de sa Rothmans.

— Je préfère ne pas vous en parler. C'est remonté jusqu'au *Special Co-operation Committee*. C'est pire que de déclarer la guerre aux Japonais...

Toutes les actions importantes de la C.I.A. devaient désormais être approuvées par ce comité siégeant à la Maison-Blanche.

— Enfin, c'est une bonne nouvelle, dit Malko. Bien que votre fourchette de temps soit plutôt étroite.

— Désolé, reconnut Cyrus Miller. Nous sommes en Pologne, vous savez.

— Vous avez ce que je vous avais demandé ?

— Oui.

Le chef de station de la C.I.A. plongea la main dans sa poche et en ressortit un pistolet automatique. Un Tokarev 9 mm qu'il tendit à Malko en le tenant par le canon. Un chargeur supplémentaire était lié à la crosse par un élastique.

— Je suppose que vous n'avez pas l'intention de déclencher un combat de rue, dit Miller. Ça vous suffira. En tout cas, il est intraçable. Cadeau de la T.D. [1].

Malko empocha l'arme. Le compte à rebours était commencé. Ses yeux dorés se posèrent sur l'Américain.

— Eh bien, Cyrus, merci pout tout. Espérons que cela marchera.

Cyrus Miller hocha la tête.

— *Let's cross our fingers*... A propos, j'ai des renseignements supplémentaires sur votre amie Anne-Liese. Avant l'Allemagne, elle s'est spécialisée en Angleterre dans la récupération des « défecteurs ». Trois d'entre eux ont disparu totalement après avoir été vus en sa compagnie. Sans qu'on puisse jamais rien trouver. Des hommes qui étaient sur leurs gardes. Ou plutôt, deux hommes et une femme...

Malko éprouva un petit pincement au creux de l'estomac. Cyrus Miller l'observait du coin de l'œil.

— J'ai gardé le meilleur pour la fin, dit-il. Nous avons eu des informations, par l'intermédiaire d'une de nos filières de pénétration. Le S.B. vous prépare un coup de Jarnac...

[1] Technical Division.

— Ça, ce n'est pas une information, dit Malko, c'est une évidence.

— Attendez, précisa l'Américain. Ils veulent vous enlever. Discrètement. Ensuite, vous mettre au pentothal. A haute dose. Jusqu'à ce que vous crachiez ce que vous savez. Quitte à vous rendre gentiment après, pour ne pas faire trop de vagues.

— Quand ?...

— Ça... c'est le seul élément qui me manque. Le plus important. Malko se leva.

— Cyrus, je dois vous quitter.

L'Américain stoppa la barrière électronique et ouvrit la porte. En silence, ils se dirigèrent vers l'ascenseur. Malko regrettait la « cage ». On y était si tranquille. Cyrus Miller l'accompagna dans le hall et lui serra de nouveau la main.

— A bientôt.

— A bientôt, dit Malko.

Il pouvait très bien y avoir des micros dans le hall.

*
**

Le cercueil encore ouvert était posé sur des tréteaux, au milieu d'une petite crypte latérale de l'église Notre-Dame-des-Grâces. Six gros cierges brûlaient autour. Deux hommes se tenaient agenouillés, à la tête du cercueil, priant. L'un était Jerzy, l'autre inconnu de Malko. En voyant ce dernier, Jerzy se releva et alla à sa rencontre.

Malko vit briller l'émotion dans ses yeux.

— Vous êtes venu ! dit-il. On va fermer le cercueil dans quelques minutes.

Malko s'approcha. Le visage lisse de Maryla Nowicka reposait sur un coussin de soie blanche, les yeux fermés, un peu enflé, les cheveux tirés en arrière. Les maquilleurs avaient dû avoir un sacré travail pour la rendre présentable. Elle avait les mains croisées sur un chapelet et on l'avait habillée d'une robe grise ras du cou.

A voix basse, Jerzy commença à réciter une prière. Les accents chuintants du polonais en étaient presque harmonieux. Il termina par un grand signe de croix. Malko regardait le visage de la morte. Quelle tristesse qu'on ne puisse communiquer ! Si Maryla avait su ce qu'il préparait, elle serait peut-être partie pour l'éternité avec moins de regrets...

Les croque-morts arrivaient. Malko les regarda visser les grosses vis de cuivre après avoir fermé le couvercle.

Adieu, Maryla. Broyée par des forces qui la dépassaient. Il serra silencieusement la main de Jerzy. Celui-ci lui dit tout à coup :

— Vous savez, nous avons réfléchi. Je crois que vous avez raison.

Rien ne pouvait faire plus plaisir à Malko.

— Alors, à tout à l'heure, dit-il.

Il sortit de l'église et regarda sa montre. Une heure avant d'aller retrouver Anne-Liese. Le pistolet automatique pesait dans la poche de son manteau. Il était certain que le S.B. ne tenterait rien avant sa visite chez la Polonaise.

Là, allait se jouer la première manche. Il avait un avantage. Grâce à ses observations et aux informations de Cyrus Miller, il croyait maintenant savoir à quoi il pouvait s'attendre. Le tout était de forcer le scorpion à se piquer avec son propre dard.

*
* *

A la lueur joyeuse dans les yeux bleus soulignés de leur habituel trait noir, Malko devina immédiatement que c'était l'hallali. Contrairement à son habitude, Anne-Liese l'embrassa goulûment sur le pas de la porte, s'appuyant contre lui de tout son corps massif, avec tous les signes de la passion la plus exacerbée. La danse du scalp avait commencé. Quand il lui effleura la poitrine sacrée d'un geste impie, elle se contenta de sourire.

— Attends.

Elle avait remis la jupe fendue en velours noir de

la première fois. Avec le haut infernal. Et les chaussures rouges. Une odeur d'encens flottait dans l'appartement. Malko posa la bouteille de vodka achetée un
dollar au *Victoria* et se laissa guider jusqu'au lit.
Anne-Liese avait posé dessus un plateau d'argent avec
une boîte de caviar, des toasts et des verres.

— J'espère que tu ne t'en iras pas, aujourd'hui,
dit-elle espièglement.

Ses yeux brillaient de joie. Malko comprit d'un
coup pourquoi elle travaillait pour le S.B. Ses rela-
tions avec ses « victimes » devaient lui procurer une
jouissance inouïe. Surtout lorsqu'il s'agissait d'une
proie difficile, comme Malko... Elle s'assit sur le lit
et replia ses jambes. Par la fente de la jupe à brandebourgs, Malko aperçut une bande de chair blanche.
Anne-Liese avait troqué ses collants pour des bas.

Malko passa les doigts dessus. Pas très fins, un
peu trop courts, mais des bas. Le S.B. ne reculait
devant aucun sacrifice. Il remonta, suivant la hanche,
jusqu'à la lourde courbe d'un sein.

Pour la première fois depuis qu'il la connaissait,
Anne-Liese n'avait pas protégé la peau satinée de
sa poitrine par un soutien-gorge. Sous la soie du
haut boutonné, il sentait la tiédeur molle du sein. Il
s'amusa à effleurer le tissu, agaçant la pointe qui
sembla tout à coup prête à percer le tissu comme
un petit animal indépendant. Anne-Liese ferma les
yeux, appuyée sur les coudes. La tête en arrière.
Image même de l'extase. Malko en profita pour
balayer d'un regard précis la chambre. Mais le S.B.
était trop habile pour laisser traîner des micros.
De toute façon, le danger venait d'ailleurs.

— Tu veux du caviar ?

Anne-Liese avait rouvert les yeux et l'observait.

Il stoppa sa caresse.

— Si tu veux.

De toute façon, il avait le temps. Plus de deux
heures à tuer. Pendant qu'elle amassait une montagne
de caviar russe sur un toast, il continua à lui caresser les jambes, remontant plus haut que le bas, sur
la cuisse blanche et musclée. C'était comme s'il avait

caressé une pierre. Anne-Liese ne renversa pas un
grain de caviar...

*** •

A genoux sur le lit, le dernier brandebourg de la
jupe de velours noir défait, Anne-Liese ondulait
comme un cobra au rythme de *la Vie en rose*
nouvelle version. Importée au marché noir en Pologne. La voix rauque de la chanteuse était parfaite
pour ce qu'ils faisaient.

Malko n'avait gardé que sa montre. Le plateau de
caviar était posé par terre, la bouteille de vodka fortement entamée. Pour la dixième fois, Anne-Liese
s'inclina en avant avec souplesse jusqu'à ce que les
pointes de ses seins effleurent le sexe découvert de
Malko, à travers la soie. Puis elle se balança doucement, le menant au bord de l'orgasme et se redressa
avec son étrange éclair bleu dans les yeux.

Elle s'amusait prodigieusement.

— Caresse-toi, dit-elle.

Il pouvait bien lui offrir cette petite joie. Elle le
regardait avec une telle intensité qu'il se demandait
si elle n'était pas en train de jouir.

— Arrête-toi.

Il s'arrêta. Les vocalises de la Noire devenaient de
plus en plus aiguës. Les doigts légers d'Anne-Liese
emprisonnèrent le sexe de Malko dans une caresse
aérienne... Comme pour maintenir le point d'ébul-
lition. Elle se servait de ses doigts avec une habileté
d'horloger. Graduant ses caresses au dixième de millimètre. Sans cesser de le caresser, elle se pencha à
toucher son visage, l'embrassa violemment et briè-
vement, puis lui dit sur le ton de la confidence :

— Maintenant, nous allons faire l'amour. Désha-
bille-moi. Commence par là.

Elle lui posa la main sur la jupe. Il ne restait qu'une
fermeture éclair et un brandebourg. Malko défit le
brandebourg. Anne-Liese, avec un léger rire, lui
échappa et sauta hors du lit. Pendant quelques
secondes, elle tournoya au rythme de la musique. La

longue jupe, maintenant fendue jusqu'au ventre, s'ouvrit, découvrant les jarretières à l'ancienne mode qui enserraient les bas à mi-cuisse et un slip de dentelle noire opaque. On aurait dit une gravure érotique du XVIIᵉ. D'un coup de hanche, Anne-Liese se débarrassa de la jupe qui tomba par terre. Ne gardant que la dentelle, le haut infernal et les chaussures rouges. D'un saut, elle remonta sur le lit et se laissa tomber, très droite, avec une souplesse incroyable, jusqu'à ce que ses fesses reposent sur ses talons.

— J'ai fait de la danse, dit-elle.

« La Danse de la Mort », pensa Malko. En ce moment, Anne-Liese s'amusait, jouissant pleinement de la situation. Ses seins imposants montaient et descendaient au rythme de son ondulation.

Elle se pencha de nouveau, comme pour ranimer la flamme de Malko qui n'en avait vraiment pas besoin. Sa bouche l'engloutit une seconde, chaude et douce, et le quitta aussitôt. Lui aussi appréciait cette danse de mort qui allait mal se terminer pour l'un des deux. Anne-Liese n'était pas une proie déshonorante au tableau de chasse d'un gentleman. C'était au moins aussi dangereux que la chasse au grand fauve...

Les yeux jetèrent un éclair bleu. Les deux grands traits noirs donnaient une expression diabolique au visage en apparence si sage.

Malko s'avança et s'attaqua au premier bouton du haut infernal. Juste au creux du cou. Puis au second et ainsi de suite. Ses mouvements n'étaient pas facilités par l'ondulation incessante du buste.

— N'arrête pas de me caresser, souffla Anne-Liese.

Ses seins se soulevaient à un rythme de plus en plus rapide. Malko pouvait presque entendre son cœur battre. Millimètre par millimètre, il libérait la chair blanche. Tout en agaçant les seins là où ils étaient le plus sensibles.

Pris par le jeu, il allait de plus en plus vite, libérant des courbes rondes et blanches, puis de larges aréoles brunes, au centre desquelles pointaient des pointes brunes et cylindriques. Il termina enfin de défaire le haut infernal. Dévoilant entièrement des seins superbes, très lourds, blancs, ronds comme d'énormes pommes.

D'un geste gracieux, Anne-Liese fit glisser le haut sur le lit. Puis ses mains remontèrent le long de ses flancs et elle se prit les seins à pleines mains, par-dessous, les offrant à Malko comme sur une coupe. Ils étaient tellement importants qu'ils pointaient orgueilleusement de dix centimètres au-delà des mains mises en coupe.

Le regard d'Anne-Liese s'abaissa sur eux. Ravi.

— Je les aime beaucoup, dit-elle. Tu as remarqué comme ils étaient ronds ? J'ai horreur des seins en poire.

Malko avança la main, mais elle recula vivement d'une ondulation de toute sa colonne vertébrale.

— Non, je ne veux pas que tu les touches. Ils sont trop fragiles. Lèche-les.

Elle attendit, dans la même position, puis un éclair passa dans ses yeux bleus. D'une voix douce, elle ajouta :

— Après, tu me feras l'amour. Viens, lèche-moi.

Malko, au lieu d'obéir, avança les deux mains d'un geste rapide et emprisonna les deux poignets d'Anne-Liese. Dans le même mouvement, il les rabattit derrière son dos et la renversa en arrière, la maintenant dans cette position en appuyant sur ses épaules. Les mains coincées sous elle la rendaient impuissante. Malko avança un peu et s'installa à califourchon sur les hanches de la Polonaise.

Les yeux bleus jetèrent un éclair furibond.

— Lâche-moi ! Lâche-moi, tout de suite !

Il n'y avait plus ni douceur ni sensualité dans sa voix. Les deux seins, aplatis par la position, ressemblaient à deux énormes œufs sur le plat.

Immobilisant Anne-Liese par un bras passé sur sa gorge, Malko libéra sa main gauche. Du bout de son index, il se mit à frotter une des larges aréoles brunes. Cette fois, Anne-Liese hurla, faisant des bonds furieux sous lui.

— Arrête ! Tu me fais mal. Je ne veux pas que tu me touches.

Le doigt de Malko s'enfonçait comme dans du beurre. Lorsqu'il l'eut frotté pendant plusieurs secondes, il le porta vivement vers le visage d'Anne-Liese et le frotta contre ses lèvres, atteignant l'intérieur humecté de salive.

D'un effort de tout son être, elle rejeta la tête en arrière, essayant d'échapper à son contact, hurlant comme une possédée. Mais Malko tenait bon. Il recommença le même manège, frottant son doigt contre l'autre aréole. Puis il attendit, maintenant Anne-Liese sous lui. Les prunelles de la Polonaise s'étaient démesurément agrandies. Elle dit quelques mots qu'il ne comprit pas, les traits durcis. Puis, la lueur bleue dans les yeux s'effaça comme une lampe qui s'éteint. Ses yeux se révulsèrent. Tout à coup, elle fut toute molle contre lui.

Malko attendit encore quelques secondes, posa une main contre un des énormes seins mous et sentit le cœur battre.

Il se releva d'un bond, regarda l'heure à sa montre : quatre heures moins dix. Il était dans les temps. Anne-Liese était allongée, inerte sur le lit. Il ignorait combien de temps le puissant soporifique qui imprégnait la peau de ses seins faisait de l'effet. A toute vitesse, il s'habilla.

Maintenant, le compte à rebours était vraiment commencé. Les micros du S.B. avaient enregistré toute la scène. Ils allaient réagir. Heureusement, ils ignoraient tout des plans de Malko. Avant de partir, il se pencha sur le corps inerte et tira légèrement sur le slip de dentelle noire.

C'était bien ce qu'il avait pensé depuis un certain temps. Anne-Liese était un homme. Un travesti au sexe atrophié. Voilà pourquoi il avait autant de succès avec les femmes que les hommes et qui expliquait ce narcissisme pour son extraordinaire poitrine obtenue sûrement à coups de piqûres... Partagé entre le dégoût et l'angoisse, il vérifia le chargeur du Tokarev, le glissa dans sa ceinture et ouvrit la porte.

Personne sur le palier. Ils avaient dû pourtant prévoir quelque chose pour le transporter. A moins
que la suite de l'opération n'ait pas été prévue dans
l'appartement d'Anne-Liese.

Il descendit jusqu'au rez-de-chaussée et inspecta
la rue. Il l'identifia rapidement. Un homme en train
de lire son journal dans une Polski grise. Il prit
le Tokarev, le passa dans la poche de son manteau
et s'avança vers la voiture. En le voyant venir vers
lui, l'agent du S.B. leva la tête, surpris. Malko ne
lui laissa pas le temps de réagir. Ouvrant la portière, il se laissa tomber à côté de lui. Le Polonais
pâlit devant le Tokarev braqué sur lui. Il ne s'attendait visiblement pas à ça. Il resta strictement immobile, les mains sur le volant, et demanda seulement :

— Qui êtes-vous ? Je ne comprends pas...

D'un coup d'œil, Malko vérifia qu'il n'y avait pas
de radio dans la voiture. Personne ne savait à la
« centrale » ce qui se passait en ce moment... Plus
tard, cela n'aurait pas d'importance.

— Descendez, dit Malko.

Il le poussa avec le canon du pistolet dans la rue
déserte. Le policier se laissa faire. Médusé. Malko
avait pris les clefs : il ouvrit le coffre.

— Montez là-dedans.

L'autre secoua la tête.

— Vous êtes fou !

— Montez.

A la voix de Malko, le Polonais comprit qu'il ne
fallait pas discuter. Il enjamba le rebord du coffre
et se laissa tomber dedans. Lorsqu'il fut bien tassé,
Malko le fouilla rapidement, mais il n'avait pas
d'arme. Il prit ses papiers, dont un laissez-passer
barré de rouge et de blanc. Cela pouvait servir. Il
claqua la porte du coffre et prit place au volant,
mit le moteur en route et demeura immobile quelques instants, passant tout en revue.

La première partie de son plan venait de se réa-
liser. Les rues de Varsovie étaient peu animées.
Malko ne mit pas cinq minutes à arriver place Zamkovy. Plusieurs fois il vérifia que personne ne le

suivait... Il gara sa voiture en face de la cathédrale
et continua à pied, vers le Rynek. Pourvu que Halina
soit au rendez-vous ! Sinon, tout son plan s'écroulait.

*
*

Elle était là. Debout au comptoir, en train de
manger une pâtisserie. Avec un manteau de vison
vieillot et de hautes bottes noires. Le petit bar était
plein. Halina dévisagea Malko d'un air calme.
Comme si leur rendez-vous n'allait pas faire basculer
sa vie. Il s'installa sur le tabouret à côté d'elle,
regarda machinalement autour de lui. Halina eut
un faible sourire.

— On ne m'a pas suivie. J'ai fait attention.

Malko laissa un billet de cent zlotys et glissa de
son tabouret. Il avait hâte d'agir. Halina le suivit
docilement. Sur les pavés gelés du Rynek, elle
demanda :

— Où allons-nous ?

— Voir quelqu'un, dit Malko.

Jerzy devait les attendre. Ils montèrent l'escalier
en silence. Malko frappa trois fois. Le jeune homme
entrouvrit la porte. Avec lui, il y avait Wanda et
deux autres jeunes Polonais qui serrèrent la main
à Malko sans un mot. Un petit radiateur électrique
brûlait, apportant un peu de chaleur.

Halina dévisagea calmement les trois.

Jerzy fixa Halina avec une expression presque douloureuse. Comme il ne se décidait pas à parler,
Wanda demanda presque avec brutalité :

— C'est vrai ? Vous allez venir avec nous ?

— Oui.

Ce n'était pas possible. Il n'y avait pas une trace
d'émotion dans sa voix. Comme si elle avait déjà
été morte. Malko chercha son regard, le trouva.
Serein, calme, détaché. Pourquoi Halina trahissait-
elle maintenant l'homme qu'elle avait protégé pendant plus de trente ans... Incompréhensible.

— Ça me suffit, dit soudain Jerzy d'une voix étranglée. Ils vont partir détruire le fichier immédiate-

ment et nous allons là-bas tous les quatre. J'ai une
voiture.

— Moi aussi, dit Malko. Et je tiens à la garder.
Elle est plus puissante que la vôtre.

Il avait brûlé ses vaisseaux. Il poussa Halina hors
de la pièce et ils se retrouvèrent sur le Rynek.

Ils marchèrent en silence jusqu'à la place Zamkovy. La voiture n'avait pas bougé. Le prisonnier
du coffre ne pipait pas. Malko consulta sa montre.
Quarante minutes depuis qu'il avait quitté l'appartement.

— Combien faut-il de temps pour aller à Zelazowa ?

— Une heure environ, dit Jerzy.

Vingt minutes plus tard, ils roulaient au milieu
de la campagne gelée et sinistre. On se serait cru
au XIXᵉ siècle. La route était toute droite, presque
pas de circulation. Halina était assise à côté de lui.

Dans le rétroviseur, il vit que Wanda et Jerzy
se tenaient la main. La jeune femme avait les traits
tirés, les yeux hagards. Il se tourna vers Halina :

— Pourquoi avez-vous accepté de parler ?

Elle mit plusieurs secondes avant de répondre :

— Peut-être parce que cette fois cela sera utile.
Et puis... (Elle eut un geste fataliste.) Il y a des choses
qui deviennent trop lourdes à porter un jour.

Le silence retomba. Troublé par un bruit léger.
Wanda pleurait. Malko se retourna :

— Si tout se passe bien, dit-il, nous serons tous
en sécurité dans quelques heures. Sinon...

La jeune femme secoua la tête.

— Ce n'est pas cela. Je n'ai peur ni de la mort
ni de la prison. Si nous nous sauvons, tant mieux,
sinon, tant pis. Mais nous y avons tellement cru,
à Roman. Maintenant, je sais qu'il n'y aura pas de
printemps, à Varsovie...

CHAPITRE XIX

Ils criaient *Wolnosc, wolnosc* [1] en frappant dans leurs mains. Les courants d'air faisaient vaciller les flammes des chandeliers posés sur le grand piano à queue, à côté duquel était assis Roman Ziolek, ses cheveux blancs reflétant les flammes des bougies, face à ses partisans, entassés dans la gentilhommière.

Malko observa leurs visages à la lueur dansante des bougies. Jeunes, sincères, tendus, les yeux brillants, puis des moins jeunes, aux traits marqués, mais les yeux brillant du même enthousiasme. Une dame âgée, un bonnet de fourrure enfoncé jusqu'aux oreilles, criait encore plus fort que ses deux jeunes voisins. Derrière les verres épais de ses lunettes, on devinait des larmes.

Des larmes de joie et d'espérance. Décidément les Polonais ne changeraient jamais. C'était aussi pathétique, dérisoire et respectable que les charges des cavaliers polonais contre les panzers SS en 1939.

Le rêve contre la réalité.

Malko observait la scène par une des ouvertures latérales de la salle, encadré de Jerzy et Wanda. La gorge nouée par l'émotion. Jusque-là, ils avaient eu

(1) Liberté, liberté.

de la chance. Au lieu d'arriver à Zelazowa par la route normale, ils avaient effectué un détour de plus d'une heure, montant au nord jusqu'à Nowy Dwor, puis redescendant sur Sochaczew, afin d'arriver de l'ouest, la direction opposée à Varsovie. Au cas où la Milicja ou le S.B. auraient déjà disposé les barrages routiers. Après Leszno, ils s'étaient arrêtés quelques instants au bord de la route déserte qui traversait la forêt et avaient bâillonné et ligoté le prisonnier du coffre.

Jerzy voulait l'abandonner dans la forêt pour qu'il y gèle à mort, mais Malko s'y était opposé.

Ensuite, ils avaient abandonné la voiture à deux kilomètres du village, continuant à pied. Comme s'ils venaient de Zelazowa. Deux gros bus étaient garés en face de la grille de la propriété où avait lieu le rassemblement. Avec quelques voitures particulières et un fourgon gris de la Milicja, deux haut-parleurs sur le toit. Il y avait de la lumière dans la petite auberge où devaient dîner ensuite les participants. Quelques miliciens en uniforme et quelques civils rôdaient, mais n'avaient pas intercepté les deux couples.

Dans le parc, ils avaient encore aperçu des ombres suspectes, mais personne ne s'était manifesté. Pourtant, il devait y avoir un agent du S.B. derrière chaque arbre.

Seule manifestation de la réprobation officielle : le courant avait été coupé, forçant les organisateurs à utiliser des bougies. Pratiquement, chacun en avait une.

Ce qui donnait encore plus de romantisme à la scène. Les participants s'étaient entassés dans toutes les pièces du rez-de-chaussée, qui devaient être bourrées de micros, la réunion ayant été annoncée à l'avance. Mais cela n'avait plus d'importance. Malko consulta sa Seiko-Quartz. Maintenant, le S.B. était sur le sentier de la guerre.

Combien de temps mettrait-il à interpréter correctement la situation ?

Le S.B. disposait d'un élément : la disparition de

leur véhicule. De toute façon, ils étaient sûrs d'eux,
sachant que Malko pouvait difficilement sortir de
Pologne. Il avait basé tout son plan sur cela. Depuis
le début, le S.B. avait joué la ruse et la souplesse.
Il fallait convaincre Malko, non l'éliminer. Ils
n'avaient changé de tactique qu'en dernière extrémité. Malko espérait bien que c'était trop tard.
Il jouait sa vie sur ce pari.

Les claquements de mains s'arrêtèrent et il y eut
un remue-ménage à côté du piano. Roman Ziolek
venait de se lever. Appuyé au piano, il imposait le
silence. Sa crinière blanche était imposante, faisant
ressortir ses traits anguleux, les yeux profondément
enfoncés. Malko comprenait que Halina ait pu être
éperdument amoureuse de cet homme. Trente ans
plus tôt, il avait dû être superbe. Il l'observa du
coin de l'œil. Debout dans l'ombre, elle fixait intensément Roman Ziolek, comme pour le forcer à
s'apercevoir de sa présence. Soudain, il comprit
pourquoi elle était là. Une dernière fois, elle voulait
lui rappeler son existence. Même si c'était pour le
détruire...

— Mes amis, commença Roman Ziolek, cela fait
un an que nous avons commencé notre combat...

— *Wolnosc, wolnosc!* scandèrent les premiers
rangs.

— Tout a été fait pour nous briser, continua
l'homme aux cheveux blancs. Les maîtres qui nous
gouvernent ont tenté de me faire taire...

Une femme se leva au premier rang et se précipita pour lui baiser la main.

Jerzy échangea un regard avec Malko, puis se
pencha sur Halina.

— C'est le moment.

La tension était à son comble. Tous ceux qui se
trouvaient là étaient venus des quatre coins de
Pologne et repartiraient porter la bonne parole.

Ou la mauvaise.

Comme une automate, Halina s'avança le long des
travées, encadrée de Jerzy et Wanda. Un visage de
pierre, la tête haute, le regard toujours fixé sur

l'homme qui parlait de liberté et de combat, le dos
appuyé au piano. Malko suivait discrètement à quelques mètres. Roman Ziolek aperçut la minerve de
Wanda et lui fit signe d'approcher, avec un bon
sourire. Mais c'est Jerzy qui vint se placer devant
le conférencier. Il imposa le silence et cria d'une
voix forte :

— Camarades, j'ai à vous faire une communication
extrêmement importante.

Il y eut quelques protestations. Roman Ziolek
observait le nouveau avec surprise, mais sans protester. Halina était encore dans l'ombre et Ziolek
ne pouvait voir son visage.

Reculant un peu, il laissa sa place à Jerzy. Le
jeune homme s'humecta les lèvres avant d'annoncer :

— Camarades, il y a ici une femme qui a des
révélations à faire qui peuvent affecter notre cause.
Je vais lui laisser la parole.

Il s'avança, prit Halina par le bras et la fit entrer
dans la zone éclairée, la mettant en face de Roman
Ziolek. Pour la première fois, leurs regards se ren-
contrèrent. Malko les observait. Roman Ziolek regardait intensément la nouvelle venue. D'abord avec
surprise. Puis la surprise fit place à une immense
stupéfaction, et enfin à quelque chose de plus ambigu, de plus chaleureux. Une sorte de tendresse,
mêlée d'incrédulité et de nostalgie. Ses lèvres pro-
noncèrent un mot silencieusement.

Jerzy secoua Halina par le bras.

— Parlez ! Dites ce que vous savez.

Halina se tourna vers les spectateurs. D'une voix
posée et bien timbrée, elle annonça :

— Je connais Roman Ziolek depuis plus de
trente ans. Je me suis battue à ses côtés pendant
la guerre. Il a toujours été communiste. Il a dénoncé
ses camarades de lutte non communistes à la Gestapo en 1942. Sur les ordres de Moscou. Il vous
trompe. Il agit sur les ordres du S.B. Pour que tous
ceux qui veulent encore la liberté pour ce pays soient
repérés et éliminés.

Sa voix s'était brisée sur les derniers mots, laissant la place à un silence de mort. Malko observait le visage de Roman Ziolek. Figé par une immense stupéfaction.

Quelque chose d'autre s'y mêla. Comme s'il n'avait pas entendu les accusations de son ancienne maîtresse, il s'approcha d'elle.

— Où étais-tu ? demanda-t-il d'une voix tendue. Pendant toutes ces années, pourquoi n'as-tu pas donné signe de vie ? Pourquoi ?

Soudain, Malko comprit que c'était la seule chose qui lui importait vraiment. Mais un brouhaha montait des premiers rangs. Des cris de surprise, d'indignation. Plusieurs personnes suppliaient Roman Ziolek de parler. Jerzy les fit taire d'un geste autoritaire et se planta en face du leader.

— C'est vrai, ce qu'elle vient de dire ?

Une grosse veine battait sur son cou, les muscles de ses mâchoires étaient si crispés qu'il pouvait à peine parler. Wanda, à côté de lui, avait l'air d'un cadavre. De chuchotement en chuchotement, la nouvelle se répandait à travers toute la salle et les pièces voisines. Malko réalisa que le S.B., averti par les écoutes, allait réagir. Il risquait d'être enseveli sous les débris du temple...

Roman Ziolek abandonna Halina quelques instants et fixa Jerzy d'un air absent.

— Oui, dit-il.

— Pourquoi prétendiez-vous lutter contre le communisme, alors ? cria Wanda, pathétique et haineuse.

Roman Ziolek ne répondit pas. Il souriait à Halina.

— Tu n'as pas changé, dit-il. Tu es toujours aussi belle.

— Tu ne m'avais pas reconnue, répliqua-t-elle d'une voix égale.

— Tes cheveux, dit-il. Ils étaient roux... Comment es-tu vivante ?

Elle haussa les épaules.

— Quelle importance...

Ils poursuivaient leur conversation au milieu du brouhaha, comme si de rien n'était. Jerzy avait la

couleur d'un bâton de craie. Il saisit Ziolek par les
revers de sa veste et lui cria :

— Oui ou non, êtes-vous communiste ?

Le vieux leader se dégagea, brossa ses revers et dit
d'une voix claire, qui porta jusqu'aux premiers
rangs.

— Oui.

Le silence s'établit d'un seul coup. Même Jerzy ne
disait rien. Tous mesuraient la portée de ce que
venait de dire Ziolek. Puis, Wanda cria à la salle
d'une voix hystérique :

— Partez, partez tous ! Ils vont venir vous arrêter !

Les gens se levèrent dans un silence pétrifié,
comme à la fin d'un enterrement, et se bouscu-
lèrent vers la sortie. Aucun cri, aucune injure. Juste
le silence de la mort.

Les premiers rangs refluèrent, comme pour ne pas
être contaminés.

Ziolek, Halina, Jerzy et Wanda demeurèrent seuls
autour du piano. Observés par Malko en proie à des
émotions contradictoires. Il avait réussi. Le mythe
Ziolek avait vécu. Sa mission en Pologne était un
succès, mais, en dehors de l'angoisse concernant sa
sortie du pays, il éprouvait un malaise. Un drame
inattendu venait de se dérouler sous ses yeux. La fin
d'une histoire d'amour. Il y avait quelque chose
d'anormal dans la façon dont Roman Ziolek avait
accepté les accusations de Halina, sans même chercher à les réfuter. Lui, un vieux lutteur.

— Salaud, cria tout à coup Wanda, salaud ! Vous
nous avez trompés. Traître.

Roman Ziolek ne répondit pas. Il regardait Halina,
statufiée en face de lui. Elle le fixait aussi, comme
pour retrouver derrière les rides et l'âge l'homme
qu'elle avait aimé. Son premier amant. Malko eut
l'impression qu'ils allaient se jeter dans les bras
l'un de l'autre. Sachant que c'était impossible.
Halina, si elle restait en Pologne, allait payer cher
sa dénonciation. Le S.B. ne faisait pas de cadeau.

Soudain, un coup de sifflet strident éclata, venant
du parc, puis un autre.

Malko se raidit, tâta machinalement la crosse du Tokarev au fond de la poche de son manteau. S'il ne réagissait pas immédiatement, il était perdu. Prenant Halina par le bras, il la tira en arrière.

— Venez, vite. Il faut partir.

Elle se laissa faire, docilement. Mais ses prunelles marron restaient fixées sur Ziolek. Malko demanda :

— Pourquoi n'avez-vous jamais cherché à le revoir ? Vous l'aimez toujours ?...

Halina eut un sourire crispé.

— Je ne vous ai pas tout dit. Il m'a dénoncée, moi aussi, en 44 avec notre petit groupe, quand je suis restée dans les ruines de Varsovie. Je l'ai su par un officier que nous avons interrogé avant de l'abattre. Il ne fallait pas que des résistants non communistes survivent. Il savait que j'étais avec eux, mais cela ne l'a pas arrêté...

Un monstre. Une machine à broyer. Un pur produit de la Raison d'Etat. Mais quelque chose venait de se briser dans cette belle mécanique glaciale. Devant le fantôme surgi du passé. D'une femme qu'il avait livrée à la mort et qui l'aimait encore.

Malko se retourna. Immobile, appuyé au piano, Roman Ziolek regardait la salle se vider. Sans protester, sans faire un geste. Des larmes coulaient sur le visage de Jerzy et Wanda sanglotait hystériquement. Rien ne se serait peut-être passé si Ziolek n'avait pas appelé :

— Wieslawa !

Le vrai prénom de Halina. Jerzy se retourna. Comme un fou. Son regard balaya le mur où se trouvaient accrochées des armes de collection. Il se rua en avant, arracha une sorte de sabre à la lame très court et recourbée, un yatagan de Gengis Khan, et fonça sur Roman Ziolek.

— Non ! hurla Malko.

Surtout ne pas faire de Ziolek un martyr. Mais il n'eut pas le temps d'intervenir. Jerzy s'était planté en face de Ziolek, les jambes écartées. Tenant le sabre à deux mains, il frappa horizontalement avec un han de bûcheron, de toutes ses forces.

La lame plongea dans le ventre de Roman Ziolek de vingt bons centimètres. Il recula jusqu'au piano, le visage crispé de souffrance.

Les mains en avant, il essaya d'écarter son assassin. Mais Jerzy recula, arrachant la lame au milieu d'un jet de sang, et refrappa un peu plus bas, déchirant l'abdomen. Cette fois, il lâcha la poignée de l'arme qui demeura horizontale et recula.

Roman Ziolek tituba, prit le sabre à deux mains comme pour le sortir de son ventre, mais s'effondra en avant, à genoux, courbé comme s'il priait, tenant la lame qui le déchirait.

Avec un cri aigu, Halina échappa à Malko, se précipita sur son vieil amant, s'agenouilla dans le sang, lui releva la tête avec une infinie douceur. Elle hurla :

— Il est en train de mourir !

De nouveaux coups de sifflet retentirent. Maintenant, les participants de la réunion se sauvaient par toutes les ouvertures de la maison, pourchassés par des policiers et des miliciens. Heureusement ces derniers n'avaient pas prévu une opération d'envergure et n'étaient pas assez nombreux.

Malko courut jusqu'à Ziolek, releva son visage. Ses yeux étaient déjà vitreux, ses traits crispés par une souffrance indicible, insoutenable, les mains nouées autour de la lame pleine de sang. Il n'y avait plus rien à faire, le péritoine était perforé. Jerzy semblait aussi fou que Halina. Il marmonnait tout seul. Soudain, il se pencha et arracha la lame, ce qui était la plus sûre façon d'achever Ziolek. Halina poussa un hurlement sauvage.

Malko crut que Jerzy allait la frapper, mais il se contenta de garder son arme à bout de bras. Les sifflets étaient de plus en plus nombreux. Roman Ziolek râlait. Malko tenta d'arracher Halina de lui, mais elle résista.

— Vous ne comprenez pas ! cria-t-elle, je lui avais promis d'être là quand il mourrait. Et lui aussi... Il va mourir.

— Ils vont vous arrêter, dit Malko.

Elle ne répondit pas, tourna la tête et prit celle de Ziolek entre ses mains.

Il n'y avait rien à faire. Malko courut vers la porte, poussant Wanda, suivi de Jerzy. Au moment où des uniformes marron s'y encadraient : des hommes de la Milicja. La maison était cernée. Ils avaient trop attendu...

CHAPITRE XX

Un des miliciens leva sa mitraillette, menaçant Malko et Jerzy. Le jeune Polonais fit un bond en avant, à demi courbé, comme un fauve qui attaque. Tout fut simultané : le staccato de la mitraillette dont la rafale creva le plafond, le cri de l'homme égorgé et le bruit sourd de Jerzy retombant sur ses pieds, évitant le jet de sang qui jaillissait.

L'autre milicien leva son arme, visant Jerzy à bout portant. Malko n'eut que le temps de tendre le bras armé du Tokarev. Le projectile frappa le milicien sous l'œil gauche. Pendant une fraction de seconde, il demeura immobile, l'air stupide, puis sa bouche se tordit de façon asymétrique, il fit un pas en avant, penché comme s'il prenait le départ d'une course, puis tomba d'un bloc sans lâcher son arme. Malko, aussitôt, poussa Wanda en avant. Les coups de feu allaient attirer du renfort. Ils se retrouvèrent tous les trois dans le parc, plongèrent tout de suite sous les arbres, évitant le sentier menant à la grille. Des gens couraient dans tous les sens, on entendait partout des cris, des appels. La lueur d'un projecteur balaya le parc.

— Par ici, dit Jerzy.

Il les entraîna à l'opposé de la grille. Wanda avait

du mal à courir sur le sol verglacé. Jerzy n'avait pas
lâché son sabre. Il tremblait et il pleurait à la fois.
Tout à coup, Wanda se laissa tomber en gémissant.

— Je ne peux plus, je ne peux plus, sanglota-
t-elle.

Malko l'aida à se relever.

— Courage, courage, vous allez quitter la Pologne
avec moi.

— Quitter la Pologne ?

— Je n'ai pas le temps de vous expliquer, dit
Malko.

La jeune femme se releva et continua à clopiner
tant bien que mal. Ils avaient presque atteint le
mur de clôture. On n'y voyait goutte. Jerzy se lança
à l'assaut des pierres rendues glissantes par le gel,
se hissa au faîte du mur. Malko l'aida à pousser
Wanda qui souffrait beaucoup à cause de sa colonne
cervicale fracturée. Enfin, ils réussirent à franchir le
mur et retombèrent dans un champ gelé et désert.

A un kilomètre, on apercevait les lumières de Zala-
zowa. Ils se mirent à marcher, dans les sillons gelés,
dans leur direction. Jerzy balançait toujours son
sabre. Il se rapprocha de Malko, et dit d'une voix
basse et éraillée par l'émotion :

— Je sais que je n'aurais pas dû le frapper. Mais
il a fait trop de mal. Il le méritait.

— C'est fait, dit Malko. Espérons que Halina s'en
sortira...

Ils marchèrent encore dix minutes en silence. Le
froid était effroyable. Maintenant, ils n'étaient plus
qu'à cent mètres de la route et à cinq cents mètres
du village.

— Qu'allons-nous faire ? demanda Jerzy.

— Nous devons être à Varsovie dans une heure
et demie, dit Malko. J'ai un moyen de quitter ce
soir le pays. Il ne sera plus valable demain.

Le jeune Polonais s'arrêta, le fixant, hésitant.

— La voiture est de l'autre côté, dit-il. Zelazowa
doit grouiller de miliciens.

— Je sais, dit Malko, mais c'est notre seule chance
de leur échapper.

Ils se mirent en marche vers les lumières, en silence, avançant dans le fossé gelé. En approchant ils distinguèrent les bus, des voitures, toute une agitation. Des miliciens contrôlaient la circulation. Malko désigna la masse noire de l'auberge, à droite devant eux.

— Il faudrait la contourner par-derrière, dit-il.

Il pensa aux deux miliciens tués. Leurs amis recherchaient sûrement les meurtriers...

Soudain, un cri jaillit devant eux et, aussitôt, le faisceau d'une torche électrique balaya leur groupe. Cinq miliciens barraient la route, armés de longues matraques de bois, plus de quatre-vingts centimètres. L'un d'eux poussa un cri en désignant le sabre de Jerzy !

Ils n'étaient plus qu'à cent mètres de l'auberge. Malko vit les yeux fous de Jerzy, les cernes noirs sous ses yeux, la détermination de ses traits.

Le jeune Polonais poussa violemment Wanda en avant, faisant face aux cinq hommes qui barraient la route.

— Vite, sauvez-vous, cria-t-il. Passez par le champ. Je les retiens.

Malko hésita. Il était armé. Mais les coups de feu attireraient immanquablement d'autres miliciens. C'était un suicide. Wanda le tira par le bras.

Il y eut un cri aigu. Un des miliciens venait de se faire trancher le bras par le sabre. Il recula, tenant son moignon. Malko sauta hors du fossé, traînant Wanda. Un des miliciens voulut les poursuivre, mais glissa et s'étala par terre. Jerzy barrait la route aux autres, faisant de grands moulinets avec son sabre.

Malko et Wanda avaient pris vingt mètres d'avance. Ils coururent d'un trait jusqu'à l'auberge et se dissimulèrent dans l'ombre de son mur avant d'aller plus loin.

Des cris et des exclamations venaient de la route derrière eux.

— Mon Dieu, fit Wanda. Ils vont le tuer.

Jerzy reculait pied à pied. Mais le cercle s'était refermé autour de lui.

De loin, Malko vit un des miliciens jeter sa longue matraque entre les jambes du jeune Polonais qui perdit l'équilibre. Aussitôt, un autre lui assena de toutes ses forces un coup de matraque sur la tête. Jerzy tomba à plat ventre, lâchant son sabre qu'un autre milicien balaya d'un coup de botte.

Ils se ruèrent à la curée. C'était à qui frapperait le plus fort. Le bruit mat du bois faisant éclater les chairs, brisant les os, écrasant les reins. Wanda se boucha les oreilles tandis que les miliciens s'acharnaient à coups de pied, à coups de leurs longues matraques. Jerzy ne bougeait plus depuis les premiers coups... Parfois, deux matraques se cognaient et cela faisait un bruit plus clair... C'était insoutenable, abominable.

Du pied, un des miliciens retourna le corps inerte et abattit sa matraque en travers du visage. Jerzy n'était plus qu'une bouillie innommable. Le son des coups avait changé, d'ailleurs. Enfin, les miliciens s'arrêtèrent, parlant entre eux. Malko tira Wanda. Tétanisée, la jeune femme se laissa faire. Ils glissèrent le long du mur sombre, parvinrent à l'autre côté, pour s'arrêter net. Un cordon de miliciens coupait la route. Avec des projecteurs portatifs. Pas question de passer. Malko revint sur ses pas, tirant Wanda. Ils trouvèrent une porte vitrée, fermée à clef. D'un coup de crosse du Tokarev, Malko brisa une vitre et tourna la poignée de l'intérieur.

La chaleur leur fit du bien, mais Wanda tremblait comme une feuille, encore sous le coup de l'horrible spectacle. Malko la garda contre lui. Le temps passait. S'ils n'étaient pas sortis de Zelazowa dans dix minutes, ils risquaient de ne jamais sortir de Pologne.

— Il faut essayer de partir d'ici, dit-il.

Wanda Michnik se laissa pousser docilement en avant. Ils débouchèrent dans un petit hall très chaud et très enfumé où une douzaine de personnes se bousculaient : des partisans de Roman Ziolek, affolés, traqués par les miliciens. A gauche il aperçut une salle à manger, mais personne ne s'y trouvait. Un civil en manteau de cuir fit signe impérieusement à Malko et à Wanda.

— Allez dehors, vite.

Un policier.

Ils durent obéir. Dès qu'ils furent dehors, ils se retrouvèrent cernés par des miliciens aux visages mauvais qui poussaient tout le monde vers les deux bus. Le groupe des cinq miliciens revenait, tirant le corps de Jerzy au bout d'une corde comme une charogne. Wanda détourna la tête et vomit.

Malko, la main serrée sur la crosse du Tokarev, guettait le danger. Les miliciens étaient débordés et pas assez nombreux. Il baissa les yeux vers sa Seiko-Quartz. L'aiguille des secondes avançait avec une régularité lancinante. La marge diminuait entre la liberté et la mort.

Poussant Wanda devant lui, il se dirigea vers le premier bus. Un milicien les aperçut et leur cria :

— Pas celui-là, il est plein, l'autre !

Malko fit comme s'il n'avait pas entendu, et continua. Le milicien cria encore, mais il avait autre chose à faire. Effectivement, le bus était bondé. Malko poussa les gens à coups d'épaule, parvint à insinuer Wanda et lui au milieu des visages hagards, assommés. Tous ceux qui étaient là savaient qu'ils allaient se retrouver en prison, soumis à des vexations plus ou moins graves. Les portes se refermèrent avec un chuintement hydraulique.

Le chauffeur était un milicien.

Malko échangea un regard avec Wanda. Il se pencha à son oreille.

— Pour le moment, nous allons vers Varsovie, c'est le principal.

Malko se glissa derrière le chauffeur. Il aperçut les feux rouges d'un autre véhicule devant : un fourgon gris de la Milicja.

Cela n'allait pas lui faciliter la tâche.

Wanda s'appuya contre lui et se mit à pleurer silencieusement. Dans sa poche, Malko sentait la

lourde masse du Tokarev. Il était encore libre de
son destin.

La route était rectiligne, déserte, le bus roulait
à 70 à l'heure sans secousses. Les gens somnolaient
à cause du chauffage mis à fond. Ils traversèrent
Leszno sans ralentir, continuant vers Varsovie par
la route secondaire. Malko avait encore trente minutes de calme avant d'agir. Il essaya de maintenir son
esprit éveillé tandis que le bus roulait dans la campagne enneigée. Les premières maisons des faubourgs
neufs de Varsovie apparurent. Puis quelques usines.
Malko se raidit. Bientôt, les points de repère qu'il
avait mémorisés allaient apparaître.

Le bus ralentit pour franchir un passage à niveau.
Premier repère. Un kilomètre plus loin, il y en avait
un second.

Le bus le franchit à son tour. Maintenant, ils
étaient dans Varsovie. La route de Leszno se trans-
forma en une avenue à deux voies avec un peu plus
de circulation. Cinq cents mètres plus loin, il y avait
un feu au croisement avec l'avenue Towarowa.

Le bus stoppa ; trois voitures derrière le feu qui
était au rouge. Ecartant les passagers, Malko s'approcha encore du chauffeur du bus. Le fourgon gris
de la Milicja était le premier arrêté au feu.

Le feu passa au vert. Le fourgon démarra. Le
chauffeur du bus relâcha son pied du frein. Au
même moment, il sentit quelque chose de rond et
de froid s'enfoncer dans son cou. Il tourna la tête
pour se retrouver nez à nez avec le Tokarev. Derrière il y avait les yeux dorés de Malko, froids et
décidés.

— *Skrec na prawo*[1], dit Malko en polonais.
Dans Towarowa.

Comme le chauffeur ne démarrait pas, pétrifié, des
voitures klaxonnèrent derrière lui. Le fourgon de la
Milicja avait déjà franchi le carrefour, continuant
vers le centre. Malko accentua la pression de l'arme.
Le chauffeur démarra enfin. Pour ne laisser rien au

(1) Tourne à droite.

hasard, Malko se pencha en avant et commença à tourner lui-même le volant vers la droite.

Le chauffeur termina la manœuvre. Ils étaient dans Towarowa. Personne ne s'était aperçu de rien, sauf les voisins les plus proches de Malko qui n'en croyaient pas leurs yeux.

— Qu'est-ce que cela veut dire ? fit le chauffeur, retrouvant son sang-froid.

Malko lui agita le canon de l'arme sous le nez.

— Cela veut dire que si tu ne vas pas très vite, tu prends une balle dans la tête.

L'autre accéléra de mauvaise grâce. Par chance, ils arrivèrent sur le carrefour quand le feu était au vert et le franchirent de justesse. Trois cents mètres devant il y avait la place Zawiski, un grand carrefour de cinq voies. Le bus fonçait dessus à 70 à l'heure. Malko se pencha pour apercevoir le rétroviseur et sentit son estomac se serrer. Le fourgon de la Milicja était derrière eux.

Cette fois, le feu était au rouge, mais il y avait un espace sur la gauche, en montant sur le terre-plein central. Malko enfonça pratiquement le Tokarev dans les narines du chauffeur.

— Passe au rouge, dit-il, et prends la route de Cracovie.

Cette fois, le chauffeur n'hésita pas. Les roues gauches mordirent sur le terre-plein, le bus tout entier tressauta, le chauffeur écrasa le klaxon, mit pleins phares et fonça dans le carrefour

Heureusement, il n'y avait pas trop de circulation. Ils passèrent et s'engagèrent dans une avenue similaire filant vers le sud. La route de Cracovie.

Derrière, le fourgon de la Milicja s'était faufilé aussi. La voix monstrueuse de ses haut-parleurs éclata derrière eux.

— Plus vite, dit Malko. Plus vite.

Ils avaient encore une dizaine de kilomètres à parcourir jusqu'à Okecie. Rien ne se passa pendant deux ou trois kilomètres, puis, un passage à niveau apparut. En train de se fermer, Malko secoua le chauffeur.

— Vite, vite. Passe !

Le bus franchit les rails au moment où la barrière retombait. Un convoi de marchandises était prêt à s'engager. Le fourgon de la Milicja stoppa net devant la barrière baissée. Malko décida de profiter de ce court répit.

— Arrête-toi, dit-il au chauffeur milicien.

Le bus stoppa en quelques mètres.

— Descends, dit Malko.

Celui-ci ouvrit la portière de son côté et sauta à terre. Malko se tourna vers les passagers et cria de toute la force de ses poumons :

— Nous allons essayer de quitter la Pologne. Que ceux qui veulent descendre le fassent. Vous avez une minute. Ensuite, il sera trop tard. Je ne peux répondre à aucune question.

Dans un brouhaha indescriptible, les quatre portes du bus s'ouvrirent. Malko surveillait anxieusement le passage à niveau. Quelques personnes descendirent, dont une femme qui pleurait.

— Je voudrais tant partir, cria-t-elle, mais mon mari, mon pauvre mari...

Les derniers wagons du train de marchandises étaient en train de défiler. Malko appuya sur la fermeture hydraulique des portes et tendit le Tokarev à Wanda.

— Tenez ça. Que personne ne s'amuse à m'attaquer dans le dos. N'ayez pas peur, ça va être dur, mais nous y arriverons.

Il prit le siège du chauffeur et enclencha les vitesses. Un homme coincé dans une des portes arrière tomba sur la route en criant. Malko écrasa l'accélérateur du bus qui prit de la vitesse. Les barrières n'étaient pas encore levées. Maintenant, il se sentait parfaitement calme. Il n'y avait pas de retour possible en arrière. Dans très peu de temps, ils allaient avoir toutes les forces de police de la Voïvodie de Varsovie à leurs trousses.

Il restait exactement dix-sept minutes avant l'heure prévue dans son plan. Dans le bus, les gens criaient, chantaient, pleuraient. Personne ne savait ce qui allait vraiment se passer. Personne, même pas Wanda qui brandissait le Tokarev.

Coups de klaxon furieux, appels de phares, le fourgon de la Milicja, qui avait enfin franchi le passage à niveau, essayait de doubler. Malko resta au milieu de la route. L'embranchement pour Okecie se rapprochait. Malko attendit le dernier moment pour freiner, prit le virage si vite que le bus se coucha complètement. Les passagers crièrent, puis tout repartit dans le hurlement du diesel... Derrière eux, le fourgon de la Milicja faisait hurler sa sirène. Malko se demanda s'il avait la radio.

Le paysage avait changé, presque plus de maisons, les champs enneigés, des sapins. Ils approchaient de l'aéroport. Soudain, Malko aperçut dans le brouillard un feu tournant bleu et des lumières jaunes.

Le fourgon de la Milicja avait bien une radio ; ils fonçaient sur un barrage routier. Il se cala dans son siège espérant qu'ils n'auraient pas de herse... Mais les Polonais ne pouvaient pas imaginer le plan de Malko. Il se retourna et cria :

— Que tout le monde se couche ! Il y a un barrage.

Les passagers obéirent au milieu des cris de terreur. Seule, Wanda demeura debout.

Malko ralentit. Deux miliciens, mitraillette au poing, lui faisaient signe de se ranger sur le côté. Il mit son clignotant, fit semblant d'obéir. Puis, au moment où il arrivait à la hauteur des miliciens, il donna un brusque coup de volant vers la gauche et écrasa l'accélérateur. Un des miliciens disparut, happé par l'aile gauche, l'autre eut le temps de reculer, leva son arme et arrosa le flanc du bus. L'avant de ce dernier heurta un des fourgons gris disposés en chicane et le fit reculer dans un fracas de verre brisé. Malko reçut le volant horizontal dans l'estomac et perdit le souffle pour plusieurs secondes. Il entendit des coups de feu, vit des lueurs orange, puis ce fut le silence.

Ils étaient passés. Okecie se trouvait à un kilomètre. Malko se retourna. Wanda souriait toujours

244 LE PRINTEMPS DE VARSOVIE

bravement derrière lui, mais des passagers gisaient sur leurs sièges et dans la travée centrale, blessés ou morts. Wanda se pencha vers Malko.

— Où allons-nous ? Ils ne nous laisseront jamais prendre un avion...

— Nous ne passerons pas par l'aéroport, dit Malko.

La route se scindait en deux. Il prit l'embranchement de gauche qui faisait le tour de l'aéroport ceinturé d'une clôture de barbelés. A travers les sapins, il aperçut des voitures et une animation insolite devant le bâtiment de l'aérogare : on l'attendait là.

Maintenant, il roulait le long du terrain. Il apercevait les feux de balisage de la piste à travers le brouillard. Son cœur se mit à battre plus vite. Tant de choses avaient pu se passer.

Une des grilles d'accès du terrain se trouvait un kilomètre plus loin. Il savait par cœur le plan de l'aéroport. La grille franchie, il lui faudrait tourner à droite, rouler cinq cents mètres environ pour trouver l'extrémité de la piste 11-29, la plus courte. Au bout de six cents mètres environ il trouverait le taxiway parallèle à la piste la plus longue, la 15-33. Il fallait tourner à gauche sur le taxiway et le suivre pendant un peu plus de huit cents mètres.

Il ralentit, braqua tout à droite et fonça sur la grille. Le lourd bus la défonça sans effort, mais le pare-brise devint opaque sur le côté droit.

Hurlements de passagers secoués par le choc. Wanda titubait, accrochée à un montant métallique. Malko était en sueur.

Il ralentit pour être certain de ne pas se perdre, trouva immédiatement le chemin cimenté. Hors des pistes le brouillard était encore plus épais. Heureusement, on ne pouvait le voir des bâtiments de l'aéroport, distants de mille cinq cents mètres environ. En se rapprochant, il distingua quelques avions sur les aires de parking. Enfin, il repéra les balises jaunes et bleues signalant l'extrémité de la piste 11-29. Il arriva dessus et l'emprunta, se rapprochant encore de l'aéroport.

Soudain, alors qu'il allait tourner à gauche dans le taxiway, il eut un choc au cœur.

L'avion qu'il cherchait se trouvait juste devant lui, sur le parking n° 1. Pas du tout prêt à décoller.

Du coup, au lieu de tourner à gauche, il prit à droite et s'arrêta juste derrière la grande dérive. Dans l'ombre, il ne pouvait voir l'immatriculation, mais le Hercules possède une silhouette très particulière, avec ses quatre gros moteurs, son aile haute et sa grande dérive carrée.

Il stoppa le bus, ne sachant plus quoi faire. Aussitôt, les passagers, qui s'étaient tus jusque-là, l'assaillirent de questions, affolés. Il essayait de se contrôler dans le brouhaha, de comprendre. Quel contretemps avait fait tout basculer ? Maintenant, il était perdu. Soudain, un détail lui sauta aux yeux. La base de la dérive de l'avion qu'il avait devant lui était anormalement épaisse. Comme un gros bourrelet.

Ce fut l'illumination ! Ce qu'il avait devant lui était un Antonov 22, un appareil de transport soviétique copié sur le Hercules, mais doté d'une tourelle de tir à l'arrière, et non le Hercules canadien qui devait l'emmener hors de Pologne.

Fiévreusement, il fit marche arrière, puis demi-tour, retraversa le runway et reprit le taxiway.

Six cents mètres plus loin, il poussa un cri de joie. Les feux de position d'un avion émergeaient du brouillard. Il continua à rouler, arriva juste derrière l'appareil. Cette fois c'était un Hercules ! Son Hercules. Les quatre moteurs tournaient, en train de faire le point fixe, dans un grondement infernal.

Prenant l'extrême gauche, il doubla l'appareil immobile et vint stopper en biais devant le nez du gros appareil. Le pilote devait le guetter, car aussitôt il alluma ses phares d'atterrissage, éclairant le bus. Malko lui adressa de grands gestes par la glace baissée et aperçut le pilote qui tendait le bras hors du poste de pilotage, le pouce levé.

Derrière lui, c'était du délire.

— Qu'est-ce qu'on fait ? Où va-t-on ? criaient les passagers. Ils vont nous rattraper.

Sans leur répondre, Malko repartit, contournant l'avion pour revenir derrière lui. Il y eut un concert d'exclamations dans le bus. Les passagers venaient de voir la grande porte arrière en train de s'abaisser pour se transformer en rampe d'embarquement ! Le temps que Malko ait effectué sa manœuvre, la rampe touchait le sol, avec un angle de 20°, découvrant un gouffre noir : l'intérieur de l'appareil. Malko assura ses mains sur le volant et lança le bus en avant. Il y eut une secousse lorsque les roues avant mordirent sur la rampe, tout le bus se souleva, comme s'il décollait, le diesel rugit et les roues arrière s'accrochèrent à leur tour sur la rampe.

En dix secondes, le gros bus venait d'être « avalé » par le Hercules !

Il était temps, un ballet de feux bleus clignotants se ruait derrière eux, sur le taxiway.

Alors même que la rampe n'était pas encore remontée, le gros appareil commença à rouler. Les passagers hurlaient de terreur ou de stupéfaction. Plusieurs hommes s'affairaient autour du bus, se hâtant de l'arrimer. Il y eut une légère secousse. Le Hercules venait de quitter le sol.

Malko coupa le contact, épuisé. Il émergea de son siège, juste pour tomber dans les bras de Wanda. Trois passagers étaient tassés sur leur siège. Morts. Deux autres, blessés légèrement, se dirigeaient vers la porte. Le Hercules prenait lentement de la hauteur.

Malko sauta à terre dans la carlingue. Un homme en salopette grise vint à sa rencontre, la main tendue.

— George Hawks, dit-il. De la Canadian International Charter. Vous nous avez fait une belle peur avec votre engin. On nous avait annoncé une voiture !

— Il n'y a pas eu de problèmes ? demanda Malko.

— Pas trop. Mais il était temps que vous arriviez. On avait raconté à la tour une histoire de circuit hydraulique à vérifier. Mais on ne pouvait pas attendre indéfiniment. Il fallait décoller ou revenir au parking.

— Et maintenant ?

— Dans trente minutes, nous serons sortis de l'espace aérien polonais. Nous filons droit sur le nord, vers la Baltique. Nous allons voler à six cents pieds pour échapper aux radars.

C'était du beau travail. Malko avait eu l'idée, en voyant le déménagement de l'ambassade U.S., d'utiliser pour son évasion le Hercules d'une compagnie canadienne de charter habituée à travailler pour le State Department... Il avait fallu tordre pas mal de bras et faire miroiter quelques dollars, canadiens et américains. La C.I.A. avaient eu la main lourde. Une panne providentielle avait retardé le départ du Hercules. Jusqu'au lundi soir.

Une femme descendit du bus, se précipita vers Malko. Elle l'étreignit, disant des mots sans suite. Le Canadien la regardait, ému. Quand elle lâcha Malko, il lui demanda :

— Qui sont tous ces gens-là ? Ce n'était pas prévu. On va avoir quelques problèmes à l'arrivée.

— Ils en auraient eu encore plus s'ils étaient restés, dit Malko.

Le Hercules continuait à s'éloigner de Varsovie de toute la puissance de ses quatre turbo-propulseurs. Le Canadien hocha la tête.

— Beau travail. Faudra rendre leur bus aux Polonais. Qu'est-ce qu'elle a cette petite, elle pleure ?

Wanda était descendue du bus. Appuyée à la paroi, elle pleurait sans pouvoir s'arrêter. Le Canadien s'approcha d'elle :

— *Don't cry, Miss. It's gonna be all right. It's gonna be all right* [1].

Les pleurs de Wanda redoublèrent.

— Elle pleure le printemps, dit Malko.

Le Canadien secoua la tête sans comprendre. Décidément, ces gens de la C.I.A. étaient tous un peu bizarres.

(1) Ne pleurez pas, mademoiselle. Tout va aller bien. Tout va aller bien.

Partez avec

BLADE

quand il prend son départ fulgurant
pour des dimensions inconnues.

Suivez le récit des aventures
de cet homme hors pair

quand il s'affronte aux monstres horribles,
se lance dans des luttes corps à corps
contre les guerriers de peuples étranges,
... et succombe dans les bras de femmes
éblouissantes, esclaves ou reines
fantastiques.

Chez votre libraire :